罪念

刚雪印 著

中国友谊出版公司

目录
......

◆ 　楔子⋯⋯⋯⋯

梦。

冬夜，窗外北风呼呼地吼着，越刮越猛。小女孩从睡梦中惊醒，揉着双眼，从床上坐起身来。她的左右两边睡着爸爸和妈妈，他们安然地闭着双眼，脸上挂着一抹浅笑，似乎都沉浸在美梦当中。

只是，他们的胸口上都破了一个洞，鲜血正汩汩地流淌着。

小女孩仿佛习惯了这样的场景，抱着心爱的毛绒羊玩具泰然自若地下了床。她赤脚走到卧室门口，拉开门，走出去。

客厅中，幽暗冷清，静寂无声。小女孩四下打量一番，视线最终聚焦在墙上挂着的全家福照片上。爸爸、妈妈、姐姐、小女孩簇拥在白色的相框中，在一束朦胧月光的透射下，恬美幸福地微笑着。

突然，一阵凉风袭进了屋子。小女孩不禁一颤，缩了缩身子，紧紧抱住怀中的毛绒羊。而随之，她看到全家福照片中的姐姐不见了。她不可思议地使劲眨了眨眼睛——照片中真真切切地没有了姐姐。

小女孩缓缓转过身子，顺着风吹来的方向望去。家里的大门不知何时被风吹开了，姐姐穿着和她一样的长睡袍悄无声息地站在门边。她冲着懵怔的小女孩笑着挥了挥手，转瞬，整个人便消失了。

小女孩"哇"的一声哭了起来，拼命地跑向门口，追了出去。

冬夜料峭的寒风中，一个穿着长睡袍、怀中抱着毛绒羊玩具的小女孩，光着一双稚嫩的小脚丫，漫无方向奔跑在寂寥的街道上。她满眼噙着泪水，口中喃喃地哭诉着："姐姐你在哪儿啊？你去哪里了？你到底在哪儿啊……"

面庞英俊的男人，瞪着一双深邃而又茫然的眼睛。他不知自己此时身在何处，眼前是一片郁郁苍苍的山林，云烟缭绕，雾色迷蒙，空气中流动着一种说不出的诡异。乌鸦的哀鸣声、急促奔跑的脚步声、粗重的喘息声，杂乱无章地混合着在空谷中回荡。那声响时远时近，似幻似真，到最后不知为何又戛然而止。云雾也在那一瞬间散尽，两个人的身影显现在男子的视线里——是一个男人和一个女人。

女人，他熟悉得不能再熟悉了，只凭着身形便能看出，那是自己的妻子。而男人的模样起初有些模糊，但当他走上前去睁大眼睛想分辨清楚之时，却陡然发现那是一张更为熟悉的面孔——那分明就是他自己。

怎么会这样？他百思不得其解。随后，更匪夷所思的画面出现了：男人竟然拔出腰间的配枪，对着妻子毫不犹豫地连开数枪。

妻子轰然倒地，鲜血如火山爆发般从她的身体里狂喷而出，飞溅向四周，片刻间染红了大地，染红了树林，染红了天空，染红了整个世界。

奥地利著名精神病医生和心理学家——西格蒙德·弗洛伊德，在其所著的《释梦》一书中说：梦都是欲望的满足。展开来说，梦会将你潜意识中的欲望、恐惧、快乐、悲伤、担心、内疚、羞愧等情绪，以回避现实的方式显现。

那么，小女孩的梦，英俊男子的梦，到底寓意着什么呢？

第一章

谋杀的境界

{ 1 不速之客 }

又一次被血淋淋的梦境惊醒，程巍然出了一身冷汗，心底也涌起一阵莫名的惶恐。恍惚片刻，卧室里熟悉的环境终将他拉回现实。他抖了抖被汗水浸透的衣襟，大口大口喘着粗气，一副心有余悸的样子。

他翻身下床，走进卫生间，用凉水浇了浇脑袋。冰冷彻骨，让他的现实感又多了几分。他抬起头，对镜凝视，溅在镜子上的水纹将他疲倦的脸庞划分成几块，像是一道道刻在脸上的疤痕，看起来有些狰狞。

妻子柳纯遇害差不多快一年了，程巍然几乎每天都会做这样的梦。"为什么总是这个梦？柳纯，在梦中，你到底要告诉我什么？我一定会抓住凶手，给你一个交代的。"程巍然对着镜子喃喃自语。

换上一身干净的睡衣，程巍然重又躺到床上。他瞥了一眼床头的表，才凌晨两点，可睡意已经逃得无影无踪。他知道，接下来恐怕又要睁着眼睛等待黑夜变成白昼了。

当然，黑夜必定会被白昼取代，而白昼同样无法阻止黑夜的再次来袭，就如警察与罪犯，正义与邪恶。即使正义的力量再强大，也始终无法彻底遏制邪恶的存在，那些贪婪堕落的欲望总是如荒草般疯狂地潜滋暗长，绵延不绝。所以，选择警察这份职业，就等于站在了无法停歇的修罗场上，可悲的是，这场战争没有永远的胜者。所以，对于新的一天，程巍然总是既期待又厌恶。

程巍然上午去市局开会，局领导布置了下一阶段的工作重点——主要围绕"国际商业博览会"和"国庆黄金周"的安全保卫工作进行展开。

会议持续了整个上午。回到队里，去食堂吃过中饭，程巍然便把自己关在办公室里，抓紧时间翻阅会议下发的相关文件，以适当调派人手。

也不知道过了多久，程巍然正看得投入，门外传来几声轻轻的敲门声。他沉声吐出一个"进"字，便继续将注意力放在文件上。

门被轻轻地推开，又轻轻地合上，紧接着是一阵清脆的高跟鞋踩在地板上的声响，一股淡淡的清香涌进程巍然的鼻腔。

"你好程队长，我叫戚宁，是市局心理服务中心的咨询师。"戚宁轻"咳"了一声，有意引起程巍然的注意，然后说道。

程巍然微微歪了下脑袋，抬眼怔怔地望向戚宁，默不作声。

戚宁今天穿了便装。上面是一件纯白色V领雪纺衫，薄薄的衣纱里文胸若隐若现。衬衫下摆掖在黑色小脚八分裤中，裤脚下露出白白细细的一小段美腿，很是让人浮想联翩。再搭配一双黑色尖头浅口细跟的高跟鞋，曲线玲珑，十分得宜。

其实，戚宁一向对自己的外形和着衣打扮非常自信，聚焦而来的目光也早已司空见惯。只是没料到，堂堂的刑警支队长竟然一见面就这么肆无忌惮地打量着她，不免有被骚扰之感。

实际上却根本不是那么回事。这就是程巍然惯常与人的沟通方式，说话言简意赅、惜字如金，如果不必浪费唇舌，用眼神能把用意表达清楚那最好了。

他看着戚宁眨着一双灵动的大眼睛，抿着肉嘟嘟的小嘴唇，只是与他对视，却没有进一步的表示，便有些不耐烦地问道："你到底来干吗的？"

这一问，戚宁才反应过来是自己自作多情了，不禁脸上一阵发烫，赶紧道：

"局里应该通知您昨天到我们心理服务中心接受心理访谈了吧？而且我事先也跟支队这边的内勤确认过您的日程安排，可是昨天我生生等了您一天，您也没过来。不知道是不是您太忙了，忘记了，不然咱们再约个时间吧？"

"没空，也不需要。"程巍然简短回答，说完便低头接着看文件。

戚宁被晾在一边，觉得有些尴尬，但还是耐着性子解释道："是这样的，您在不久之前使用过枪支，根据局里的最新规定，所有警员使用枪支后都要接受心理辅导和干预治疗。"

程巍然脑袋一动不动，根本不理睬戚宁，只留给她一个后脑勺，那意思仿佛是说："刚刚已经说过了，没时间，也不需要。"

"太没有素质了，不就一破支队长吗，有什么可狂的？"作为美女的戚宁，在她的印象里还从未被男人如此轻视过，心下不禁暗暗吐槽。不过，生气归生气，她必须得忍着。这可是她自打进入心理服务中心工作以来领导派给她的第一个任务，她得干得漂亮些，也好给领导一个好印象。

戚宁暂时收声，端详着程巍然，心里盘算该如何说服他接受心理辅导。

戚宁不得不承认，眼前这个男人还是很有味道的——个子高高的，身材精壮，相貌刚毅，眼神深邃，略带丝忧郁气质。如果不说话，只凭外在，看上去倒是蛮有男子气概，又不缺乏内涵的样子。不过戚宁也注意到他脸色苍白，眼袋也很重，冷峻中其实透着深深的疲惫。

"您脸色不太好看，是睡眠不大好吧？"沉默须臾，戚宁操着温和的语气，试探着问，"您经常做噩梦吗？那些梦和您爱人有关？"

程巍然身子僵了一下，抬起头，瞪了戚宁一眼："你想说什么？"

程巍然有些动气，说明问题触动他了，戚宁斟酌着话语，继续说："对于人心理状态的发展，从某种角度可以说是牵一发而动全身，或者也可以用'蝴蝶效应'来形容。我看过您的资料，知道您爱人柳纯在去年不幸遇害，案子至今也未有定论。我想这一定会让您很受挫，悲伤、愤怒、愧疚、沮丧等情绪会交织在一起，内心的焦灼感和压力感恐怕放在谁身上也睡不踏实。即使睡着了，也常会被噩梦惊醒。久而久之，便会影响到您的身体功能，乃至脾气秉性，甚至您的判断力。尤其在紧要关头，需要瞬间做出决断时，它可能就影响了您的判断，例如是否客观，采取的行动方案过激与否。"

这番话直白点解释，其实就是戚宁担心程巍然受到柳纯案的困扰，导致心理长时间处于愤怒和偏激的状态，以至于诱发他在工作中做出不理性的抉择和动作。比如，在执行任务中使用枪支开火的举动。当然，她并不是真的对此有疑问，只是想通过与程巍然的辩论，引导他认识到心理干预的重要性。不过，话说得稍微有些重，还带了一点点质疑的意味，也算是为她自己遭到程巍然不屑的对待出口气。

至于戚宁口中提到的使用枪支的案件，要追溯到一个多礼拜之前。当时，支队破获了一起贩卖枪支案，审讯中枪贩供出到案前曾卖过一把自制54式手枪和20发子弹。根据枪贩对购买人的相貌描述，支队侦查人员判断其很可能是半年前抢劫杀害两名出租车司机潜逃至外地，公安部发布A级通缉令的犯人——顾超。

身背重案的顾超为什么突然回到本市，又冒着极大风险购买枪支弹药呢？带着这样的疑问，支队迅速派员走访顾超的家人和社会关系，了解到顾超犯案之前的女友即将举行婚礼。据支队侦查人员分析，顾超犯案的初始原因，可能是女方家人嫌他经济条件不好，不同意女儿跟他交往。这次应该是他收到了前女友即将举行婚礼的风声，准备对女方实施报复。

支队立即在女方周边布控，24小时对其进行监控保护。只是顾超的身影迟迟没有出现，直到婚礼当天，他劫持了酒店的迎宾车，突破了警方的外围防线，在举办婚礼的酒店大堂中持枪将女方挟持为人质。

在程巍然与顾超对峙期间，有警员在耳机中向他汇报，迎宾车司机已经被杀害，尸体仍在车的后备厢中。这样一来顾超手里就有三条人命了，他自己心里应该清清楚楚，很难再有斡旋的余地了。再者，顾超选择在光天化日之下，选择在大庭广众之下挟持女方，目的很明确，就是要与其同归于尽。而当时，顾超的情绪逐渐陷入亢奋状态，鉴于人质和其他宾客的安全，程巍然抓住时机果断开枪将其击伤，随后与众警员合力将之擒获。

事实上，关于本次使用枪支的合法性，程巍然早已经通过了督察部门的调查，戚宁话里有话，弦外有音，但在程巍然看来实在是多此一举。当然，如若换成别的任何人跟程巍然说那番话，他都会火冒三丈。他也早看出来了，戚宁明显就是个刚进警局的菜鸟，跟她计较也没什么意思。

"我心理状态很平稳，你可以走了。"程巍然淡淡说道，语气里听不出任何情绪，随手又拿起桌上的文件翻阅起来。

"其实，我的意思是说，您的职位在局里举足轻重，我们希望能够及时掌握您的心理状态，来保证您有个健康的心态，从而保持良好的工作状态。"程巍然并未辩驳，倒是更显得戚宁刚刚的话有些无理取闹，她便赶紧找补些好听的话说，也给自己找个台阶下。说完，戚宁顿了顿，见程巍然毫无反应，便只得改变策略，柔声说："程队，您大人大量，我刚刚话说得不妥，您别生气。我其实才刚进咱们局里不久，您是我的第一个工作对象，如果'中心'布置给我的第一个任务没做好，领导和同事们就可能对我的能力会有看法。您帮帮忙，就算配合一下好吗？"

似乎被戚宁触动，程巍然终于抬起头，用莫名其妙的眼神盯了她一会儿，不咸不淡地说："跟我有关系吗？"然后又留给戚宁一个后脑勺。

在戚宁的印象中，但凡她用这种撒娇的语气发出请求，就从来没有被拒绝过，更没有像现在这样遭到揶揄。她心里一阵激恼，真想使着性子怼程巍然一通，然后甩门而去。但想想还是觉得有些不妥，又不甘心就此无功而回，便愣在原地进退两难。

两个人正僵持着，桌上的电话突然响了起来，程巍然把听筒举到耳边，神情随之严峻起来。

{2 入室劫杀}

程巍然接到电话，风林小区发生命案。撂下电话，他快步来到支队大院，一头钻进自己的"大切诺基"里。

刚要发动车子，听到身后传出"砰"的一声关门动静，紧接着便从后视镜里看到气鼓鼓绷着脸的戚宁坐了上来。程巍然不禁摇头苦笑，无可奈何地发动车子，驶出去。

大约半小时后，程巍然来到风林小区一栋居民楼的301室，掀起拦在房门口的警戒线走进室内。"跟屁虫"戚宁理所当然被守卫民警拦在门外，程巍然本可以暂时得以解脱，但转念一想，他嘴角泛起一丝冷笑，回头冲民警勾勾手，示意把戚宁放进来。

案发地点在房子的南卧室中。死者是一名中年妇女，头枕在血泊中，双眼怒瞪，嘴巴微张，头南脚北仰躺在床尾下方。上身穿着半袖睡衣，下身被一张大床单罩着，睡裤和内裤散落在脚边。

法医和现场勘查员正紧张忙碌着，不算太大的卧室里一时有些局促，程巍然便站在门边默默打量着。

戚宁跟着走过来，随即身子像被钉子钉住似的一动不动。按说作为公安大学心理学硕士，接触过的恶性杀人案例不在少数，诸如开膛、剥皮、碎尸案等，要多变态有多变态。但那都是通过一些照片、资料、影像观摩到的，全是纸上谈兵。此刻，置身在一个真实的案件现场，距被害人只有咫尺之遥，甚至空气中还飘散着血腥的味道，本能的恐惧感迅速弥漫了戚宁的全身。

"死者脖子上有瘀痕，面部肿胀呈青紫色，眼球突出，眼结膜点状出血，应该是死于窒息，综合体位初步判断是被掐死的。凶手随后又将死者脑袋往地板上猛磕，造成其脑后大量出血。死亡时间大致在两小时之前，也就是下午1点30到2

点之间。"法医林欢蹲在工具箱前，一边收拾器具，一边大致汇报了尸体初检结果。说话间，她用眼睛余光瞥了眼站在程巍然身边、脸色煞白、额头上冒着一层冷汗的戚宁，顺手从工具箱中取出一瓶矿泉水无声地递了过去。

其实戚宁这会儿胃里已经开始翻腾了，一股酸酸的液体正逐渐涌到喉头，她赌气似的用尽全力强撑着不动地儿。这时她已经明白了，程巍然突然好心把她放进来，就是想看她当众出丑。她实在不敢动，生怕一活动身体便不听使唤，会将胃里的东西全喷出来。所以当眼前突然出现一瓶矿泉水，那真是如雪中送炭一般。她也顾不得矜持，接过水，走到一边，一股脑倒进喉咙里。

"这女孩是新来的？"林欢锁好工具箱，站起身问。

"局里的心理咨询师，缠着要给我做心理辅导，莫名其妙！"程巍然撇撇嘴，扭头望了眼戚宁，哼了下鼻子说。

"够夸张的，见这点血就这样？"林欢用嗔怪的眼神望向程巍然，说，"你不愿做什么心理辅导就跟人领导打声招呼，干吗捉弄别人？"

"嗯，我心里有数。"程巍然低头应了声，躲避着林欢的目光。

"那个……"林欢似乎还有话说，不过眼见重案一大队队长徐天成拿着记事本冲他们走过来，便咽下了后面的话，扭头开始整理担架，准备运走尸体。

"报案人是屋主，叫李春丽。"徐天成冲门外一个哭哭啼啼的中年妇女努努嘴，"死的是她弟媳，叫张惠。今年41岁，本地人，和丈夫李广泉一起经营一家建材商店。今天上午，两口子因生意上的事吵架，吵得异常激烈，张惠还被打了，于是中午跑这儿来找李广泉的姐姐李春丽告状。下午的时候，李春丽回了趟娘家，回来便发现张惠被杀了。门锁没有撬压痕迹，现场被翻动过，屋主放在梳妆柜抽屉里的一副金耳环以及应急用的5000块钱不见了，还有死者身上包括手机等值钱的东西也不见了。"徐天成收起记事本，紧了下鼻子，扭头冲身后望了一眼，见手下的侦察员方宇站在背后，便捏着鼻子嫌弃地说："什么味道这么香？这么会儿工夫怎么还擦上香水了？"

"别提了，刚刚在楼下讯问，住户是个小伙子，也不知道身上洒了多少香水，我头都晕了。"方宇用鼻子嗅嗅自己的衣服，"我去，这还真是熏了我一身香味。"

"现在这社会风气也不知怎么了，一个个大男人竟干些娘们唧唧的事！"徐天成一边摇头，一边感叹。

"都是跟那些韩剧学的呗！"方宇也是一脸嫌弃，顺带又揶揄道，"还有你，都多大岁数了，老学人小年轻的看韩剧，小心变娘炮！"

"滚一边去，哪有那么夸张，我心态年轻不行啊？"徐天成不忿地说。

徐天成和方宇是程巍然在队里最为信任的人，三人关系密切，私下交往甚多，但性格迥然不同。程巍然，36岁，有着超乎寻常的成熟和稳重，但性格过于冷淡，不苟言笑，惯常一副面无表情的脸孔，让人有很深的距离感。徐天成年龄最长，已过不惑之年，性格憨厚大度，没有架子，人缘特别好。方宇28岁，年轻，有冲劲儿，心直口快，属于乐天派，擒拿格斗样样精通，枪法也神准。方宇对程巍然是敬畏有加，打心眼儿里崇拜，而跟徐天成就没大没小的很随便，两人有事没事便互相斗嘴，没个正形。

程巍然见惯了两人的德行，等他们贫了一阵子，才问道："外围有线索吗？"

方宇立马挺直了身子，说："这栋楼全部是一梯两户，旁边的家里没人，楼下也只有一户人家有人，就是刚刚说的那抹香水的小伙子。他倒是在一两点钟的时候，听到楼上有几声比较重的响动，不过他也没太在意。至于楼里其他住户和小区保安，都表示没注意到有什么可疑人物。小区进出口和电梯中都有监控摄像，我跟物业打好招呼了，让他们把录像拷贝一份给我。"

综合案件现有线索，警方初步判断入室抢劫财物为主要作案动机，杀人系局面失控之下的附加动作。

凶手在现场没有留下任何证据，电梯中的监控录像显示案发时间段并没有人出入，估计凶手是走了楼梯。不过在小区东大门的监控录像中，警方还是发现了一个可疑男子的身影。

画面中该男子戴着长舌运动帽，大半个脸都隐藏在帽檐下，进入小区时有意识地低着头躲避着监控，让人无法看清其面目。他手里捧着一个纸箱子，隐约能看到箱子上贴着一张快递单。该男子进入小区的时间为7月26日下午1点35分，出小区的时间为同日下午2点03分——基本吻合凶手作案的时间段。警方怀疑该男子是以送快递为借口，骗取了张惠的信任，从而入室实施作案。

另外，出于谨慎办案原则，警方还须落实报案人李春丽的口供。此外还必须要考虑到，所谓入室抢劫，有可能只是凶手转移警方视线的手段，不排除凶手作案的根本目标就是张惠。那么，凶手必然是与她有利益关系的人，这其中显然张惠老公的嫌疑最大。两人才刚刚吵过架，他又动手打了张惠，可见怨念之深。也只有他知道张惠跑到他姐姐家避风头。

以上是需要重点跟进的两个大方向，程巍然吩咐徐天成和方宇各带一队人马，即刻展开调查。

{ 3 犯罪心理 }

次日一早，戚宁又来到刑警支队，针对心理辅导想再跟程巍然沟通一下。不过支队长办公室空无一人，向走廊里路过的内勤女警打听，得知程巍然被局长叫去谈话。

戚宁正犹豫着要不要回"中心"，正好碰到方宇也过来找程巍然。听说队长不在，自来熟的方宇非拉着戚宁到大办公间坐坐。

甫一进去，放在角落里的白板便引起戚宁的注意。白板上粘着三张照片：一张是女报案人的，戚宁对她还有些印象；另一张是一个男人的大头照；还有一张人像比较模糊，看起来应该是某个录像视频的截图照片。

戚宁走到白板前盯着照片，问道："这都是案子的嫌疑人？"

"对。有报案人，还有被害人的丈夫，以及我们从小区门口监控录像中截取到的一个快递员模样的男人。"方宇用手指点点前两张照片，"案发时报案人的确在她娘家，她弟弟——被害人的丈夫，也一直待在建材商店。两人都有比较确凿的人证，已排除作案嫌疑。"

"快递员是真的还是假扮的？"戚宁接着问。

"案发屋主倒是经常网购，但案发当天她并未有快件要收，所以队里认为假扮的可能性较大，但也不排除快递员'兼职'作案的可能性。"方宇叹了口气，说，"快递员进出小区比较频繁，门岗保安对他们基本不怎么在意。对视频中的嫌疑人，几个保安均表示没什么印象，实在不太好查，这会儿老徐也只能挨个去物流公司先问问看。"

"法医和鉴定科那边有什么发现吗？"

"没有啥特别的线索。"方宇摇摇头，说，"尸检结果跟昨天现场判断基本一致，不过在尸体上没发现任何性行为痕迹。"

"没有性侵？那脱裤子做什么？脱完裤子为什么又用床单罩住下体？"戚宁感到很意外，愣了会儿神，轻声叨念道，"脱光了下体，没有性侵行为倒是可以解释得通，接下来凶手用床单又把下体罩住就不太好理解了。对了，把现场照片给我看看。"

见戚宁冲他扬手，方宇转身走到自己的办公桌前，从抽屉里拿出一沓照片，递过去："给，全在这儿了。"

戚宁把照片一张张摆到桌上，随后俯下身子，在照片中间审视起来。须臾，她似乎有所发现，拿起一张被害人尸体的特写照，喃喃自语道："睡衣的扣子只解开两颗，为什么没有继续？是被什么事情打断了，还是突然发现了什么？"凝了凝神，她再次把视线投向桌上的照片，盯了一会儿，若有所思地摇摇头，又自言自语道，"不行，照片还是不够直观，得去趟现场。"

说罢，戚宁抬头用征询的目光望向方宇。方宇赶紧摆手，一副摸不着头脑的样子，说："你要干吗，帮我们破案？这我做不了主，得跟程队打招呼才行！"

"去现场看看怕啥啊？又不是没去过，我也是警察，能犯什么错？"戚宁决定激一激方宇，紧跟着嗔怪说，"本来觉得你挺爷们的，没想到胆儿这么小。还寻思哪天带我们'中心'那些女孩约你聚聚呢！算了，我走了！"

"走！去现场！现在就去！必须去！"方宇梗着脑袋一副大义凛然的样子，随即一脸谄笑地说，"你们那儿的女孩有单身的没？"

"都单身，还特漂亮！"戚宁装模作样道，"哎，对了，我还没问你是不是单身呢。"

"单，必须单！"方宇脸上乐开了花，"就是不单也可以优胜劣汰嘛！"

"美死你！"戚宁哼着鼻子说。

再次踏入案发现场，戚宁站在标记尸体位置的白色标记线前，此时她的视角代表着凶手的视角。

案发现场的房子是南北向户型，张惠在南卧室被杀，死状是头南脚北，也就是说头冲着卧室窗户，脚冲着卧室门的方向。

凶手掐死张惠，视角肯定冲着窗户方向，紧接着在同样的视角方向，他脱光了尸体下体衣物，随手撇到一边。如果凶手的本意是想把尸体扒个精光的话，那么接下来就该脱睡衣了。

脱睡衣凶手应该有两个位置选择。一个与先前的视角方向一样，跨在尸体上去解睡衣的扣子；另一个选择，则是可以蹲到尸体的右侧去解扣子。相较来说，后一种姿势应该更舒服些，如此凶手的视角是朝着床头方向。而当戚宁把自己想象成凶手，重复以上动作的时候，看到了床头上方的墙上挂着一张屋子主人的全家福照片——丈夫、妻子和儿子，一家三口。视线再往下，戚宁看到靠近窗户一侧的小梳妆柜上扣着一个相框，她走过去把相框拿到手上翻过来，便看到里面镶着的是屋子女主人李春丽的照片。

戚宁招呼方宇把现场照片都拿过来。翻看一番之后，首先可以确认梳妆柜上的相框在警方勘查现场之前就是扣着的，应该是勘查员取完上面的指纹又原样放了回去。接着戚宁重点挑出了被害人的特写照片，与屋子女主人李春丽相对比。

李春丽大圆脸，非常胖，而张惠小瓜子脸，非常瘦，相貌也大相径庭。总之，这两人一眼看上去，无论外形还是相貌，都相差悬殊。

"凶手是杀错了人吗？"戚宁凝神念叨了一句。

"杀错人？"方宇错愕地盯着戚宁手中的相框，指了指，"你的意思是说，原本凶手的目标是那相框中的李春丽？"

"顺走财物只是障眼法，凶手真正的目标是李春丽，只是没承想让张惠阴差阳错做了替死鬼？"戚宁没太理会方宇，仍陷在自己的思索当中。

"你到底怎么想的？"方宇扬了扬声，急切地问。

"这样吧，咱们重现一下凶手作案时的心理变化，再试着做判断。"戚宁回过神，把手中的相框按正常方式摆到梳妆柜上，然后拉着方宇来到客厅，边比画着边说，"凶手先巧言骗张惠打开房门，随之露出凶相。张惠慌不择路逃到卧室中，被紧随而至的凶手扑倒在地。"

戚宁走进卧室，蹲在尸体标记线前，接着说："凶手在这里掐死了张惠，也许是担心张惠没有死去，又或者觉得对张惠伤害得还不够，便抱着张惠的脑袋往地板上猛摔，直至头破血流为止。然而，凶手仍然觉得愤恨难平，于是他决定扒光张惠身上的衣服来'羞辱'她。"

戚宁比画了个脱裤子的动作，然后移动到"尸体"的侧方："他脱光张惠下体衣物后，蹲在这个位置准备再脱掉上身的睡衣，但当他解开第二枚睡衣扣子时不经意地抬了下头，床头上的这张全家福照片便映入他的眼帘。在那一瞬间，他赫然发现照片上的女主人与他身下的死者似乎并不是一个人。"

戚宁起身走到梳妆柜前："他赶忙走到这里，拿起摆在这儿的女主人照片进一步对照，于是便完全确认了自己杀错人的事实。而这一刻他除了埋怨自己的粗心大意，心里更是涌起一股对张惠的'内疚'，于是他扯下床单罩住张惠赤裸的下体。"

{ 4
波澜再起 }

程巍然坐在办公桌前，耐心听完方宇和戚宁对"风林小区案"一番煞有介事的分析，冷着脸狠狠瞪了方宇一眼，便陷入了沉思。

方宇明白程巍然这是对他私自带戚宁到案发现场表示不满，赶紧低下头，老老实实站着，大气也不敢出。

戚宁看他这副尿样，心里不明白他怎么就这么怕程巍然，便颇有些为方宇鸣不平的意思，小声嘟哝道："哼，真搞笑，只许州官放火，不许百姓点灯，也不知道是谁昨天把我放进现场的。"

"你回去吧，我跟你们领导打好招呼了。"程巍然还在思索中，眼睛盯着桌角，扬了扬手。

戚宁简直烦透他这副仿佛除了他自己对谁都不屑一顾的姿态，更烦他总是说些半截话让人家去揣测。她心里有些搂不住火，不禁提高音量，吼声说："打好招呼是什么意思？是说您要另约个时间，还是说您的心理辅导就没必要做了？"

戚宁这么一嗓子，倒是先把方宇吓了一跳，他还真没见过谁敢和程巍然这么较劲，赶紧连拉带拽把戚宁弄出办公室，嘴里一连串地求饶道："姑奶奶，求你了，你赶紧走吧，回去问你们领导不就知道怎么回事了吗？"

其实，戚宁刚刚吼过了也不知道该怎么下台，正好被方宇推出来，便就势跺了跺脚，气鼓鼓地走了。

方宇回头又进了办公室，唯唯诺诺地说："程队，我错了，我不应该招惹那丫头。"

"去看看老徐回来没，把他叫过来。"程巍然说。

听程巍然这语气，估计刚刚的事已经翻篇了，方宇长舒一口气："好嘞。"

戚宁回到心理服务中心，直接去了主任陆文惠的办公室。陆文惠见她一副气鼓鼓的模样，猜到她肯定被程巍然刺激到了，便和声安抚说："行了，别赌气了。程队给我来电话了，他这阵子确实挺忙，心理辅导的事儿先暂缓吧。"

"主任，他是不是有很深的背景？"戚宁撇撇嘴，说，"好像咱公安系统像他这么年轻当上刑侦一把手的不多见。整天横行霸道的，他们队里人都怕他怕得要命，据说局里领导也不敢招惹他，是不是？"

"你这都听谁说的？不是那么回事。"陆文惠"噗"地笑了声，说，"咱们'中心'成立得晚，但我在政治处工作了很多年，跟小程打过不少交道，对他还是有些了解的。他出身高知家庭，父母都是大学教授，他媳妇柳纯算是高干家庭，不过父母基本都退居二线了，他有今天真的是凭着自己的真才实干得来的。"

陆文惠抬手指了下对面的椅子，示意戚宁坐下，又继续说："小程这人的确强势了些，骨子里刚正不阿，眼睛里不揉沙子。按说，这种个性容易得罪人，他又不愿意逢迎领导，最初谁也没想到他会有今天。当然，他得感谢支队老领导尹正山。

"尹正山这人出了名地爱才，尤其喜欢小程这种踏实肯干、没有功利心的年轻人。加上尹正山跟大局长丁峻峰关系特别密切，在他俩的支持下，尹正山升任主管刑侦的副局长之后，空下的支队长的职务便交到小程手里。也确实是属于火箭式提拔。当然，这其中还有个很重要的因素，小程曾经被省厅征调过……"

"他还在省厅工作过？什么职位？"戚宁打断主任的话，追问道。

"关于他那一段经历咱们局里没人能说得清。"陆文惠进一步解释道，"那时小程刚到队里不久，突然就被省厅有关部门抽调走了。随后整整一年没有音信，再回来便被纳入办案骨干力量。要说他那一年到底去执行什么任务，省厅和局里从未有过相关说明，他本人也只字不提，大家都明白这是纪律所限，所以没人敢问。"

"这人果然城府很深，怪不得感觉他们队里人人都怕他！"

"不，不是怕，准确点说是'敬'。"陆文惠一脸崇敬之色道，"工作能力方面自不必说，支队破案率连年在全省都是前三名。更让人心服口服的是，但凡局里搞什么立功受奖、嘉奖、年底评奖等类似的活动，他都躲得远远的，一概不参与。把荣誉和奖励全部让给下面的人，尤其是一线的侦察员。还有，你别看他说话硬邦邦的，下属要真遇上点难事了，甭管公事私事，但凡求到他那儿，他肯定尽全力帮着解决好。"

"他有您说的这么会做人？我怎么没觉得？"戚宁不大相信地说。

"当然了，人不可能没有缺点。确实像你说的，我也有感觉，他现在越来越霸道。可能人强势惯了，总是没人敢忤逆他的意思，再加上成就感满格，肯定会有一点点膨胀和自负。"陆文惠自嘲地笑笑，说，"给你交个底吧。我就知道这小子不会痛痛快快地到咱这儿做辅导，所以我才把这个任务交给你。我寻思一个你年轻漂亮，再一个你刚来不长时间，他不至于为难你一个新人。现在看，我这算盘是打错了。"

"呵呵，原来是这样啊！"戚宁也被主任逗笑了，边笑边继续吐槽道，"还有，我可烦他说话的方式了，就像他那嘴比别人金贵多少似的。"

"是，他不大爱说话，工作上也那样，号称全局开会发言最短的领导。"陆文惠又笑笑，但笑容一闪即过，换上感伤的表情，说，"他媳妇柳纯出事后，我感觉他话更少了。像他这种硬气的男人，都愿意把事情憋在心里，表面上沉稳洒脱，其实是满肚子内伤。"

"所以，我觉得他还是应该适当地做一下心理疏导活动。"戚宁说。

"慢慢来吧，不仅仅是他，可能大多数一线民警对心理辅导和干预治疗都抱有一定的抗拒心理。别说他们，有几个大男人能承认自己心理有问题？这需要一定的过程，逐步地等咱们把相应的规范化的制度建立起来，让大家都能接受，就容易多了。"陆文惠语重心长地说，顿了下，又说，"眼前小程的事儿还是等等再说吧。"

听了主任这一番话，戚宁对程巍然更加好奇了。外表帅气硬朗，年纪轻轻当上刑侦一把手，还执行过省厅的隐秘任务，妻子又莫名遇害，这人生经历简直太戏剧化了。沉吟了一会儿，戚宁抬头说："主任，要不我再跟他沟通沟通？"

"那也好，反正咱们这近期的工作也不多，你试着再做做他的思想工作也行。"陆文惠紧跟着叮嘱道，"你也要注意自己的方式，一定不能影响程队的正常工作，懂吗？"

"明白。"戚宁心满意足地说。

与此同时，程巍然、徐天成和方宇，三个人开了个小会。

程巍然不得不承认，戚宁重返风林小区案发现场，通过一系列行为证据分析，最终得出了"凶手杀错人"的结论，是具有一定逻辑性的，值得认真探讨，乃至形成一个侦查方向。

如果凶手确实杀错了人，而他真正的目标是屋子女主人李春丽，这说明凶手并不认识李春丽，表明案件系雇佣杀人。可是雇佣杀人动机会是什么？李春丽这么一个专职家庭主妇，会与什么人有如此深重的仇怨呢？真的是很让人摸不着头脑。不过目前还未有实质性证据支持凶手杀错人的结论，三个人商量了一下，都觉得还是两条腿走路比较稳妥。"入室抢劫杀人"和"雇佣杀人"这两个迥然不同的侦查方向，要同时着手推进。

几家物流公司均否认风林小区监控拍到的快递员模样的嫌疑人是自家员工，实际讯问到负责派送风林小区快件的相关快递员，也确实有的外形差得太多，有的具有确凿的不在场证据。所以，视频中的快递员应该是凶手假扮的。那么，关于入室抢劫杀人这一侦破方向接下来的工作重点，要倾向于对流窜作案和前科犯作案的大规模排查。程巍然把这一任务交给重案一大队老资格侦察员马成功去负责，好让徐天成腾出手和方宇合力抓一下雇佣杀人那条线。

午后，顶着大太阳，徐天成和方宇将车停在汇文小区的大门口。

李春丽夫妻俩在这个小区里也有一套房子，由于风林小区的房子发生命案，她和丈夫当晚便搬至这里住下。

徐天成给李春丽打手机时她正在医院办事，徐天成说有重要事情需要和她见一面，她便让徐天成先到小区门口等着，说她随后就到。果然，两人刚把车停下不到5分钟，李春丽便从街边一辆出租车里钻出来。为节省时间，徐天成表示就不进屋了，让李春丽坐到他们车上说话。

李春丽现年45岁，本科学历，早年在本市一家叫作"天成房地产有限公司"的财务部门工作。后来因公出差遭遇车祸，导致腰椎严重损伤，虽经过一系列妥善治疗，但久站和久坐都会觉得乏累，无法长时间工作，便干脆辞职安心做家庭主妇。她丈夫叫郑源，现年46岁，也在天成公司工作，目前任该公司营销部总监。夫妻二人有一个独子，叫郑闯，现于北京一所高校读大一。

应徐天成要求，李春丽简单介绍了自己一家人的情况，但对于风林小区案有可能是针对她的说法则颇不以为然，说他们一家人素来不与人结怨，尤其她一天到晚围着锅碗瓢盆和油盐酱醋转，根本没机会招惹别人。还特别强调她和丈夫感情融洽，而且丈夫为人正派，在单位也一贯低调、不张扬，不太可能给家里乃至她带来什么麻烦。总之，她认为肯定是警方弄错了。

看她是这种姿态，徐天成也不好再多说什么，嘱咐她平日多加小心，一旦身边出现可疑的人和事，要及时与警方联系。

据不完全统计，谋杀案中配偶作案的比例高达70%，所以通常警方会将配偶作为第一嫌疑人。也即是说，如果李春丽是谋杀对象，幕后主使者嫌疑最大的非她丈夫郑源莫属。

与李春丽分别不久，方宇和徐天成便在天成公司见到了郑源。对于警察的突然来访，郑源显得相当意外，愣了好一会儿，才想起招呼二人落座。

一番客套之后，谈话直奔主题，方宇试探着问："你对发生在你们家的案子怎么看？"

"不是说抢劫杀人吗？"郑源一副摸不着头脑的样子，回答。

"7月26号，也就是昨天，下午一点到两点之间你在哪儿？在做什么？"方宇继续问。

郑源看了一眼方宇，表情有些不快："你们这是在怀疑我？"

"郑先生，你别介意，这是我们正常的办案程序，麻烦你配合一下。"徐天成接下话说。

"噢，没问题，我肯定配合。"听了徐天成的话，郑源立马缓和了语气，一边做出一副极力回忆的样子，一边说道，"昨天下午那个时候，我应该待在经典咖啡店里。"

"上班时间出去喝咖啡？"方宇质疑道。

"我本来是想去见一个客户，不过把时间记错了。反正去都去了，索性点杯咖啡多坐了会儿。"郑源笑着解释说，"这阵子公司事情太多了，我有点忙晕了，其实应该是今天跟那个客户见面。不过他刚刚来电话，说临时有事，会面又改到明天了。"

"把客户的联系方式说一下。"方宇说。

郑源从名片夹中取出一张名片递过来："喏，这是他的名片。"

"你仔细想想，最近有没有与人结怨？"徐天成收起名片问。

"没有啊！"郑源不假思索地说，皱了皱眉，反问道，"我家里被抢劫，还有我小舅子媳妇被杀，怎么会跟我有干系？"

"我们怀疑凶手其实是冲着你爱人去的。"徐天成和方宇对了下眼，然后扭头盯着郑源说。

"不可能，绝不可能！"郑源猛摇着头斩钉截铁道，可是随即，他犹疑了一下，才接着说，"我实在想象不出有什么人会想要杀春丽。对了，你们怀疑我吧？太荒谬了！"

"刚刚已经解释过了，我们办案必须要考虑到每一种可能性。"方宇接下话说，"李春丽最近有没有什么异常表现，有没有认识新的朋友什么的？"

"挺正常的啊！她的朋友我都认识，没什么特别。"郑源跟着解释说，"除了跟儿子和她几个特别要好的闺密，她从来不在网上聊天，更别说交朋友了。"

"那好，今天就到这里，如果再想起什么线索可以给我们打电话。"徐天成站起身来和郑源握了握手。方宇也合上记事本，从包里拿出一张名片递到他手上。

出了天成公司，刚钻进车里，方宇便说："这郑源怎么给我的感觉怪怪的，咱们问他昨天下午的事，他用得着那么一通想吗？尤其给咱的不在场证据，说了等于没说。咖啡店是公共场所，他又是一个人独坐，所以即使没人注意到他，咱们也不能完全否定他在那儿不是？"

"有点惺惺作态。"徐天成点头说，"你注意到没有，他在脱口说出李春丽不可能是案子目标后，情绪上有个停顿状态，好像突然想到了什么。会不会他其实真想到了一种李春丽成为受害目标的可能性？"

"反正挺滑头的，咱还是先去咖啡店落实下再说吧。"说话间方宇发动起车子，驶了出去。

经典咖啡店在中山路附近，离天成公司不远，汽车拐过两三个路口，差不多10分钟便到了。在行车期间，徐天成按照名片上留的电话，联系到郑源提到的客户。对方表示郑源所说属实，确实今天下午本来是要在经典咖啡店会面的。

两人走进咖啡店，亮明身份，方宇拿出手机调出郑源照片让服务员们指认。没承想，几名服务员干脆利落地否定了郑源来店里的可能，然后解释说，昨天因为电力问题，咖啡店闭店一天。

郑源不在场的证据这么轻而易举被推翻倒是有些出乎意料，徐天成和方宇准备先回队里把情况汇报一下再做打算，以免打草惊蛇。而就在此时，徐天成接到了程巍然的电话，让他和方宇立即赶往红菱公园，那里刚刚发现了一具男尸。

{ 5
嫌疑犯人 }

红菱公园是一座开放式的生态森林公园，园内休憩游玩的大都是住在附近的居民。案发现场在公园深处一座假山后的树丛里，是一位遛弯的大爷因尿急钻进树丛里方便才发现了死者，随后拨打了报警电话。

"死者，男性，死亡时间大致在昨日（7月26日）19点到20点之间。腹部右侧和肝脏部位有两处锐器创伤，不出意外应该是被人用刀具捅死的。从周围血迹分布和尸斑上看，这里就是第一作案现场。"法医林欢照惯例大致说了下现场尸体初检结果。

程巍然皱了皱眉，有点像自言自语地说："凶手是左撇子。"

"正面伤人，创伤集中在死者身体右侧，应该是左手持刀造成的。"徐天成从树丛里钻出来，戴着白手套的手中举着一个黑色皮夹子，说，"钱包扔在尸体旁边，里面就剩下一张死者本人身份证。脖子上有戴过项链的痕迹，但项链不见了，也没发现其手机，估计是抢劫杀人。"

"说不定他也跟那大爷似的，想到树丛里方便，结果被人盯上了。"紧跟着从树丛里钻出来的方宇接下话，随即又从徐天成手里拿过死者钱包，抽出身份证，放在眼前，"这哥们儿叫郝卫东，32岁，家庭住址是红菱区东纬路125号2单元601室。"

"住得不远，老徐你去趟他家里看看。"冲徐天成说完，程巍然转而又冲方宇吩咐道，"小方留下，四处问问，找找潜在目击者。"

"好。"徐、方二人齐声应道。

夜里10点多，支队长办公室里还亮着灯。程巍然抱着膀子怔怔地坐在大班椅上，身前桌上依次摆着三盒泡面。

不多时，徐天成和方宇脚前脚后走进来。前者一屁股坐到侧边会客沙发上，后者手脚麻利地把泡面捧到饮水机旁，接入热水，开始泡面。看起来这样的晚餐场景，是三个人深夜工作时的常态。

很快，办公室里响起一阵"哧溜""哧溜"的吃面声，方宇边吃边汇报："在公园里问了一大圈，反正能问到的都问了，都说昨晚没注意到公园里有形迹可疑的人。"

"郝卫东是一名出租车替班司机，主要开白班，昨天晚饭后出去遛弯便再也没回家。他媳妇今天上午已经报警了，派出所让她自己先找找再说。"徐天成接着说道。

"出租车车主见了吗？"程巍然问。

"见了，据他说郝卫东昨天下午三点半交的班，之后两人再没联系过。"徐天成捧起泡面盒喝了口汤，然后说，"车主还反映郝卫东有赌博的毛病，在外面欠了不少的赌债，他觉得郝卫东的死有可能跟赌债有关系。对了，昨天他们交接班时，车主看郝卫东手里拿了两部手机，便问他多了部手机哪来的。郝卫东说是捡的。车主看那手机就是普通的国产手机，便也没再多问。"

"债主信息有吗？"程巍然问。

"他媳妇压根儿就不知道这档子事，车主只知道经常跟他在一起赌的有两个也是开出租车的，其余的他就不清楚了。"徐天成说。

"嗯。"程巍然沉吟了一会儿，说，"李春丽的案子线索找得怎么样？"

"具体线索还没有，不过她丈夫郑源给了我们一个假的不在现场的说法。"方宇说。

"他说案发时间段他待在一家咖啡店里，事实上那家咖啡店当天根本没营业。"徐天成进一步解释道。

"他干吗要扯这个谎？"程巍然一脸纳闷地说，"如果是他雇佣杀人，案发时他更应该老老实实待在单位给自己制造一个不在现场的证据。他一大公司高管，总不至于连这点头脑都没有吧？"

"他会不会亲自去给杀手指路了？"方宇说。

"看来得深挖一下他的背景信息，看看他到底有没有雇佣杀人的动机。"徐天成说。

"干脆直接传唤他，反正咱也有由头。"方宇提议道。

"行，明早把他带回来审审。"程巍然思索片刻道，"这样，你们俩还是主抓这个案子，红菱公园的案子我让二大队接手。"

徐天成点下头，紧跟着问："老马那边排查得怎么样了？"

"目前还没消息。"程巍然说。

次日上午，郑源被带到刑警支队的审讯室。程巍然接到消息准备前去观摩，刚走出办公室，便看到戚宁正从楼梯走上来。他并未停止脚步，装作没注意到戚宁的存在，目不斜视地迈着沉稳的步子从戚宁身边走过。戚宁知道他这是在装相，使劲跺了下脚，一赌气转身跟了上去。

二号审讯室，灯光昏黄。郑源面无表情地坐在属于犯罪嫌疑人的椅子上，对面审讯桌后面坐着神情严肃的徐天成和方宇。

徐天成先开口问道："知道为什么把你带到这来吗？"

"不知道，我还正纳闷呢。"郑源故作坦然地答道。

"还是那个问题，7月26号下午1点到2点之间你在哪儿？在做什么？"徐天成说。

"就为这个？我昨天已经说得很清楚了，我在外面喝咖啡。"郑源将手指搭在眉骨上，一副不耐烦的样子，扬着声音说，"我今天有非常重要的客户要见，你们这不是瞎耽误我工夫吗？"

"你撒谎！我们已经核实过，你说的那家咖啡店那天根本没营业！"方宇也提高音量，压住郑源的声音说。

"什么？我……"郑源被呛住，一时语塞，愣了会儿，便低下头默不作声了。

"怎么了？说话啊！老实交代，那天你到底干吗去了？"徐天成逼视道。

此时郑源脑子里很乱，先前还暗自庆幸，正好早前约过一个客户在经典咖啡店会面，接受讯问时，便急中生智利用此编了个不在场证据。虽然有些牵强，但警察反驳不了，也就不能拿他怎样。可怎么也没料到咖啡店偏偏在那天歇业。

要不，跟他们说实话？郑源脑海里闪过一个念头，但随即又坚决地否定了。不行，不能把王燕牵扯进来！如果自己和她的关系曝了光，那后果可是不堪设想的！不能说，一定不能说！反正现在还没有人知道自己和她的关系，这一点他很有信心。

看他低着头不说话，老徐准备施加点压力，说："我想你爱人李春丽一定很想知道你为什么要找人杀她。"

"胡说，一派胡言！"郑源激动地吼了一句，随即眨了眨眼睛，又语气软软地说，"对不起，我确实没讲实话。那天下午，我其实……"郑源又停住话，表情显得犹豫不决，好像在思考该怎么说下去，末了，又好像突然下定了决心似的，说道，"那天下午我做的事情，属于我的隐私，我敢保证和你们要查的案子无关。"

"我们现在调查的是一件谋杀案，你要做的是把真实情况说出来，由我们来界定其中的利害关系。"方宇也决定刺激他一下，说，"再说你有没有想过，你这样的表现，你爱人知道了会作何感想？"

"好吧，那天下午我就是心里觉得闷得慌，一个人在街上溜达了一会儿。你们要是觉得我做了犯法的事儿，那就拿出证据来，我现在请求见我的律师！"郑源的语气竟蛮横起来，随便找了个托词，一副爱谁谁的姿态。

"行啊，你还狂上了，你以为你那点儿破事我们真的查不出来？"徐天成使劲拍了下桌子，弄出很大的声响。

郑源身子一缩，好像被惊着了，右手下意识地摸了摸左腕上的手表。

隔着专用的单向玻璃窗，程巍然站在隔壁观察室里，默默注视着这场审讯。戚宁不请自来地跟在他身边。

目睹了郑源刚刚的细微反应，戚宁脸上掠过一丝狡黠的笑容，情不自禁地道："渣男，出轨了还这么嘴硬！"

程巍然听到声音，转了下头，冷冷地瞪了她一眼。

戚宁并不退让，迎着他的目光，挑衅地说："咱们赌一下，我认为里面的渣男跟案子无关，他就是怕出轨的行径被揭穿而已。如果我说对了，你得答应我接受心理辅导，怎么样？"

"错了呢？"程巍然轻声道。

"我从此在你眼前消失。"戚宁毫不退缩地说。

程巍然眼睛继续盯向审讯室中，一副无所谓的姿态："我要听理由。"

"没问题。"戚宁清了清嗓子，信心满满地说道，"郑源一开始接受讯问，有个手指搭在眉骨上，眼睛向下瞄的动作，看似很不耐烦的样子，其实从行为心理学的角度解读，这是一个表现内心'羞愧'的行为。紧接着他又用出乎意料的声响，表达自己对传唤的恼火和埋怨，同样从心理学层面解读，当一个人内心处于恐惧不知所措时，便会转而用愤怒的情绪来获取安全感。郑源对于他在案发时间行踪的提问，第一反应是羞愧，接着才是恐惧，这与真正犯罪人的情绪反应正好是相反的。那么他到底在隐瞒什么呢？又是什么事情会让这个年近50岁的成功男人在一瞬间感到羞愧而又恐惧呢？

"我想，你作为男人不难想象，估计也就是跟女人有干系的事情。当然，以他随后表现出不惧怕咱们警方的姿态，可以排除与女性有关的违法勾当。那就基本上只剩下一种可能性——他在和一个女人约会，并且他们之间的关系是'极度'见不得光的。

"咱们可以稍微总结一下：郑源前后接受过两次讯问，当中的利害关系他已经很清楚了，而且徐哥和方宇把他爱人李春丽搬出来对他心理进行施压，他仍然死活不说案发当时他到底干吗去了，甚至还摆出一副完全豁出去的架势与咱们对抗，所以我用'极度'这个词来形容绝不过分。

"至于出轨对象是有夫之妇自不必说，关键就在于对方的身份，或者说对方丈夫的身份。我倾向于对方丈夫有一定的权势背景，可以左右郑源人生的某个方面，所以他才极度惧怕出轨的事实被曝光。另外，我还可以告诉你，他与出轨对象有很大的年龄差距。你看他上身穿的是一件粉色T恤衫，下身穿的是一条浅色牛仔裤，看起来是不是与他的年龄和地位很不相符？通常一个人的穿着与年龄反差过大的话，就会让人觉得是在刻意追求年轻化。用年轻的心态来弥补年龄上的差距，这在社会上的老夫少妻组合中是很常见的事情。

"最后要说他戴的那块名牌手表。心理学的研究表明：人在压力下做出一些下意识的行为，往往是出于一种对自我进行保护的本能。我刚刚注意到他在接受讯问时，尤其是后半段，他会不自觉地摩挲那块表。意味着在那个当下，那块手表对他来说很重要，他为此感到焦虑。再联系到前面的推论，显然手表和出轨对象是有关联的。"

"一定是女的？"程巍然又是没头没尾地问。

好在戚宁已基本适应他说话的方式，明白他问话的意思，凝了下神，说："'同性'出轨倒也不是没可能，如果是真的，当然也会令他背负相当重的心理负担。不过目前还没有一种心理学能界定同性恋者的行为特征，所以，这一点我给不了你科学的鉴别意见。但就郑源来说，他不配合审问更多的是在保护他自己，加上他这种对抗情绪和蛮横的劲头，可以看出他有很强烈的自我认同感，也具有一定的大男子主义倾向。这与同性恋者对于自我身份认同的茫然，可以说是背道而驰，甚至可以说这两者之间是相当憎恶的。所以我个人还是坚持我刚刚的判断，出轨女性的概率更大。"

程巍然点点头，陷入一阵思索。沉默片刻，抬手敲了几下玻璃窗。审讯室里面的徐天成心领神会，冲方宇使了个眼色。方宇立马起身出了审讯室，转进观察室。

程巍然冲他勾勾手指，示意他附耳过来，歪着脑袋在他耳边轻声交代了一番。

方宇回到审讯室座位上，稳了稳情绪，说："郑源，你把头抬起来。跟我说说，既然你说案子和你无关，你为什么感到羞愧？"

郑源猛地抬起头，疑惑地望着方宇。老徐也侧过身子看着他，有些摸不着头脑。

方宇冷哼一声，继续说："是因为一个女人吧？你的情人吗？"

郑源像触电了似的，身子一震，但嘴上还硬撑着："我……我不明白你在说什么，我没有什么情人。"

方宇笑了笑，好像早料到他会如此作答，饶有深意地盯了他片刻，突然一连串地说道："她是有夫之妇，至少比你年轻5岁，而且她是你上司的老婆，对吗？"方宇指了指郑源的左手，"你手腕上戴的那块价值不菲的名牌手表，也是她送的吧？"

郑源费力地咽了一下口水，抹了抹额头上的汗珠，眼睛死死盯着方宇，想从他脸上窥视出点儿什么来。他实在不明白，这个看起来毫不起眼的小警察出去一趟，怎么突然间茅塞顿开了？

方宇见火候差不多了，继续施压道："你还是可以保留沉默的权利，我们自己能查，无非是浪费一些时间罢了。不过到时候就不会这么低调了，有可能会闹得满城风雨。"

"不，不，我说，我说！"郑源终于缴械投降，随即一股脑地交代道，"你说的都对，我确实有个情人。她叫王燕，在利民小学当老师，今年30岁，我们保持情人关系有两年了。前天是周三，下午她学校没课，我们在华美酒店开了房……我们彼此，彼此真的非常相爱。只是她，她是我们公司总经理的第二任妻子……"

"怎么样，我赢了，你不想说点什么吗？"观察室里，戚宁昂着头，把脸逼近程巍然说。

程巍然用余光瞥了她一眼，不急不缓应道："我们现在的调查方向是以雇佣杀人为前提，郑源刚刚的供认实质上为我们提供了一个作案动机，而且还让我们多了一个调查对象——王燕。你说他跟案子有没有关联？"

"你，你这是强词夺理！"戚宁心说明明是自己赢了，不过程巍然这么一说好像也有点道理，便涨红着脸一时想不出该如何争辩。

程巍然这时又扭头，用鄙夷的目光上下打量戚宁一番，不咸不淡地说："再说，我答应和你赌了吗？"

说罢，程巍然转回头，微微翘了翘嘴角，脸上露出一丝久违的浅笑。

{ 6
死无对证 }

　　还是那个梦。梦境依然诡谲惨烈，在漫天的血光之中程巍然被惊醒，枕边的手机也在这时响了起来。他侧了侧身把手机摸索到手上，顺便扫了眼床头的闹钟，还不到早晨6点。他知道这个时间打来的电话，不会带来什么好消息，准是哪儿又出了案子。

　　案发现场在绿城小区的一栋居民楼下，准确点说是在两栋居民楼之间的行人道上，一名男子毫无气息地躺在那儿。

　　尸体现场初检已经结束，林欢汇报道："尸斑主要分布在背部和臀部，脑后有血肿，鼻腔和口腔有少量血液和脑脊液。从起落点方位和跌落方式判断，应该是下肢先着地，外力通过脊椎传导，从而造成颅底骨折，引发死亡。"

　　"通过痕迹判断，起落点在6楼那个窗户的位置，"徐天成向楼上指着说，"死者应该是顺着下水管爬到6楼，然后想踩着空调外挂机通过窗户翻进屋内行窃。没承想屋主的狗住在那个房间，狗听到动静叫了几声，小偷可能一时慌张，脚下踩空，从楼上摔了下来。"

　　"6楼的屋主说狗确实在凌晨狂叫了一阵。楼下也有住户反映，在凌晨三四点钟听到'砰'的一声闷响，估计那就是小偷摔下来的时候。"方宇接下话说。

　　"身份确认了吗？"程巍然问。

　　"他带了个腰包，里面只有作案工具，没找到身份证明。周围的住户我问了几个，也都不认识他。"方宇说着话，把死者的腰包递向程巍然。

　　程巍然从裤兜里掏出白手套戴上，接过腰包，拉开拉链，看到里面有几把螺丝刀和一把壁纸刀。他注意到包里还有个夹层，伸手进去摸了摸，竟掏出一排药片，他看着上面的标示，随口念道："吗啡片？"

"给我看一下。"林欢听到他的声音凑过来,打量几眼,道,"确实是吗啡片,是正规药厂生产的,主要为癌症末期病人抑制疼痛用的。"

"这哥们真敬业,属于生命不息、奋斗不止啊!"方宇讯笑道。

"也许是因为负担不起药费才出来偷窃的。"林欢叹着气说,"这药一盒得百八十块钱,出现耐药性和成瘾性后,一盒可能就能顶两三天。"

"差不多就收队吧,抓紧时间把身份落实了。"程巍然吩咐道,"查查指纹数据库,不行就各大医院跑跑,药是处方药,肯定有记录。"

案情发展比料想的要顺利。早上从6楼掉下来摔死的盗窃嫌疑人叫张超,今年35岁,本地人。多年前曾因故意伤害他人罪被判处三年有期徒刑,因此在指纹数据库中留有样本。

随后,通过备注信息警方联系到张超家人,很快他弟弟张铎赶到刑警支队。但张铎无论如何都不相信哥哥是一个盗窃犯,情绪一度非常激动,声称肯定是警方冤枉了他哥哥。直到徐天成将张超的病历单和一摞处方药收据单摆到他眼前,他才愕然不语。

通过身份证号,方宇在市肿瘤医院查到张超的病历。病历显示他在半年前查出患有晚期肝癌,他主动提出放弃治疗,只定时到医院开些止痛药品。从他弟弟张铎的表现看,显然张超并未把病情告知家人。

此刻,张铎一边翻着张超的病历,一边抹着眼睛,抽泣着说:"我哥有今天,都是被那个坏女人害的!"

"什么女人?"徐天成问。

"我哥的前妻李楠。"张铎恨恨地说。

"这个李楠怎么害张超了?"徐天成问。

"她婚内出轨,认识了个已经是有妇之夫的小白脸,把我哥出狱后开饭店攒下的积蓄都卷跑了。不仅如此,她还把家里房子的产权证偷出来抵押给财务公司,借了一大笔高利贷与她的姘头携款私奔了。"张铎咬牙切齿地说,"更可气的是，当时她还怀着身孕，我哥早前因此都高兴坏了。谁知道那个坏女人留下一封信，大言不惭地说是她主动勾引人家丈夫的，说喜欢人家年轻帅气，还说她肚子里怀的孩子不是我哥的，让我哥别找她了。"

"后来找到李楠了吗？"

"我哥找了大半年，那对狗男女始终没有音讯，消失得无影无踪。"张铎脸上的怒气更甚了，"让我们全家激愤的是，财务公司三天两头来家里催账，被逼无奈我哥只得把房子卖了替那贱人还账。"

"那张超现在住哪儿？"徐天成问。

"被那女人刺激了，我哥后来染上酗酒的毛病，饭店也干不下去了，真是被那女人害得一无所有。他没脸回爸妈那住，正好我同事有个空房子要出租，我就帮他租下了。"张铎说。

"那他就没有经济来源了吧？"徐天成问。

"对，平常主要靠爸妈和我接济。"张铎叹口气，一脸疼惜地说，"我哥真是太傻了，有病也不跟我们说，他这是不愿再拖累我们了……所以才……呜呜……"张铎忍不住哭出声来。

徐天成知道这时候劝也没用，干脆让他哭个够，转头冲一旁的方宇说："你在这儿守着，等他平复些跟他去张超住处看看。张超不见得是第一次盗窃，也许家里能找到些别的赃物。我去会会郑源的那个情人王燕，估计她和郑源两个人之中肯定有一个跟风林小区的案子有关。"

"行，你去吧。"方宇说。

昨天审完郑源，徐天成和方宇先去了华美酒店落实开房的口供，最后证实郑源的确在案发当时和王燕入住在那儿。接着两人又调取郑源的手机通话记录和财务支出信息，并讯问了他的一些社会交往，结果显示郑源近段时间各方面表现都很正常。所以，接下来的调查重点要放在王燕身上。不过这会儿她正在上课，徐天成只好坐在老师的办公间里等着。

徐天成等了好一会儿，没等到王燕下课，却等来方宇的电话。让他先不用管王燕了，给了他一个地址——说是张超住的地方，让他赶紧来一趟。

徐天成紧赶慢赶到了张超家里，竟然见到程巍然也来了，同时还看到几名勘查员正忙着搜取现场证据。他便有些纳闷地问："什么情况？怎么都来了？"

未及程巍然回应，方宇便满脸兴奋地用眼神示意徐天成往其身边的长桌上看。徐天成便绕过程巍然走到桌前，见上面摆着几个证物袋，里面分别装有一条运动裤、一部手机，以及戒指、项链、耳环等女性饰物。

"张超还没少偷啊！"徐天成没明白其中的深意，大大咧咧地说。

"不只盗窃那么简单，手机被证实是张惠的。"程巍然接下话说。

"啊！这些不会都是风林小区案中丢失的赃物吧？"徐天成这才反应过来方宇为啥那么高兴，感叹说，"真是天网恢恢疏而不漏，这张超盗窃未遂摔死了，倒是让咱们一并解决俩案子。"

稍晚些时候，李春丽到刑警支队辨认首饰，证实耳环是她的，项链和戒指是她弟媳张惠的。更晚些时间，DNA检测比对结果出炉，证实在张超家发现的运动裤上蹭有的血迹，是属于张惠的。

由此，基本可以认定，张超即是在风林小区入室抢劫杀人的犯罪嫌疑人。

张超被锁定犯罪嫌疑，他又具有合理的作案动机，且证据链完整，应该说可以宣布案件告破了。但程巍然心里莫名地有种怅然若失之感，不知道是不是因为案子破得过于简单，还是别的什么原因。

程巍然正坐在大班椅上反复地扪心自问，却被门外突然响起的敲门声打断，紧接着便看到林欢站到他的面前。林欢穿了一身杏色的修身连衣裙，脚上蹬着银光闪闪的高跟鞋，嘴唇上的口红也比平日稍艳，显然做了精心的打扮。

"案子破了，走，庆功去，一起吃个晚饭？"林欢先开口说道。

"不了，我还想把动机和证据再完善一下，"程巍然不自然地挤出一丝笑容，说，"待会儿二大队长还要过来谈红菱公园的案子。"

"那你忙吧。"林欢眼里闪过一丝失落，倒也不拖泥带水，转身便出了支队长办公室。

走廊里寂寥的高跟鞋声响渐渐远去，屋子里还停留着林欢淡淡的体香，程巍然不禁露出一脸愧疚之色。而恍然间，他脑海里蹦出一张脸，是戚宁。

想到戚宁，程巍然似乎明白自己此时此刻心里不踏实的原因了。

程巍然虽然作风强势，但他并不是一个固执己见、刚愎自用的人。对于各种先进科学的办案手段，他一直是采取开放接纳和学习的姿态。他知道对于嫌疑人的行为和心理分析，如同一个抽丝剥茧的过程，虽然最终呈现在报告中的信息只有几点，但那也是通过细致的观察与缜密复杂的分析才能得出的。当然，这其中会有演绎的部分，但这种演绎绝不是无端想象，也不是某种天赋，而是通过大量的案例分析归纳总结出的规律。就如戚宁对郑源在接受审讯时准确无误的微表情解读，看似有些自说自话，但其实背后有着非常强的专业性和逻辑性。

所以，以戚宁的专业能力，她怎么会做出与案子目前呈现的结果如此风马牛不相及的犯罪侧写报告？真是她出了问题，还是案件现在调查得仍不够透彻？

脑海里蓦然产生的疑问，让程巍然开始觉得风林小区案中的细节问题似乎还没有完全搞清楚。比如：张超住处与风林小区相距甚远，一个城东，一个城西，他是如何选中风林小区和李春丽家为作案目标的？就目前所掌握的信息看，张超与李春丽家族成员没有任何的交集，难道真的只是随机的选择吗？

而且，程巍然还隐隐有一种感觉，好像漏掉了什么线索，但又说不清楚。更让他难以释怀的是，似乎刚刚有那么个瞬间脑海里曾闪过一丝灵感，只可惜稍纵即逝没能抓住。

是手机，为什么证物中未见到张超的手机呢？

这会儿，戚宁也一样眼睛大睁着躺在床上翻来覆去睡不着。

下午，她听说案子破了，特意给方宇打了个电话，得知真相其实就是入室抢劫杀人，跟她的判断大相径庭。想起之前在程巍然面前煞有介事、言之凿凿的架势，不禁脸上阵阵发烫，但更多的是感到意外，她不由得在脑海里重新检视凶手的行为证据。

从她的专业角度说，任何人的行为都遵循他内心的指引，没有任何动作是无缘无故的，尤其在杀人这样特定的背景下。张超除去被害人下体衣物，欲将其下体彻底地暴露，显然是个跟"性意识"有关的动作。结合他的人生经历分析，他妻子主动偷情并卷走他全部家当，有可能导致他因此迁怒于整个女性群体。于是在杀人后的一瞬间，他萌生了一种以"呈现裸体"的方式来羞辱报复女性的举动。但随后，他不但没有解完被害人的睡衣扣子，并且还用床单罩住其下体，这就等于又将睡裤穿回被害人身上。只能有一种解释，他愧疚了。

问题就在于前一秒钟他还将死者作为女性群体的替代品，对着尸体做出摔脑袋和扒光衣物的行为来发泄怨念和愤恨，而后一秒他怎么可能立刻就对此感到愧疚呢？除非这中间他用自慰替代了奸尸，然后妥善处理好精液带离现场，这在以往一些以性为作案核心动机的案例中倒是也出现过。

这样一想，似乎可以打通"脱与穿"的矛盾点，只不过现在"死无对证"，戚宁没机会再去证明以上的分析。但是李春丽还活着，可不可以在她身上再下点功夫，如果能够完完全全排除她成为刺杀目标的可能性，那么戚宁也就认了。说到底，面对现在的结果，她还是不死心。

于是，也不管当下已是深夜，戚宁拿起床头桌上的手机按下方宇的号码。

7
幕后真凶

次日上午，支队长办公室中，程巍然和徐天成正议论案子。方宇急匆匆敲门走进来，身后还跟着戚宁。

徐天成皱了下眉头，问："这半上午干吗去了？"

方宇和戚宁对了下眼，然后方宇解释说："昨晚戚宁给我打电话，打听咱们调查李春丽的具体情况。我就说了那次在汇文小区门前约见她的情形，没想到被戚宁捕捉到一个先前未被咱们重视的细节。"顿了下，方宇把脸冲向徐天成说，"那天咱俩给李春丽打电话时，她当时说她在医院对不对？"

"是啊！不过没说在哪个医院！"徐天成点头说。

"那好办。"方宇干脆地说，"从打电话到她跟咱们在汇文小区门前会合，我记得这中间过了半个多小时。我对照地图计算了下，距离汇文小区半小时左右车程的只有市中心医院。至于她当时去那儿干吗，戚宁很感兴趣，所以一早我俩就去了中心医院。"

"我们查到原来李春丽患有乳腺癌，"戚宁接下话说，"她在两个多月前就查出来了，病情已到晚期，医生建议切除双乳，但她表示只接受保守治疗。"

"不知道她为什么要对咱们隐瞒她的病情，而且从与郑源的接触来看，好像他也不知道这情况。还有……"方宇笑笑，似乎想要卖个关子。

"中心医院在春柳路上，郑源和王燕经常开房的华美酒店也在春柳路附近。"徐天成插话说。

"呀，还学会抢答了。"方宇打趣一句，然后说，"你们说李春丽经常往返家与医院之间复诊，会不会碰巧目睹郑源和王燕到华美酒店开房呢？"

"很有想象空间对不对？"戚宁摊摊手，"或许李春丽早知道丈夫出轨他上司的老婆了。"

"你们俩先坐下。"程巍然指了下墙边的沙发，接着冲徐天成使了个眼色，后者便接着说道，"程队昨晚复盘整起案件，发现物证中缺少了一样东西——手机。先前在张超身上和家中都未搜索到手机，可是现如今的人怎么可能没有手机呢？事实上给张铎打电话，他说他哥有一个国产智能手机，还告诉了我们手机号码。让鉴定科查了该号码的通信记录，发现最后两次通话是来自同一个公用磁卡电话，而这个公用电话设在民生路附近，距离张超家仅隔了两条街。很幸运的是，公用电话对面有家超市设有监控，调阅监控录像证实，两次拨打电话的人正是张超。"

"他用公用电话打自己的手机，不会是手机丢了吧？"方宇问。

"我和程队也这样认为，同时我们还注意到这两次通话的时间也很蹊跷，均发生在7月26号那天，具体时间分别是下午2点42分和傍晚5点10分。对咱们比较有利的是，当时张超手机的GPS是开着的，鉴定科因此定位到这两次通话时手机所处的方位。前一次显示地址是动态的，说明当时接电话的人在高速移动，估计应该是在车上。后一次则定位到'郝卫东'家的地址。"

"郝卫东？不就是那个红菱公园案的被害人吗？"方宇诧异一下，说，"郝卫东被杀那天不就捡了个手机吗？难不成是张超的？这么说他的死也跟张超有关？"

"应该可以肯定这种说法。因为隔天那部手机再度连接到4G网络时，GPS地址显示的方位便是在张超家，说明手机从郝卫东手里又回到张超手里了。"徐天成补充道，"而且张铎证实，张超恰恰就是个左撇子。"

"你先等会儿，有点乱，容我理理——风林小区抢劫杀人案和郝卫东在红菱公园被杀一案均发生在7月26号，已经证实前一个案件系张超所为，他在风林小区作案后不久用公用电话给自己手机打了两通电话，彼时电话在出租车司机郝卫东手上，随后傍晚郝卫东在公园僻静处遇害，手机又回到张超手中。"方宇凝思片刻，进一步解读道，"事情的来龙去脉是这样的：案发当天下午，张超坐郝卫东的出租车去风林小区伺机作案，不慎将手机落在车上；然后手机被出租车司机郝卫东捡到，而张超可能直到作案后返回住处才惊觉手机不见了。他搞不清楚手机丢在哪儿了，尤其担心手机掉到作案现场，于是只好用公用电话试着拨打手机号码，好在电话很快被接通了，另一端接听电话的人正是还在拉活的郝卫东；可能出于谨小慎微的心理，张超在松了一口气的同时，也担心案件最终曝光后郝卫东会联想到他，遂干脆一不做二不休，在第二次电话中将郝卫东约到红菱公园僻静处，杀人灭口，夺回手机。"

"但手机现在为什么不见了？还有张超从郝卫东身上抢的东西呢？他为什么要把这一部分证物销毁得干干净净？"徐天成自问自答道，"只能说手机里存有对张超来说十分重要的信息，他不想被外人知晓，甚至根本就不想让任何人关注到手机的存在！处理掉与郝卫东有关的证物应该也是出于这样的考量！"

"这不对啊！人也灭口了，手机也拿回来了，张超还有什么可担心的？难道他能预计到自己会被摔死，然后牵扯出手机中的秘密和杀害郝卫东的真相？可是他人都死了，还管那些干什么？"方宇质疑说。

方宇话音落下，屋子里安静了一会儿，显然大家都在思索如何串联起刚刚这一系列线索。须臾，程巍然打破沉默，冲着戚宁问："你怎么看？"

可能对于郝卫东的案子戚宁了解得不多，刚刚那一段讨论她也插不上嘴，这会儿正呆呆地望着窗外出神。方宇用胳膊碰了她一下，她才回过神来，说："公园那案子我不太清楚，不太好说。"

"那就张超和李春丽来说呢？"程巍然追问道。

"综合目前线索来看，李春丽和张超可以说是同病相怜，不仅都身患重病、命不久矣，而且爱人都主动出轨了。我其实也说不清，只是越来越觉得这两人之间的关系不简单。"戚宁紧了下鼻子，说，"尤其李春丽，我有很大的疑问，总是觉得她身上有一种特别阴沉的气质。她没有向包括她丈夫在内的任何人提起过她的病，或许还假装不知道丈夫出轨。如果真是这样，那她极力在徐哥和方宇面前褒奖她丈夫，就有些让人看不懂了！"

"'专职家庭主妇'只是我们先前一厢情愿的看法，其实仔细看看李春丽的简历，她不仅有高学历，还做过高级白领呢！心胸、城府没有咱们想的那么简单。"程巍然略微沉吟了一下，然后说，"我说个思路吧。很早前我办过一个案子，老徐对那案子应该也有印象。当事人是一家建筑公司的老板，原先生意红火的时候曾经买过一份高额人身保险，受益人是他老婆孩子。后来生意失败欠了一屁股债，走投无路便打起那份保险单的主意。他雇凶把自己杀死了，企图给家人留一笔钱。"

"对，我记得那案子，到头来咱把案子破了，保险公司分文未赔。"徐天成附和说。

"程队你是想说，咱这案子有可能是李春丽雇用张超杀死她自己？"方宇顿悟道。

"太有可能了。同病相怜，同命相连，一个想死，一个愿埋，也只有这样的动机才能厘清所有疑点。"戚宁也恍然醒悟，斟酌了一下，又提出疑问，"不对，从现场行为特征上看，张超似乎并不知道他要杀的人，也是幕后雇用他的人。"

8 真相大白

"对，张超的确不知道，我请他杀的就是我自己！"

李春丽双手戴着手铐面容憔悴地坐在审讯椅上。经过这几天事态不断的演化，李春丽心里也经受着深深的煎熬和折磨。她怎么也想不到，自己一时生出的荒谬念头，到头来竟然害死三条人命。于是乎，愧疚、懊悔、怨恨、恐惧等各种情绪，压得她都快要透不过气了，所以当警察再一次出现在她面前时，她的心理防线瞬间便崩溃了，当即承认了罪行。

"为什么想死？"

"女人没了胸还叫女人吗？再说，想活也没剩下多少日子，我不想让别人可怜我，我想给自己保留些尊严。而且曾经那个山盟海誓宣称永远只爱我一个人的郑源也出轨了，就算活着，还有什么意义？"

"为什么选择这种方式？"

"一方面，我似乎没有足够的勇气自杀；另一方面，我想给儿子和尚在人世的父母留些脸面，不想让别人说他们有个自杀的妈妈或者女儿。当然，一开始只是个念想，直到张超的出现，我觉得可以把它变成现实。"

"怎么认识张超的？"

"通过一个同城的聊天室，后来互留了QQ，因为彼此的经历相似，我们很快成了无话不谈的朋友。他非常信任我，只是不知道我心中一直惦念着让他杀了我。”

“你提了要求他就爽快地答应了？”

“我担心他不愿意杀我，所以我提的请求是让他帮我杀了勾引我丈夫出轨的‘小三’。当然，从一开始我就没告诉他我的真名，所以后来给他的是我家的地址、我的照片和我的名字。他说他恨透了当小三的女人，反正他也快死了，他很愿意帮我这个忙。”

“具体怎么计划的？”

“我跟张超特意约好在7月26号星期三动手，先前约的是下午两点左右，我跟他说小三李春丽那天独自在家，是动手的好时机，还煞有介事地提议让他扮成快递员。一切我都计划得很好，没承想我弟媳因为和我弟吵架，午后突然跑到我家里来哭诉。随后不久，我母亲又打来电话，说我父亲听说我弟弟两口子吵架，还动手了，一时着急高血压犯病了，让我赶紧回趟家。我给弟媳拿了套睡衣，让她先洗个澡，好好睡一觉消消气，然后赶紧出门去我妈家。走之前我给张超在QQ上留言了几句，说下午的计划取消。只是那时候他已经快到小区了，要命的是他手机已经丢了他还浑然不觉。当然，这都是他找回手机后跟我说的。”

“张超后来说没说他怎么会杀错人？他不是有你照片吗？”

“对，照片存在他手机里，主要还是因为他第一次做那种事心里紧张。再一个也是阴差阳错，他说他当时敲开我家的门，说是送快递的，还特意问了我弟媳一句是不是李春丽本人。我弟媳那时可能也是心烦，懒得解释，以为就是帮着接一份快递，便随口说是。结果，虽然张超觉得跟印象里的照片不太像，但还是动手了，直到他看到床头的照片。”

“他有跟你说了手机是怎么找回的吗？”

“说是那天把手机落在出租车里了。他手机没设密码，结果我们之间的对话记录被出租车司机看到了，后来他打电话想要回手机时，那出租车司机对他提出了勒索，他便索性把那人也杀了。他还说不用我担心，他会做好善后的，哪怕是死也绝不会把我暴露出去。”

"这么说他是故意制造了盗窃未遂从楼上掉下来摔死的假象？"

"他没跟我说具体怎么做，但我想他是那样计划的。我现在真后悔，害了他这样一个好人，不惜用自己的死，来掩盖我的罪孽。"

"对了，你刚刚说特意选在周三是什么意思？"

"自从偶然撞到郑源和他上司的老婆王燕出轨，我就开始留意他，发现他只有每周三回来身上才会有那种酒店劣质的沐浴露的香味。我想是因为王燕是小学老师，每周三下午没课，她可以找借口从学校溜出来，又不会被她丈夫发现。所以，我计划让张超在周三下午杀了我，如果事后郑源发现他和王燕有性关系的同时，他老婆我被人杀了，也许会对他有些触动。当然，他要是还有良心的话。说白了，我就是不想让他下半辈子痛快，想让他时时刻刻都遭受内心的折磨和谴责。"

············

"扯淡！"程巍然在隔壁观察室莫名地恼火起来，冷冷地吐出两个字。

一旁的戚宁很是诧异，以为他这是大男子主义语境，不禁针锋相对地说："扯淡也是因为你们男人先出轨的，要是换成我就真把他的蛋扯下来。"

第二章

胜利即正义

{ 1
雨夜谋杀 }

阴云密布了一整天，终于爆发了。霹雳闪电，狂风骤起，暴雨倾盆而泻。硕大的雨滴由天幕上滚滚砸落，使得原本静谧的夜晚顷刻间变得异常嘈杂凌乱。路边摇曳的街灯在狂风的肆虐下，发出影影绰绰的光亮，犹如飘浮在空中的幽冥鬼火。这仿若恐怖电影中的序幕，而随之而来的情节总是让人心神战栗。

雨越下越大，街上几乎没有行人，春海市景程花园别墅小区里的住户也大都提前进入了梦乡。此时，一道闪电由小区的人工湖上划过，耀眼的光亮在碧波上显得尤为绚烂。那光亮同时也扫过了湖畔一栋两层别墅的窗户，窗户上竟显出一个人影。

那人身着黑衣黑裤，头罩黑色兜帽，一双眸子也是黑亮黑亮的。他置身别墅屋内，透过窗户注视着远处，眼神中充满了渴求和期盼。

他不时抬腕看着时间，好像与某人在某个时间有什么约定。

终于，远处有两束灯光显现，灯光越来越近直至熄灭。在"砰"的一声关上车门之后，是一阵急促的高跟鞋声响。高跟鞋声在别墅门前收住，紧接着是哗啦啦掏出钥匙的声音……

屋内的黑影深吸了一口气，或许是因为紧张，又或许是因为兴奋，身子有些微微颤动，眼睛里散发着异样的光彩。他快步闪到门口将身子贴在门边，双手紧紧扯着一根绳索，在黑暗中静待大门开启。

房门开启的一刹那，地狱之门也随之打开……

不知老天爷是被罪恶激怒了，还是要将罪恶无声无息地淹没掉，这一刻，夜更黑，风更狂，雨更急，天地间一片肃穆。

8月23日。

一大早，景程花园别墅小区16号楼一栋青灰色的别墅周围，已经被警戒线圈了起来。线外聚集着一些围观的群众，他们或交头接耳低声议论，或对着屋子指指点点，胆子大些的踮着脚、伸着脖子，使劲地朝屋子里面张望着。

程巍然从黑色大切诺基上走下来，分开围观的人群，掀起警戒线，走进室内。

死者是个女人，全身赤裸，被绳子捆绑住，低垂着头像尊雕塑般跪立在客厅中摆放的液晶电视前面。丰满的胸脯和身下的地面上都留有不同程度的血迹。血迹虽然不多，但在雪白躯体的映衬下，却显得分外殷红。身后茶几上，她的衣物被整齐地叠好摆放在那儿。

法医和勘查员都在忙着，程巍然照旧没有打扰他们，而是站在一旁默默打量着屋子。

别墅共有两层，装修精致考究。一层客厅看起来足有40多平方米，地上铺着米色的大理石地砖，墙上贴着带有手工绘图的灰色带绿色丝线纹的墙纸，天棚上吊着一盏炫彩华丽的水晶吊灯，沙发、茶几、装饰柜古朴典雅，并配以一系列高档家用电器的点缀。程巍然心想，这大概就是时下流行的欧式复古风格吧，也就是所谓低调中的奢华。能够想象，住在这样房子里的人一定是非富即贵。

客厅西侧的尽头有一间卧室。程巍然走了进去。墙上挂着明星海报，单人沙发床上堆着毛绒玩具，床边是一个书架和电脑桌的组合，书架上有参考书、漫画书。书架上还有两个相框，一个镶嵌着一个可爱女孩的照片，另一个是母女合影。电脑按钮上落了一层灰，看来已经很久没用过了。这很显然是孩子的卧室，不过孩子应该不住在家里。

别墅是中空设计，从客厅里便能看到二层有两个房间——一间是客房，一间是主卧。

程巍然走进卧室。卧室很大，有独立的洗浴间，装修同样是豪华气派。床头的墙上挂着一幅巨大的油画，是一个女人的画像。仔细看看，画像上的人竟是女死者。程巍然直视着油画，顿感画中之人气场强大。

整个屋子里都没看见男人的照片。

"自恋，强势，支配欲望强烈，离婚，独居，有一个女儿，女儿有可能与前夫生活。"程巍然楼上楼下转了一圈，对被害人大概有了些判断。

走下楼梯，徐天成和方宇迎过来，徐天成先说道："尸体是被早晨来打扫的清洁工发现的，也是她报的案。死者叫于梅，42岁，本市人，是正扬律师事务所的负责人。现场刚刚检查过，窗户有被撬过的痕迹，内侧房门上有划痕，可能是死者挣扎的时候划上的。屋内没有被明显翻动过的痕迹，钱包里的大量现金以及信用卡也没被动过，其余财物还有待核实。"

方宇接着说："昨夜风雨很大，邻居都早早地睡了，没听到什么异常的动静。从邻居那儿了解到的死者情况是：她已经离异两年多了，现独居，有一个女儿由前夫抚养，前夫叫刘祥林，是师范大学的老师。"方宇抬头看了一眼程巍然，发现他的注意力被自己身后的什么东西吸引住了，于是转过身子，只见法医林欢正双手扶着死者原本低垂的头，而在死者血肉模糊的嘴里好像少了样东西……

是舌头！程巍然皱皱眉头，面色更加严峻。他走到死者身前，蹲下身子仔细察看。果然，舌头被割掉了！

"舌头是被整个拉出来由根部切下的，切口整齐利落，手法很内行。除此之外，死者身上没有发现其他伤口。死者颈部甲状软骨下方有比较明显的勒痕，勒沟深而边缘不整，皮革样化显著，皮肤小崎状隆起并伴有点状出血。简言之，死者是被细硬绳索勒死的。死亡时间至少在8小时以上。现在掌握的情况就这么多，具体结果还要等解剖以后才能得出。"林欢站起身子，脱掉手套，说。

程巍然微微点头，简言道："抓紧时间。"

2 犯罪侧写

　　春海市地处黄渤海之滨，具有海洋性特点的暖温带大陆性季风气候，冬无严寒，夏无酷暑，四季分明。到了8月底差不多就是夏天的尾巴了，但往往这个时候气温是最高的，又赶上昨夜下了场雨，湿度较大，整个城市像一个大蒸笼似的，闷热得让人透不过气来。

　　汽车行驶在马路上，滚滚热浪从四面八方钻进车里。徐天成终于忍不住把衬衫扣子全部解开，露出大大的肚腩，肥硕的屁股在车座上挪来蹭去，一副坐立难安的样子。

　　握着方向盘开车的方宇忍不住揶揄道："你说你弄这身肉干吗？冬天不保暖，夏天又热得够呛！"

　　"呵呵，那倒是！"徐天成拍拍自己的肚皮，"这身肉对我来说也是负担，总想减，可总也坚持不下来。对了，抽空把咱车的空调修修！"

　　方宇"嗯"了一声，说："知道了。其实昨天都跟修车厂约好了，谁知道会出这么大的案子，落实完报案人资料，回到队里都是晚上了。"

　　"查得怎么样？"徐天成问。

　　"排除嫌疑了。她是于梅的一个远房表嫂，下岗后找不到工作，正好于梅需要钟点工就雇用了她。她有房门的钥匙，但保存得很好。社会关系也很简单，有一个上高中的儿子，丈夫有慢性病经常需要住院。案发当晚她在医院陪床，这一点医院的护士以及邻床的病友都可以证实。"方宇说。

　　徐天成点点头，没再搭话，而是用一只手拼命地扇着衣襟，看样子恨不得一头扎进冰箱里。

　　看徐天成热得实在难受，方宇也懒得再挑起话题，使劲踩了几脚油门，加快车速向师范大学驶去。他们此行的目的，是要对被害人于梅的前夫做一次例行询问。

对于警察的突然来访，刘祥林好像并不觉得意外，看起来已经收到前妻遇害的消息。

一番客套问候之后，方宇问："你和于梅离婚后关系怎么样？"

"还可以吧。"刘祥林勉强地说，"我们是协议离婚的，很少见面，只是偶尔通个电话，关系谈不上好也谈不上坏。"

"8月22日，也就是前天21点到23点，你在做什么？"方宇问。

"我在家。"刘祥林解释说，"我离婚后跟父母住在一起，我们这种做老师的也没什么应酬，前天晚上也没什么特别的，我跟孩子还有我爸妈一大家子人待在一起。当然，那个点我都睡了。"

"你和于梅最后一次联系是在什么时候？"方宇问。

"我和她离婚之后很少联系，最后一次应该是……"刘祥林拿出手机，翻看了一会儿，"7月中旬，也没什么大事，就是她问我女儿暑假补课的安排。"

"于梅身边有谁和她的芥蒂比较深？"方宇问。

刘祥林怔了怔，摇摇头，说："不清楚，我对她工作上和朋友圈子里的人都不怎么熟悉，所以真的没什么能帮到你们的。"

"刘老师，我们来是想让你帮我们更全面地对你前妻做个了解，从而希望更快地找出她被害的原因。"徐天成看出刘祥林有些犹疑，便客气地说道，"我们希望你知无不言，如果有对你隐私造成损害的地方，我们会为你保密。"

"人都不在了，能影响我什么？"刘祥林脸上露出一丝苦笑，斟酌了下，说道，"好吧，那我就说说。

"于梅是个控制狂，尤其是对我，都到了病态的程度。我们在一起的时候，她连我穿什么衣服、梳什么发型都要管。每天查我的电话，翻我衣服，稍有不如意便会大发脾气。为了孩子我忍了很多年，后来实在受不了，便提出离婚。她答应得倒挺爽快，但是我必须净身出户，而且还要写一份保证书——保证我在孩子上大学之前不再交女朋友。"

"那你就真没再找？"方宇试探着问。

"没找，倒也不是她的原因，是我还不想找，太累了。"刘祥林撇了下嘴，讪笑着说，"她自己是律师，怎么会不知道那份所谓的保证书根本不具备法律效力。她说是怕女儿将来受委屈影响学业。她就是这样的人，为达目的无所不用其极。工作上也是，为了能赢官司什么手段都敢使，我就知道她早晚会出事。"

"有没有具体的事例给我们讲讲？"徐天成追问道。

"你要让我说，我还真说不上来，主要是有那种感觉。"刘祥林摊摊双手说，"反正那时候在家里一接到工作上的电话，她就一副神神秘秘提防别人的表情。时间长了，她接电话我就主动走开。"

"好吧，你要想起什么，再联系我们。"徐天成说。

从师范大学出来，徐天成和方宇马不停蹄去了刘祥林家里落实他的口供，接着又去了于梅父母家里以及她的单位进行走访，总体来说还是有些收获的。

于梅是个事业型女人，正扬律师事务所系其一手创办，历经多年发展，在春海市的律师圈里颇有名气。但由于她对工作过于投入，从而忽视了家庭，最终导致婚姻破裂。离婚后，她一直独居，并没有感情上的纠葛。她的律师事务所经营状况良好，收入颇丰，客户以高端人群为主，也没有财务上的纠纷。

不过据同事反映，在于梅遇害的前两天，有个叫吴鹏的男人来找过她。两人不知道为了什么事情谈得很不愉快，最后不欢而散。这个吴鹏原先也是该事务所的律师，两年前由于违纪被辞退，现在做什么尚不清楚。警方认为，这个人的突然出现，也许和于梅的死有关系。接下来，要重点追查这个在于梅死前与她有过异常接触的吴鹏，同时把侦破的重点放到于梅的职业上。

于梅是律师，能言善辩、巧舌如簧是她的本分，凶手杀死她又特意割掉她的舌头，显然意在惩罚。而割舌头惩罚更深层次的意义，也许是对她律师身份的报复或者剥夺。那么她的死，会不会是因为她代理过的某件诉讼案伤害到对方的利益，或者是一些纠纷引发的报复所致呢？

程巍然在与律师事务所沟通之后，吩咐徐天成抽调一组人手深入事务所，全面查阅近几年来于梅亲自经手的官司资料，希望从中找到有报复动机的嫌疑人。

通过风林小区案的合作，老徐和方宇现在跟戚宁都很熟了，对她大方直爽的个性，印象特别好。尤其欣赏她气质上看似一副女神范儿，但为人处世一点也不端着、不矫情，给人感觉有登大雅之堂的一面，也有非常接地气的一面。

当然对于戚宁的"应用犯罪心理学"专业背景，两人更是相当信服。通过捕捉犯罪嫌疑人几个微小的动作、几个不经意间的表情，便能读懂他们真实的内心世界；通过分析作案人遗留在现场的行为痕迹，便能大约刻画出他们的现实境况。如此科学新颖的办案手段，很是让两人感到耳目一新，对戚宁自然多了份信任和期许。其实，程巍然的感觉也和他俩差不多，因此当徐天成和方宇找到他，说想让戚宁帮着参谋参谋眼下看起来有些邪性的案子，程巍然便默然应许了。

戚宁作为公安大学心理学硕士研究生，学习方向分别是"警察心理学"和"犯罪心理及测试研究"。前者顾名思义是针对全国广大公安民警心理的研究与干预治疗，跟她现在从事的民警心理咨询工作算是对口；后者则属于犯罪心理学的实际应用，是通过分析行为证据，推断出未知罪犯的心理状态，从而分析出其性格、生活环境、职业、成长背景等，是一种针对罪犯的心理画像，统称为犯罪侧写。

相较而言，戚宁对于犯罪侧写这门学科要更加热爱，她很希望有朝一日能够成为一名专职的侧写师。尤其在风林小区案中初试牛刀，便显示出良好的实际效用，更是让她对这门学科的愿景充满期待。所以，当她从方宇手中接过于梅被杀案的相关文件资料，特别是方宇添油加醋将案发现场描述得异常惊悚，更是让她有些跃跃欲试。

而这一瞬间，她心里隐隐有种直觉——这是一个契机，或许自己等待了近20年的追凶之旅也就此开启。

3
{杀人仪式}

戚宁在春海只剩下两个亲人——奶奶和小姑。

奶奶如今已过杖朝之年，但耳不聋、眼不花，身子骨依旧非常硬朗。原本戚宁研究生毕业放弃留校任教选择回到故乡春海工作的原因之一，就是想要多陪伴和照顾年纪越来越大的奶奶。而现实是里里外外的家务活，都被奶奶一手包办了，实质上是奶奶在照顾她的生活起居。

至于小姑戚颖，年纪也只比戚宁大一轮，还不到40岁。结婚有年头了，但一直没孩子，丈夫是一家装修公司的老板。她自己的事业也做得有声有色，经营着一家中等规模的休闲酒吧，生意很红火。她非常疼戚宁，就像对待自己孩子似的，多年来戚宁的学费和生活开销绝大部分都是她出的。她一度非常反对戚宁当警察，甚至想出资送戚宁出国继续深造，但被戚宁拒绝了。

另外，戚宁的姥姥随舅舅一家住在北京，戚宁也曾经和他们一同生活了好多年，感情非常之深。其实舅舅很不希望她回春海发展，但是为了自己心中的执念，她还是毅然决然地回来了。

吃过晚饭，奶奶坐在客厅看电视，戚宁迫不及待地回到自己房间。她从背包里将案件资料取出来放到书桌上，一不留神，有张照片从资料夹中滑落到地上。她将照片捡起举到眼前，身子顿时僵住了——照片上一个女性死者没穿衣服跪在地上，绵软无力的头被法医用双手托着。她双眼紧闭，嘴巴微张，下巴上挂着几道干涸的血痕……

戚宁感觉自己身上的某根神经被触碰到，她赶紧翻开资料夹，将里面的其余几张照片都取出来摆到桌上，屏气凝神地逐一查看。她看得很细致，几乎在每张照片上都停留一段时间，还时不时地调整照片的顺序。

看了好一会儿，她才把视线落在案情记载上。

于梅，女，42岁，春海市人。死亡时间是8月22日22点到23点之间，死因系颈部遭到大力勒挤导致的机械性窒息。勒挤工具为细硬绳索，经勒痕比对与捆绑在被害人身上的绳索纹路相同。被害人没有遭到性侵犯，也没有发现虐尸痕迹。法医报告里还显示：被害人的舌头是在其呼吸完全停止之后被割下的，并且其身上的绑痕处没有皮下淤血迹象，表明死者也是在死后才被捆绑的。

现场勘查表明：案发现场为第一作案现场，凶手应该是通过窗户潜入室内，没有发现财物损失。凶手割舌的凶器应该是一把锋利的锐器，但由于创伤面太小，一时还无法判断锐器种类。凶器和舌头现场都没有找到，可能被凶手带走或者遗弃。凶手捆绑被害人使用的绳索是常见的尼龙绳，长度为2.5米，直径10毫米左右。现场没有采集到指纹、脚印、毛发、纤维等与凶手有关的任何证据。

发案的景程花园，是一个全封闭高档住宅小区。一共有东西两个出入口，均设有保安岗亭，住户持门禁卡进入，外来车辆进入须登记。讯问案发当晚的值班保安，均表示未发现可疑车辆和人员。至于监控方面，于梅家的别墅本身并不在监控范围内，但小区内有几个路段是设有监控的。小区物业提供的监控录像显示：在案发前后相应的时间段里，于梅家附近的一条小区马路上曾两次出现过一名黑衣人。但因当夜雨水很大，视频效果模糊，无法看清黑衣人具体长相。而在该路段尽头，小区北侧属于监控盲点的铁栅栏墙下，勘查员发现了两枚清晰的脚印，想必凶手正是从这里翻墙进出小区实施作案的。通常人的脚印是身高的七分之一，脚印长度为26厘米，因此推测凶手身高在一米八以上。

案发当晚被害人一共用手机拨打过三个电话，接过两个电话，经查证都是与工作有关的，并且当事人都有不在场的证据。最后与死者接触的人是她的一个客户，两人在新都大酒店吃了顿晚餐，分手时为晚上21点40分左右，该客户也有不在场的人证。

无法亲临案发现场，那么手上的这些资料就好似组成一幅"画像"的各种素材，戚宁需要从这些素材中找出能反映罪犯行为和心理特征的信息，然后通过特定方式的筛选，将有用的信息重新组合、合理演绎，以时间顺序进行适当排列，从而还原凶手作案的整个过程，进而拼凑出一幅凶手的"画像"。

戚宁将资料反复看过几遍，给自己倒了一杯热茶端到鼻子下面闻着，眼神空洞地望着前方，看起来有点儿直愣愣的，她的大脑却在飞速运转。

从衣物上看，于梅应该是刚到家不久，还没来得及换衣服。房门内侧有新增的划痕，而且房门钥匙是在玄关处的小鞋柜下面被找到的，说明死者最先遭到袭击的地方离门很近，应该是刚进家门或者刚到家不久便遇害的。凶手从背后用绳索将其勒死，接着将她搬到客厅里除掉衣物，把她的身体摆成跪着的姿势，又用绳子捆绑住她上半身，再用刀割下她的舌头，然后将她的衣物整理好摆放在茶几上，最后将现场清理干净，带着凶器与舌头离开。

以上大概就是凶手作案的整个过程，那么从中能看出什么信息？

戚宁放下茶杯，打开笔记本电脑，建立新的文档，敲击键盘写道：

一、这是一起有预谋的杀人案。凶手作案时表现出了超乎寻常的从容和冷静，甚至敢于长时间逗留在案发现场，说明他对被害人很熟悉。他了解她的作息习惯，知道她一个人居住，知道什么时候作案不会被人打扰。所以凶手要么是与被害人熟识的人，要么就是对被害人进行过长时间的跟踪、观察（倾向于后者）。

二、犯罪人作案时带有明显的标记行为。在勒死被害人之后，凶手接连实施了脱掉衣物、摆放尸体、捆绑、割舌、整理衣物等行为，从正常思维来看，这些行为是完全没有必要实施的。就算我们假设凶手当时觉得单纯杀人并不足以泄愤，也不可能将附加的释放行为做得如此复杂。这分明已经超出了正常泄愤的范畴，而是凶手独有的一种行为模式，就像一份签名——一份凶手杀人之后标记自己身份的签名。

通常犯罪人的标记行为是由犯罪人的情感需求所定的，其中有很多种动机类型。本案中的标记行为呈现得非常精细，像是经过精心设计的，可能承载着某种寓意，应该是一种"仪式化"的标记。

三、凶手在杀人之后没有立刻逃离现场，而是冒着一定的风险，极其耐心地履行了某种仪式。这表明仪式在整个谋杀中占有重要的地位，也契合了以往追求仪式化的杀人案特点——仪式才是谋杀的重点，而被害人往往只是因为符合阐述仪式的条件才被选中的。凶手不在乎杀的是谁，杀人行为本身也不是他的终极目的，而是一种情绪的宣泄，是为了满足其情感或者心理上的特殊需要。

推论结果：这是一次预谋杀人，凶手的附加行为是一种仪式化的标记，凶手与被害人在生活中可能并没有直接的利益交集，凶手的犯罪行为并不是由金钱、报复、嫉妒等常见世俗因素所驱使的，而是为满足心理需求的一种表现。

戚宁双手离开键盘，伸了个懒腰，表情有些凝重，她知道自己的推论意味着什么。

很显然，凶手在本案中已经获得了极大的满足，而这种满足感会像吸毒、赌博、酗酒、嫖娼等行为一样产生心瘾，让人欲罢不能。随着时间的推移，前次的满足感会逐渐消失，凶手如果想持续获得这种满足感，就有可能会继续作案。

凶手会是一个……

不！戚宁使劲摇了摇头，试图将刚刚的想法驱赶出自己的脑袋。毕竟现在掌握的资料里，并未显示有相同手法的案例，到目前为止，它还是一个个案。

戚宁把身子靠在椅背上，想让自己冷静一下。她告诫自己，这种推论可不能随便乱下，一定要谨慎、谨慎，再谨慎。然而，刚刚的闪念却在她的脑海里越印越深。

她想起自己的导师——著名女犯罪心理学家李博士曾经说过的一句话："变态连环杀手的判定，不在于他杀了多少人，而在于犯罪人的犯罪行为是否符合连环杀手的特征！"

{ **4**
恐怖预感 }

在派出所的协助下，吴鹏在本市的落脚点被找到，他人却"失踪"了。

吴鹏在玉山路一带开了家网吧，他平常就住在网吧楼上。据他雇用的店员回忆：吴鹏这阵子显得特别烦躁，经常不在店里，还总无端发火。8月21号（于梅被杀的前一天），他突然说要去外地几天，但是去什么地方、去干什么都没说，只是叮嘱他们一定要看好网吧，从此便人影无踪，打他的手机也总是不在服务区内。

吴鹏在8月20号去律师事务所找过于梅，时隔一天便从网吧出走。紧接着，8月22号于梅便被杀。3个时间点如此接近，好像有着一定的关系，但也可能只是巧合。吴鹏到底与于梅的死有没有关系？他是真的由于私人原因去外地，还是有预谋在杀人之后躲藏起来或者已经潜逃了？这一切的疑问，恐怕只有找到吴鹏之后才能得到解答。

吴鹏不是本市人，队里向他的原籍地以及本市各分局下发了协查通报，并且让方宇留在网吧蹲候，以防他突然回到网吧。

经了解，吴鹏在本市没有亲戚，也没有什么朋友，离开律师事务所之后，与原来的同事也没再联系过。他平日都只是待在自己的网吧里，不怎么出去，除了网络游戏也没什么其他嗜好，对自己的员工和客人也都很和气。不过在调查中发现吴鹏曾经坐过牢，他也是因此被律师事务所辞退的，可这件事情完全是由于他自己的原因所致，跟于梅一点儿关系也没有。

吴鹏被辞退缘于他在3年前接手的一桩官司，官司的当事人刘某由于涉嫌强奸某宾馆服务员被提起诉讼。刘某的父亲是本市一家地产公司的老板，财力雄厚，愿意出大价钱帮儿子洗脱罪名。吴鹏一时起了贪念，竟联手刘某的父亲私下与受害者本人及其父母偷偷进行接触，利用教唆利诱等手段诱使受害人在法庭上更改证词，致使刘某被判无罪释放。

经此一回，刘某并未收敛，仅仅过了3个月，他又以相同的手段强奸了一名啤酒促销员，再次被警方逮捕。这次的案子证据确凿，他本人也供认不讳，而且不知道什么原因他连先前的那个案子也一并供了出来。最终刘某本人被判处有期徒刑10年，还牵连律师事务所受到警告处分。吴鹏更是被取消了律师资格，并被依法追究刑事责任，判处有期徒刑两年，后由于在服刑期间行为表现良好，提前半年获释。

吴鹏是隔天上午10点多钟的时候出现在网吧的。

他看上去一脸疲累，衣服皱皱巴巴的，背着一个双肩包，浑身上下给人一种油腻腻的感觉。

老徐正好赶来换班，便和方宇在服务台前拦住吴鹏并亮明身份。

吴鹏很意外："你们……找我？"

"我们想找你核实点儿事情。"徐天成说。

吴鹏四下看了看，指着楼上，说："要不，去我房间里谈吧？"

"行。"徐天成点点头，和方宇随吴鹏到了楼上。

吴鹏的房间很小，设施也很简单：一张单人沙发床，一个简易的帆布衣橱，床头摆着一个小冰柜，既可以冷藏饮料又可以当作床头桌来用。好在门边还有两把椅子，徐天成和方宇就坐到了上面。

吴鹏从冰箱里拿出几瓶矿泉水，二人摇手表示不需要，吴鹏便自顾自地打开一瓶，坐到床上喝起来。

看吴鹏喝得差不多了，徐天成问道："这几天你去哪儿了？"

吴鹏舔了舔嘴唇回答："北京。"

"去北京干什么？"

"我妈妈在北京做手术，我去照顾一下。"

"你妈妈？她怎么了？"

"她……"吴鹏嘴唇抖动了一下，眼圈有些红，"她得了严重的肾病，必须做换肾手术。"

"哦。"徐天成没有继续发问，待吴鹏情绪平复了一些，才问道，"你认识于梅吗？"

"认识，怎么了？"吴鹏点点头，一脸诧异。

"本月20日你去律师事务所找过于梅吧？"

"是啊，我去找她借钱，她没借。"

"于是你就怀恨在心杀了她？"一直闷声不语的方宇突然插话道。

"什么！你是说于梅被人杀了？"吴鹏瞪着眼睛，嘴巴张得大大的，一副惊呆了的样子。

过了好一会儿，他缓过神来，急着问道："她是哪天被杀的？"

吴鹏做过律师，对警察的办案方式比较了解。他很清楚自己现在已经成为警方的怀疑对象，能够证明自己清白最有效的办法就是拿出不在场的证据。

"8月22日。"方宇答道。

"噢，我人已经到北京了。那天是我妈妈做手术的日子，手术从下午3点持续到晚上11点多，这期间我一直在医院陪着父亲等结果，不信你们可以到医院查查。"

"你妈妈叫什么名字，在哪个医院做的手术？"

"她叫曾雪娥，医院是武警总院。"

听完吴鹏的回答，徐天成冲方宇使了个眼色，方宇心领神会地从兜里拿出手机，起身走出房间。

方宇在电话里将吴鹏的情况向程巍然做了汇报，程巍然立刻吩咐内勤打电话向武警总院的保卫处核实。

此时，坐在屋子里的徐天成和吴鹏都放松了不少。说了几句闲话后，徐天成突然话锋一转："听说那天你去找于梅的时候你们拌了几句嘴，是因为什么？"

吴鹏一愣，神情又紧张起来，掩饰说："没什么，没什么。"

"不会吧，你们之间是不是还牵扯到了别的事情？能和我说说吗？你做过律师，应该清楚任何线索对我们都可能会有帮助。"吴鹏的样子让徐天成觉得这里面肯定有事儿，便耐心开导他。

吴鹏低头摆弄着矿泉水瓶子，片刻之后，他拧开瓶盖将里面的水一饮而尽，用手背擦了一下嘴唇，说道："好吧，反正人都死了，你们想听那我就说说吧。我想你们一定已经知道我坐过牢，坐牢的原因想必也很清楚。其实我只不过是个提线木偶，于梅才是真正的幕后主使。由于那起强奸案罪犯的父亲本来就是律所的大客户，并且在那件案子上又愿意额外付出一笔让人无法拒绝的律师费，所以于梅便一步步指使我去接触、诱骗受害人，最终让犯罪人逃脱罪责。

"后来出事了，于梅找到我，提出给我20万，让我一个人把案子扛了。我一开始没同意，她便威胁我，说我拿不出她指使的证据。再说即使将她牵扯进来，我一样还是要坐牢，而且以后也当不成律师了，还不如拿上20万，也好给自己将来留个活路。我想想也是那么回事儿，就同意了。坐完牢出来，我就用那20万开了这家网吧。"

"于梅竟然是这种人。"徐天成叹道，"那你怎么又去找于梅借钱？"

"几个月前我妈查出得了肾病，医生建议她换肾。前段时间院方在北京找到了肾源，可是手术费需要50万。我父母东借西借凑了30万，我想尽了所有办法也就只凑到10万，还差10万。我本想把网吧盘出去，可一时之间也找不到买主。万般无奈之下，也正好那天我去火车站订票的时候路过律师事务所，就想试着问于梅借点儿。可于梅误会了，以为我要敲诈她，还没等我说完便火冒三丈，指着我的鼻子数落了一顿，说我是想拿上次的案子讹诈她。最后她还威胁我说，如果我再去纠缠她，她就把我再弄进监狱去。"

"你恨于梅吗？"徐天成问。

"咳，"吴鹏苦笑一声，"说实话，恨过。不过坐了两年牢我也想明白了，我沦落到现在这个地步其实怪不得别人，要怪也只能怪自己，一切都是自己的选择。每个人都有自由选择的权利，而我却选择了违背自己的信仰，选择了违背职业道德，漠视法律。也许都是报应，让我妈妈得了那种病。我这次回来就是想找个好买主把网吧卖了，回到妈妈身边好好孝敬她。"说着说着，吴鹏的眼圈又有些红了。

徐天成回到队里径直去了程巍然的办公室。程巍然正在看一份传真，见徐天成进来，招呼他坐下并顺手将传真递给他。传真是武警总院发过来的，内容证实了吴鹏的口供。

"看来这条线也断了。"程巍然有些惆怅地说。

"那倒也未必，还是有些收获的。"徐天成放下传真，将于梅指使吴鹏的经过详细复述了一遍。

"这么说于梅也不是什么好人？"程巍然说。

徐天成点点头，说："看来我们现在的侦破方向还是对的，于梅肯定不是偶犯，她前夫也提过她这方面的问题，时间长了总会出事，她的死可能真是官司纠纷引发的报复所致。"

"对，不过我们要扩大范围，对律所近年来代理的所有官司都要进行查阅。"程巍然说。

"我这就把老马派过去。"徐天成应道。

严格来说，行为证据与心理痕迹分析还只是一种推测，不是科学，与一线刑警严格遵循证据的侦破方式相比显得过于抽象。所以在决定将自己的分析汇报给程巍然之前，戚宁私下做了一些实际证据的搜寻。

她让方宇帮她在数据库和公安内部网里查了一圈，结果与先前队里资料显示的一样——春海市乃至周边城市在近几年时间里，都没出现过与景程花园杀人案相类似的犯案手法，不过这个结果并没有动摇戚宁的想法。

未发现相似案例并不意味着凶手以前没作过案。连环杀手也需要成长，会有一个从单纯享受结果逐渐发展到享受过程的过程。大多数连环杀手的第一次杀人，都是因为积压的愤怒情绪在某个突发事件的作用下瞬间爆发，从而失去理智冲动杀人，没有预谋，过程很短，当然也就不会有同样细致的现场布置。

这两天戚宁又将案件资料反复看过几遍，可以说每个细节每个画面都深深地印在了她脑海里。所有的证据都指向自己的判断，只是有一个遗憾——没能去案发现场看一看，否则可以提交更多的证据来确认她的结论。

凶手绝不是第一次作案，也不会是最后一次。

在办公室里斟酌了很长时间，戚宁还是怀着忐忑的心情来到支队长办公室。程巍然正伏案写一份材料，当戚宁说想和他探讨一下案子时，他没有多问，也未停笔抬头，只微微点头。

戚宁将自己这两天的分析结果原原本本、详详细细地一股脑说了出来，她自认为已经很生动，很有说服力。戚宁满怀期待地望着程巍然，以为他会提些问题让自己来解释，不想程巍然只是微微抬了下头看她一眼，淡淡地说："说完了，那就回去吧。"

就像将一块石头扔到大海里，自己用尽全力，却没有激起任何波澜，戚宁顿感失落，走出房门时心情非常沮丧。

可程巍然此时却放下手中的笔，抬头凝视着戚宁的背影，陷入了短暂的沉思。

多年的经验告诉他，凶手第一次作案是不会那么从容、冷静、不留一丝痕迹的，而他也同样有一种强烈的直觉——这件案子并没有结束，凶手还会继续下去。

如果可以选择，程巍然倒是很希望他的直觉和戚宁的分析都是错的，否则就意味着法医室又会多出一具尸体！不，也许会是很多具！

第三章

妙手无心

{ 1
雨夜凶案 }

8月30日。

早上，戚宁在中心刚开完例会，手机便响了起来。接听后，里面传来一个淡淡的声音："你下楼来一下。"

戚宁拿着手机顺势把身子凑近窗户，便看到程巍然的车停在市局大院里。程巍然怎么会突然找上门来？戚宁心里一阵纳闷。随即赶紧把桌上的文件收拾下，三步并作两步走出办公间，向楼梯口踩去。下楼前，她特意在正冠镜前整理了下自己的妆容和衣服。

一路小跑着出了市局大楼，来到程巍然车前。程巍然放下车窗，一脸严肃，也不吭声，只是冲副驾驶方位使了个眼色。又要酷！戚宁心里觉得又好气又好笑，但还是顺从地上了车。

"你的分析是对的，凶手又继续作案了！"程巍然发动起车子后，冷冷地抛出一句话。

一路狂奔，警笛也跟着吼了20多分钟，程巍然将车停在南明医院的门口。这家医院戚宁坐出租车时倒是常听广播里介绍，但还是第一次来。

走进医院大厅，并未见到想象中人头攒动的场景，挂号窗口前人影寥寥，来回穿梭的多是穿医院制服的人，感觉上似乎这家医院的医护人员比看病的人还多。

整个医院由东、西两楼组成，东楼有急诊、各诊疗科室和行政办公区域，西楼是住院部。案发现场在东楼五层行政区域的一间办公室的套房中。

眼前的死者是个四五十岁的中年男子，他身上一丝不挂，被一条绳子捆绑着，面朝窗外跪在大落地窗前。他耷拉着脑袋，仿佛在向世人忏悔他的罪过。视线往下，是一摊呈暗红色的黏稠血液，顺着血泊往上，骇人的画面顿时映入眼帘：男人由胸腔到腹部，整个被切割开来，上身被绳索捆着的部分只能看见一道深深的血口；胸腔往下则是血肉翻飞。尸体的右手握着一把金色的手术刀。衣物被整齐叠好放在床上。

现场异常安静，恐怖压抑的气息悬浮在空气中，弥散在心底。纵使经历过无数案发现场的程巍然，此时都是一脸惊骇之情。更不用说戚宁，她胃里一阵涌动，脑中一个名字在来回打转——开膛手杰克。

站在套房门口的戚宁，看着林欢从尸体手中抽出手术刀放入证物袋中，不禁皱了下眉头，强忍着恶心，轻声问："手术刀是医院的吗？"

"应该是属于被害人的。"一名勘查员从戚宁身后走过来，手里托着的一个木质刀架，"准确点说，那不是一把纯粹的手术刀，是一个装饰摆件，和这个底座是配套的，看刀柄色泽估计是镀金定制的。"勘查员冲戚宁身后指了指："先前它是放在被害人大班桌上的。"

"是恶作剧？"程巍然说，"凶手作案后，看到办公桌上有一个手术刀摆件，便以愚弄的心态把手术刀塞到一个已经死了的医生手里？"

"不，虽然是临时起意，但表明他开始进化了。"戚宁一脸严肃地说，"'手术刀'一定是对杀人仪式的补充，有着特定的含义。"

"这么说，他开始享受杀人的过程了？"程巍然问。

"所以他绝不会停手。"戚宁稍微瞪了下眼，郑重地说。

两人正议论着，徐天成拿着记事本走过来，说："死者叫王益德，是该医院的总院长。昨天晚上他总值班，早上没有像往常一样参加例会。院里以为他睡过头了，便派人来叫，结果发现他被杀了。他爱人也在这家医院工作，刚刚听到消息晕倒了，这会儿在急诊室输液，情绪不太稳定。"

"要不我去跟她聊聊，我们女人之间比较好说话。"戚宁主动请缨说。

"让她去吧，小戚没问题。"徐天成帮腔说。

"注意态度。"程巍然沉吟了一下，叮嘱道。

医院出了这么大的事情，保卫科自然难逃其责。方宇去的时候，保卫科长脸色很是难看，昨夜值班的几个保安也没有下班，正垂头丧气地坐在椅子上，看来是刚刚被训斥过。

几个保安对讯问倒是很配合，不过医院每天来来往往的人很多，想让他们在茫茫人海里识别出有作案嫌疑的人实在太难。几个保安绞尽脑汁也想不出昨夜有什么特别，没办法，方宇只能把希望寄托在监控上。可医院行政区域并没有监控设备，方宇只好粗略地看了一下有监控设备区域的录像，也未发现可疑的身影，便让保卫科拷贝一份带回队里再仔细查看。

方宇正欲道别，保卫科长一脸赔笑拉住他，拍了下脑门，说："哎呀，看我这脑子，被这群废物气得差点忘了大事。我们在一楼男卫生间发现点问题，已经安排人手在那儿守着了，要不咱一块过去看看？"

方宇点点头，保卫科长便头前引路，两人很快来到门诊大楼一楼长廊拐角处的男卫生间。卫生间现已停用，门口果然有人把守，方宇冲那人点了下头，走进去。

随即，方宇看到东向窗户上的防盗网破了个大洞，地上散落着几根钢管，断口处都相对平整，估计是有人用钳子把钢管剪断后钻了进来。方宇凑近窗户，向外观察。窗户正对着一条马路，不过中间隔着一大片绿化带，夜里从这个方位潜进医院倒是不太容易引起过往之人的注意。

在徐天成的要求下，南明医院将昨晚值班的医护人员召集回院里配合调查。

据值班的医护人员说，王益德在昨天晚上9点左右到各科室巡视了一圈，与几个当班的医生随意聊了会儿天，又象征性地巡了巡房，便说要回办公室休息，之后就没人再见过他。昨天晚上他们也没有留意到有什么形迹可疑的人在医院里出没，对住院病号的讯问也是一样的结果，没能找到有价值的线索。

随后徐天成决定去趟人事科，想查一下近期员工的人事流动情况，或许从中能找到些线索。

此时，王益德的妻子张静正在输液。她眼神呆呆的，脸上挂着泪痕，身子无力地靠在床头，显然还未从突发而至的噩耗中缓过神来。

戚宁在病床前安静地站了一小会儿，扭头看到床头旁的桌上摆着纸杯和热水壶，便贴心地倒了杯开水递到张静手上。

"你是？"张静抿了一小口水，把纸杯还回来，有气无力地问道。

"我是警察，虽然这个时候不应该打扰您，但是职责所在，我希望能和您聊聊。"戚宁斟酌着字眼说，生怕让人家觉得生硬。

"你说吧。"张静微微点头道。

"您丈夫他这个总值班的时间是固定的吗？"戚宁问。

"基本上是。"张静接着解释说，"按规定院领导不需要值一线班，我们家老王总是处处以身作则，来院里后始终都坚持每周值一次夜班。时间基本上都在周中，不是周二，就是周三。"

值班时间相对固定，难道王益德是一个特定对象？戚宁暗暗思索着，嘴上问："您丈夫近段时间有什么反常的举动吗？"

"没有。"张静很肯定地摇了摇头，"和往常一样，都很正常。"

"那和人结怨呢？或者曾经有没有和什么人发生过冲突？"戚宁连续问道。

"也没有啊！我们家老王这辈子清清白白、兢兢业业，熟悉他的人没有不说他好的。他不管在家还是在单位总是和和气气的，别说结怨了，都没怎么和人红过脸。你可以在院里随便打听，噢……"张静正哀怨地絮叨着丈夫的好，不知为何突然怔了一下，随后眼神便有些游离，脸上的表情看起来很不自然。

"为了能早日破案，还王院长一个公道，麻烦您再仔细想想，有没有什么人会特别憎恨他？哪怕是和什么人之间有微小的嫌隙或者隔阂也可以说出来。"戚宁看出张静情绪不对，便拿话点她，希望她不要有所保留，以利于破案。

"他……他和小赵医生关系不怎么好。"张静迟疑了一阵，还是说出了一个怀疑对象。

"这个赵医生怎么称呼？他们之间发生过什么？"戚宁追问。

"叫赵新民，他就是个不知好歹、狼心狗肺的玩意儿！"张静没好气地说，"老王把他从公立医院高薪聘请过来，让他当上了科室负责人，指望着他能带动科室多招揽病号。谁承想他还是那一套，循规蹈矩，不思进取，任务完不成，科室建设也搞得一塌糊涂，还到处嚼舌头，编排我们家老王的瞎话。"

"赵新民在医院哪个科？"

"他离职了，有一段时间了。"

"怎么能联系到他？"

"这个我不清楚，我跟他没什么交情。"

"您和王院长认识一个叫于梅的人吗？"戚宁这样问，是想试着找出两起案件被害人之间的交集。

"我不认识，也没听老王提起过这个名字。"张静略微思索了一下，回答，"不过我爱人是做领导的，在外面应酬挺多，他认不认识你说的这人我就不清楚了。对了，于梅是谁啊？"

"不认识就算了，那您好好休息吧。"张静所知有限，戚宁不想继续打扰她，便礼貌地告辞。

戚宁从输液室出来，正好碰见徐天成和方宇一道走出电梯。戚宁先说："被害人总值班的时间相对固定，可能跟于梅案一样，凶手对他进行过长时间的跟踪和观察。"

徐天成点了下头，说："我这边查到一个叫赵新民的医生，他在两个月前离职了，人事科给出的离职原因有些含糊其词，而且问到他和王益德之间的关系时，人事科的人更是支支吾吾地说不出个所以然来。"

"哦，王益德老婆也提到过他，说他跟王益德的关系不太好。"戚宁说。

"我和老徐刚刚联系上这个赵医生了，正准备去会一会他。"方宇说。

"我跟你们一块去吧？"戚宁请求说。

"那也行，"徐天成停下脚步，略微想了下，说，"要不你们俩去？程队回局里汇报去了，我留下坐镇，再深入了解一下王益德的背景。"

"行，我们走了。"方宇接下话，与戚宁同时挥挥手，与老徐道别。

半小时后，戚宁和方宇如约在赵新民家见到了他。

方宇开门见山问："你昨天晚上在哪儿？"

"哪儿也没去啊！和老婆孩子待在家里！"赵新民一脸莫名其妙的表情说，"你们怎么突然问起我这个？"

"王益德昨晚被杀了。"方宇眼睛直直地盯着他说。

"什么？他被人杀了？"赵新民嘴张得很大，异常惊愕，"你们不会怀疑是我干的吧？"

"你为什么辞职？"戚宁问。

"还不是拜那姓王的所赐。"赵新民轻蔑地笑笑。

"他逼你辞职的？"戚宁追问说，"为什么？"

"说来话长，"赵新民长出一口气，平复下心绪说，"我和王益德原本就在同一家公立三甲医院工作过，那时他是普外科主任，我在骨科工作。后来他跳槽到民营的南明医院便没了交集，只是听说他混得不错，偶尔还能在报纸和电视上看到对他的采访。去年年底，我们在一次聚会上偶然遇到，他向我发出工作邀请，许诺工资翻倍，并让我做南明医院的骨科主任。

"说实话这个条件对我来说还是很有诱惑力的，相比较论资排辈的惯例，到南明医院工作对我的人生规划会是个加速的飞跃，而且相对来说职业环境也没有那么严苛。不过真的跳槽过去，才发现现实远没有想象中那般美好。

"说白了，医生在南明医院更像是一个销售，面对来看病的老百姓，脑袋里想的全是如何收益最大化。以至于对老百姓的诊断结果没病也说成有病，小病夸大成重病，滥开药物，滥收费，滥用激素，滥用抗生素，甚至修改化验单和B超检验结果。

"针对医院种种不正常的现象，我向王益德反映过很多次，每次都是不欢而散。他总是拿出一副教化我的嘴脸，强调'南明'是一家民营医院，利润当先也是理所当然的，劝我不要太迂腐，要懂得转换思维，顺势而为。可是医生这份职业它关乎老百姓的身体健康和生命，思维再怎么转变，也不能害人吧？后来我也彻底地心灰意懒了，我管不了别人，但能守住自己的良心。起码面对来看病的老百姓，我必须做到实事求是，有病就是有病，没病就是没病。

"当然，这种医生最基本的职业道德行为，在南明医院那些唯利是图的人眼里就是异类，我也理所当然成为王益德的眼中钉。他逐渐开始刁难我，抓住一些小毛病大会小会地批，之后又处心积虑对我做出减薪、降职、转岗等一系列动作，目的很明确，就是要赶我走。那我就走呗，干吗要烂在那臭茅坑里！"

"南明医院这么干就没出过事？"方宇问。

"出了事又能怎样，赔钱了事呗！"赵新民摇摇头，一脸无奈地说，"我随便举两个例子。先讲个妇科的，他们常年打着免费体检的旗号把人忽悠进来，但凡来了肯定能检查出严重的妇科病，更过分的是给人家孕妇检查也是如此，劝人家把孩子打掉，先治疗莫须有的妇科病。结果人真把孩子打了，回过味到正规医院一查根本没病，人家当然不能善罢甘休。

"还有一次是心外科，几台人工心肺机都是公立医院淘汰下来的，小毛病不断，报到院里也就是修一修便凑合着用。结果那次进行心脏外科手术，心肺机突然发生故障不能正常工作，无法循环的血液聚集到患者大脑，严重损害了大脑组织，致使患者在两天后死亡。这一次闹得很大，人请了律师准备要和医院打官司，媒体当时做了一系列相关报道。可最后还不是一样，医院与患者家属私下达成和解，赔付一大笔钱，事件也就过去了。

"这南明医院跟社会上那些黑心企业一样，宁肯花费大价钱做广告宣传和媒体公关，也不舍得多花一分钱在改良技术和设备上。人死为大，可能我说这话不太人道，但我还是很想说——王益德有今天是'罪有应得'！"

{ 2
线索中断 }

方宇驾车往回返，本想在市局门前卸下戚宁，但戚宁表示要跟他一起回支队去。她想去趟法医科，一方面想当面感谢林欢在关键时刻给了她一瓶水，另一方面她也急于想知道王益德的尸检结果支不支持该案与于梅案的相关性。

戚宁去了法医科，但里面的工作人员表示林欢在解剖室做尸检，戚宁便又去了解剖室。

解剖室在地下一层，过道里弥漫着来苏水的味道，也许是潮气太重，或者是心境的原因，戚宁从头到脚都有一种阴冷的感觉。她不由得缩了缩身子，冲门上敲了两下，听到一声轻轻的应答，推门走进去。

看起来尸检已经结束，林欢也已经脱去防护服，披上了白色的医生袍，正把一份报告塞进文件夹里。她肤白如雪，及肩的鬈发与稍显饱满的脸颊很配，身材本就高挑，再加上白色长袍的装点，更显出身姿曼妙，又透着浓浓的知性优雅女人味。

戚宁打量了下林欢，然后满脸微笑地说："你好，我叫戚宁，多谢你那瓶及时的矿泉水，不然我就出大丑了。"

"别客气。"林欢抬头瞅了眼戚宁，语气淡淡地说。

"那天真不好意思，在现场有些失态，都没顾得上谢你。"戚宁走近一些，继续客套地说。

"第一次，很正常。"林欢不冷不热地说了句，把文件夹放到一旁的桌上，然后眼睛直勾勾地看着戚宁。

戚宁突然有种感觉，林欢和程巍然说话的方式和表情简直太像了。想想也还真是，这两人郎才女貌的倒是挺般配，等程队从亡妻的阴影里走出来，撺掇徐哥和方宇给他俩撮合撮合，让这个冷淡的女法医好好收拾收拾他。

恶作剧般地想着把程巍然和林欢配成一对，戚宁不觉在心里暗自发笑，但脸上还强装正经地问："尸检情况怎么样？"

林欢没应声，抿了下嘴，用疑惑的目光打量着戚宁，似乎有些犹豫不决。

戚宁明白她这是在担心违纪，便赶紧解释说："这个案子和于梅的案子，从犯罪行为上看显示出一定的心理畸变痕迹，有可能是变态连环案件。正好我的专业侧重于犯罪心理的研究，对这样的案件首先我自己很感兴趣，更主要的是想试着帮程队他们尽快锁定犯罪嫌疑人的类型，所以……"

"嗯，跟我来吧。"没等戚宁说完，林欢便招呼她到解剖台边。

戚宁在背后悄悄吐了吐舌头，心说提程巍然还挺好用，莫不是这女法医对他真有点意思吧？

解剖台上直挺挺地躺着一具被白布蒙着的躯体，揭开之后露出的人正是王益德。他整个人已经被清理干净，白里还透着红的胸前空空荡荡的，显得格外瘆人。

想到原本活生生的人变成这副模样的尸体出现在眼前，戚宁喉头便一阵发紧，不自觉地吞咽了几下口水。

"你别老想着他是一具尸体，当作证据来看就没那么恐怖了。"林欢看戚宁一副紧张兮兮的模样，便开解道，随后用手指了指王益德脖子，说，"看到没，这道暗红褐色的勒沟和于梅死后脖子上的勒痕几乎一模一样，不难想象是来自同样纹路和材质的绳索。死亡时间是昨天（8月29日）21点到22点之间。胸腔到脐处被完全切开，锐器割断了胸、腹主动脉，心脏被切除。切创面未见生理反应，属于死后切割。现场还没搜索到心脏，估计是被凶手带走了。尸体胃里未发现异物，手腕上有新添的创伤，说明他在遇袭时意识清醒，曾经反抗过。不过可惜在指甲里未发现属于他人的皮肤组织，可能被凶手清理过了。"

"凶手的反侦查能力很强。"戚宁插话说。

"嗯。"林欢点点头继续说，"死者是在呼吸完全停止至少五六分钟之后才被捆绑和摘除心脏的，切创边缘相对整齐，锐器的力度和方向都掌握得很好，手法相当熟练，不排除凶手从事着与医学有关的，或者是屠户、厨师等能够熟练使用刀具的职业。"

戚宁也点点头："有这种可能。不过对有些变态杀手来说，他们就是有这方面的天赋。曾经出现过的一些剥皮、碎尸案例，虽然证据上显示凶手的手法很专业，但事实上他们从未受过专业培训，也从事着与使用刀具毫无关系的工作。"

"对，我也有所耳闻，刚刚我也只是提供个参考。"林欢边说着，边把白布罩回尸体上。

该谢的谢了，该看的也看了，戚宁知道林欢忙，自己不便久留，便欲告辞。走到门口，她身子顿了一下，随即又折回林欢身前，说："欢姐，你给我留个电话和微信吧。以后法证方面有不懂的问题，我就可以随时向你请教了。"

"说下你的手机号，我给你打过去。"林欢抿了下嘴，露出一丝浅笑，从白袍兜里掏出手机，"微信号就是我的手机号，你加下吧。"

"138……"随着戚宁念出自己的手机号码，她手中的手机也响了起来。她低头摆弄了一阵，存了林欢的手机号码，又加上了她的微信。再抬头，戚宁口气亲昵地说："欢姐，哪天咱一起吃个饭吧？滴水之恩当涌泉相报，何况你给的是一瓶水，我必须得好好谢谢你。"

"别客气。"林欢微微笑了笑，模棱两可地说。

"说定了噢！"戚宁抬手比画了个OK的姿势，转瞬像突然想起了什么，便又一脸正经地说，"对了，我现在就有个问题要请教你。从法医的专业上讲，勒死这种死亡机制对被害人来说会有什么感觉？"

目送戚宁的背影离去，林欢心底泛起一丝说不出的感觉。竟然两次在案发现场看到这个女孩跟在程巍然身边，而且凭女人的直觉，程巍然似乎并不像先前那么排斥她了，如果这个女孩总是出现在程巍然身边会发生什么？未来这个女孩会在程巍然和她之间扮演什么样的角色？

由戚宁想到程巍然，林欢心里更乱了："巍然，为什么现在你还要拒绝我？告诉我为什么！如果你还走不出柳纯遇害的阴影，那就和我说清楚，我可以等！"

隔天一大早，徐天成带着王益德案的反馈资料走进支队长办公室。程巍然正在接电话，他努努嘴示意徐天成先坐。徐天成也不客气，大大咧咧地坐到对面。好一会儿，程巍然才放下电话，脸上带着少有的温和。徐天成见他这副样子，便知道电话那端的人是谁，也只有女儿才能让程巍然紧绷的神经松弛下来。

"是楠楠的电话吧？"

"是啊，说他们班有个小朋友老欺负她，让我去把人家抓起来。"

"孩子这是想你了，抽空回你妈家看看。"

"嗯。"程巍然摆摆手，说，"不说孩子了，王益德查得怎么样？情况都摸清楚了吗？"

"大致差不多了。"说到案子，徐天成也严肃起来，"王益德，51岁，三年前从公立医院跳槽到民营的南明医院。其时该医院刚创立，完全由王益德一手操办，发展到今天的规模他确实劳苦功高，他也深受南明集团董事会信任。

"我们走访了医院领导和大部分医生，普遍对他的评价都很高，说他有领导能力，也有业务能力，为人一贯谦虚和气，与上下级相处得都很融洽。他平日在单位给人的印象是很节俭，衣着朴素，没有混乱的男女关系，私家车也非名车。"

"哼，说得这么完美就意味着掩饰，人怎么可能没有缺点？"程巍然冷哼一声接过话，"那赵新民的话可信吗？"

"我特意找了一个朋友引见，在私下里约见到一名南明医院的医生，他也跟我交了医院的底儿，跟赵新民说的差不多。"徐天成讥笑一声，说，"这些人把王益德捧得那么高，很明显心里都有鬼，怕我们顺着王益德这条线深挖下去牵连到他们。"

徐天成说着话，起身走到饮水机旁给自己接了杯水，边接边说道："之后我们又暗地查了一下王益德的财产，发现他和他老婆名下共有三套住房——他们夫妻俩住一套，其余两套一套用于出租，一套他的父母住着。王益德夫妻住的那套房子，位于蓝华广场附近的一个高档小区里，房价据说现在一平方米要两万五左右。王的房子上下两层，有200多平方米，里面装修、家居摆设非常奢华。除了房子，他老婆名下还有一辆过百万的休旅车，所以王益德开着经济型的私家车，也只是做做样子而已。我们还调查了他们夫妻双方的父母，都是普通工人，没有任何背景，根本没有能力给予他们经济上的帮助。在调查中也没发现他做过任何的金融债券投资。可以想象这三年民营医院的工作经历，让他累积了多少个人财富。当然这是他压榨手下医护人员的成果。而医护人员又压榨的谁呢？当然是去看病的老百姓！"

"这点毋庸置疑。"程巍然道。

徐天成正要接话，兜里的手机响了，他便将水杯放到桌上，接听电话。听对方说了几句之后，徐天成说："我在程队这儿，你直接过来吧，正好向程队汇报。"

几分钟之后，门外响起敲门声，徐天成应了一声，推门进来的是进驻正扬律师事务所调查的老侦察员马成功。徐天成开玩笑说："怎么样，您这老马一出，肯定是大有收获吧？"

"那是当然，我老马啥时掉过链子？"马成功也笑着回应，继而从包里拿出几个档案袋放到程巍然的桌上，"都在这里面啦！"马成功说完，坐到徐天成旁边的椅子上，顺手拿起徐天成刚刚喝过一口水的纸杯。徐天成忙过来抢："想喝自己倒去。"

"小气样儿。"马成功一手挡着徐天成，把杯子里的水一饮而尽。

马成功50多岁了，眼瞅着就快退休了，但由于各种各样的原因，到现在也没混上个一官半职。不过，他的经验毕竟摆在那儿，做事也稳妥，遇到细致的活，老徐也愿意用他。上面说了，老徐这人憨厚、没有架子，和下属都能打成一片。而马成功仗着自己年岁大，与徐天成开起玩笑来就更加无所顾忌。

喝了老徐的水，马成功一抹嘴，正色道："正扬律师事务所是于梅一手创办的，多年来她事事亲力亲为，所以她这一死事务所便有些乱套。人心思动，员工情绪不稳，除了于梅的秘书，没几个人正经来上班。不过这也好，我们可以放开手脚想怎么查就怎么查。在秘书的配合下，我们将事务所近年来代理的诉讼档案仔细地梳理了一遍。总的来说诉讼主要涉及职务犯罪、企业债务纠纷、企业破产清理，以及一些高端人士的刑事诉讼等几个方面。"

"于梅能量不小啊！明眼人一看就知道，她所代理的这些诉讼，都是关注度高、代理费昂贵的官司。她到底有什么背景，能够获得这么多高收益的案子？"徐天成忍不住插话说。

"背景不敢说，但感觉这于梅胆量不小。"马成功咧了咧嘴，说，"档案显示，在最近几年里，于梅本人亲自代理的官司胜诉率极高。其实不单是于梅，整个律师事务所的胜诉率都非常之高。但与之不相称的是，事务所因涉嫌舞弊行为被司法局多次调查，事务所因此被严重警告过两次，有一名律师（吴鹏）被取消律师资格并被追究法律责任，另一名律师因在代理某富二代酒后驾车伤人逃逸案中涉嫌串供、伪造证据，现正在被检察机关调查。"

马成功的话让徐天成想到吴鹏的案例，便说道："这样看来，'吴鹏事件'确实不是孤立的，于梅的律所之所以整体胜诉率超高，恐怕都得益于她在幕后的违规操控。"

"对了，你提的这个吴鹏所涉及作伪证的官司，我特意让人跟进查了，档案袋里有详细的资料描述。"马成功叹口气，纳闷地说，"反正总的来说，正扬律师事务所在业界名声并不是太好，但奇怪的是，怎么会有那么多高端业务找上门呢？"

"这就是定位问题，她就是摆明了姿态，你找我来打官司，只要你肯出钱，我可以用尽各种手段让你获胜。"程巍然一边翻阅马成功刚刚提到的资料，一边满脸厌恶地说，"用钱能解决的问题就不是问题，尤其越有钱的人越是这样的想法。"

"不知道凶手作案和这些有没有关系，除了吴鹏这个案子，其他诉讼档案里发现有作案动机的嫌疑人了吗？"徐天成又问道。

马成功起身，从档案袋里抽出一份材料交给程巍然，说："都在这里，我们筛选出的具有犯罪嫌疑的相关诉讼的对方当事人。在这几起官司中，控辩双方当时明争暗斗得很激烈，据说在官司进行期间还有人往律师事务所打过恐吓电话。不过深入调查后现在也基本都排除嫌疑了。"

程巍然接过材料，随手翻了翻，一脸失望地道："咳，现在看来调查方向没问题，不过线索基本都断了。这案子真像老徐说的，有点邪门。"

三人谈话临近尾声，听到门外有人敲门，徐天成替程巍然应了声，紧接着便看到戚宁走进来。

一瞬间，程巍然脸色冷了下来，双眉也微微蹙起。这次戚宁读懂了他的心思，赶忙摆手说："你别烦啊！你现在手上有那么多案子要办，我哪敢再逼你！我就是来看看有没有我能帮上忙的。"

听戚宁如此说，程巍然脸色才缓和下来，思索一下，道："一会儿尹局过来参加案情分析会，你要是没事也跟着听听吧。"

"好，好，好。"戚宁激动得一阵叫好，她明白这是给她多么大的特权，更何况是程巍然这样严谨的人。

"关于连环杀人案的想法，你再仔细推敲推敲。"程巍然跟着又说。

"嗯。"又是一句没头没尾的话，戚宁也懒得猜他的用意，便应付着点点头。

在一旁目睹两人的交谈，徐天成脸上不禁浮出一丝笑意，他分明看出这两人对彼此的态度正悄悄发生着转变。感觉戚宁现在说话的口吻就是一特了解程巍然脾性的老熟人，而后者看着戚宁的眼神也平和了许多。

{ **3**
专案组 }

刑警支队会议室。

主管刑侦的副局长尹正山坐在长条大会议桌的远端，程巍然走过去坐到他右手边，支队一干办案骨干也一字排开陆续坐下，方宇拉着戚宁坐到他身边。

会议正式开始，程巍然首先将案发现场的情况以及两名被害人的背景资料详细介绍了一遍，之后便是汇报案子的侦破进展，总结起来有以下几点：

一、王益德被杀当晚，医院值班人员和病人都没有发现可疑人物，仔细看过医院保卫科提供的当晚监控录像，同样没有发现嫌疑人。但是通过勘查，基本上已经掌握凶手进出医院作案的路线。南明医院门诊大楼一楼靠近防火通道左侧男卫生间中窗户的防护网遭到人为破坏，凶手应该就是从这儿潜入医院的，从而通过防火通道上到没有监控的医院行政办公区域，实施作案。事后凶手清理了现场，而勘查员收集到的毛发和指纹经鉴定都是陈旧的，意味着在案发现场没有采集到任何可以指认凶手身份的证据。不过与上一起案件不同的是，被害人尸体被发现时，右手中握着一把手术刀。经确认，手术刀是一件工艺品，是被害人从网上定制的。至于景程花园的案子，由于天气恶劣监控拍下的嫌疑人影像没有参考价值，同样该案至今没找到目击者，除了两个脚印，凶手在现场也未留下其他痕迹。

二、两名被害人在各自单位都身居要职，与之有利益关系的人群比较广泛。于梅这边，马成功等办案人员从相关诉讼中筛选出几位嫌疑人，其中除了一个出国的，一个病故的以外，对每个人都进行过讯问，没有证据显示他们与本案有关。办案人员甚至找到了吴鹏所涉及的做伪证的官司的受害人——曾经在某宾馆做过服务员的黄小柔。

自官司之后，黄小柔患上重度抑郁症，不久便住进了精神病院。黄小柔是家中独女，没有男友，母亲在外地工作，父亲黄发是一名出租车司机。案发当晚，由于天气不好，黄发和几个车友聚集在一家小酒馆喝酒。车友证实，在聚会中，黄发没有离开过小酒馆。办案人员从侧面了解到，黄发并不知道于梅才是那次官司的幕后主使人。

王益德这边，与他合作过的医疗机构都表示合作很愉快，并没有产生过纠纷。至于医疗事故，南明医院确实出现过几起，但受害人家属主要追究的是医院或当事医生的责任，而医院也设有专门的部门和法律机构来应对，根本接触不到王益德这个层面。所以到目前为止，除了已经排除嫌疑的一名与王益德有嫌隙的离职医生，还没发现其他有明显报复动机的嫌疑人。

三、队里组织人力对两名被害人的家属以及社会关系等进行了排查，至今还未找到可以将两人联系起来的证据。家属们都否认他们彼此认识，工作上没有业务交往，手机、宅电、单位电话、社交软件也从来没有联系记录，甚至连亲戚朋友之间也没有出现过交集。

四、技术处的法医科和鉴定科对所有证物都进行了反复仔细的鉴别，没有发现可以联系到凶手身份的证物。案件中被用于勒颈和捆绑尸体的绳子正在排查相关销售渠道，目前还未有结果。

综观两起案件：

被害人都是被绳索从背后勒死的，也同样被脱光了衣服，并被绳子捆绑住上半身，摆成跪立的姿势。两案中绳子的材质、捆绑的方式，以及绳扣的打法都如出一辙。两案中凶手均有割掉被害人某个器官带离现场的行径。还有，让人很费解的是，凶手在作案后把两名被害人的衣物都整齐地叠好、摆放。

虽然凶手在两起案子中的表现略有不同，但以上证据足以证明两起案件系同一凶手所为，已经可以并案调查。

案件的调查进展很难说让人满意，尹正山脸色很难看。程巍然看在眼里，既尴尬又无奈，他有些不自然地清了清嗓子，冲尹正山说："目前情况就是这样，请局长指示。"

尹正山冷眼四下环视一圈，语气严厉地说："首先我要说的是，局里对支队这一阶段的工作很不满意，短短一个多礼拜连发两起命案，你们竟然连一丁点儿线索都没找到，你让局里怎么向市里的领导交代？怎么向广大市民交代？案子多、辛苦都不是理由，我也不管你们有什么理由，既然穿上这身警服，就要有能力承受这份压力！我宣布，由即日起成立'8·22专案组'①，全力以赴侦办此案。组长由我来担任，程巍然支队长为副组长，全市所有警员取消一切休假，24小时候命！"

尹正山收住话头，又对众人目光凌厉地扫视一番，敲敲桌子，说："你们都知道，我不喜欢说限期破案这种空话，但是留给我们的时间确实不多了。现在是8月下旬，备受瞩目的春海国际商业博览大会将在9月底开幕，紧接着又是国庆节旅游黄金周，市里要搞大型游园以及彩车巡演活动。这两项任务是市里今年最为看重的，而且对咱们市的经济发展都有着深远的影响。市里已经邀请了国内外众多政经人士以及媒体出席，届时会有大量游客蜂拥而至。如果到时候案子还解决不了，一方面容易模糊焦点，另一方面也会影响各种活动的顺利开展，进而影响到春海市的整体形象。我想，这个责任有多大，大家心里应该有数吧？好了，我也不多说了，你们看着办吧！"

尹正山喘了喘，怒气好像平复了一些，缓和口气对程巍然说："接下来怎么打算的？"

程巍然没接话，稍微欠欠身子，俯到尹正山耳边低语起来。随着两人的"交头接耳"，尹正山把视线投向戚宁这边，然后眼神中带着审视的意味点了几下头。

程巍然坐回椅子上，说："刚刚我已经讲过，两起案子的凶手已经可以确定是同一个人所为，但对于案件的性质、凶手作案的动机，以及案件未来有可能的走向，我们都缺乏有效的线索指引，所以我现在要请咱们市局心理服务中心的咨询师戚宁，从犯罪心理和行为科学分析的角度来阐述下案子。"

---

① 第一起案子发生在8月22号，故称"8·22专案组"，作者注。

戚宁这会儿才明白程巍然让她参与开会，还让她理顺案子思路的用意，不过她根本没想到要发言，没有一点思想准备，好在关于案子的分析推论她早已成竹在胸，再一个她本身也属于那种不会怯场的性格，所以她只是怔了一小会儿，便大大方方地说道："眼下两起案子可能和大家以往经历的案件不同，通过分析凶手的行为特征，我认为并不是并案调查这么简单，我们可能遇到了一个变态杀人狂，而且他随时都会继续作案！"

戚宁一张嘴抛出如此爆炸性的观点，着实让除程巍然之外的所有人都大感意外，尹局更是错愕不已。从事刑侦工作将近30年，尹正山还没遇到过这种案子，甚至追溯春海这座城市的历史，也没有发生过此类变态案件。虽然近年来偶尔会在公安部内部通报上看到一些有关变态杀人的案例，但他一直觉得那是极个别的、鲜有发生的，没想到现在竟然出现在自己的身边。

尹正山虽没经历过这种案子，但深知其影响性和危害性，他盯着戚宁上下打量了一番，一脸狐疑地说："说说你的根据。"

"这样，戚宁，你还是利用你的专业结合案情具体地讲讲，我们大家也可以顺便学习、探讨一下。"程巍然先于戚宁发话前，特意提醒了一句。

"那我就当着各位前辈的面班门弄斧了。"戚宁点点头，冲程巍然投出意味深长的一瞥。她知道程巍然说这话的用意，是想让她把论据说得充分一点儿，争取获得大家尤其是尹局的支持，便斟酌了一会儿，才说道：

"我知道，队里在处理这两起案件时一直找不到凶手作案的动机，所以无法给案件定性。这是因为变态犯罪人的动因是心理性的，没有现实意义，是一种无动机杀人。他通过支配、操纵、控制他人的生命来获取心理上的宣泄以及某种特殊情感的释放，以至于这种犯罪人很少能够自行终止。他们无法抑制自己的欲望，只能通过连续不断地作案来获取满足，直到被毁灭或者出现不可抗力为止。

"就目前掌握的证据来看，两起案件有三个明显相似的特征。第一个，作案手法相同。凶手采取了从背后突然袭击以绳索勒毙犯罪对象的手法。这可能是他喜欢的，能给他带来某种快感的一种行凶方式。当然这不是一成不变的，凶手会随着连续作案累积的经验，根据环境完善手法，并灵活运用。第二个，作案特征相同，通常我们称作犯罪标记相同。在本案中，凶手在勒死于梅和王益德之后，几乎附加了同样的看似与杀人无关的行为，包括脱光被害人的衣物等。第三个，两名被害人都处于中年以上的年纪，职业一个是律师，一个是医生，看似风马牛不相及，但笼统地说都属于服务社会大众的专业人士，且事业有成，拥有一定的社会地位。最重要的，现在基本已经查实，他们虽然外在形象很好，但背地里都做过一些违规甚至违法的勾当。总的来说，他们都是在某一专业领域里有所成就的人，同时也都具有严重的道德缺陷。由此可以看出，被害人是具有固定类型的。

"以上三点，就是理论上判断变态连环犯罪的三个要素。通常，只要符合其中任何一个要素，案件就可能是一起连环案件，而本案显示的证据竟然与三个要素全部吻合，所以虽然目前只发生两起案件，但我个人判断这两起案件肯定是一个连环杀手所为。目前的分析就是这些。"

戚宁说完，长出一口气。虽然她并不怯场，但毕竟还是第一次在如此重要的场合分析案件，心里还是有点紧张，手心里也已经全是汗水。

分析行为证据，剖绘犯罪心理，进而描述出罪犯轮廓的方法，作为一种辅助手段运用在刑事案件侦破中，在欧美国家已经比较广泛了。但国内接触这方面信息比较晚，而且缺乏本土化的系统研究和专业人员，所以在实战中运用得很少，大部分基层警员对此还是抱着观望和审视的态度。

果然，戚宁话音刚落，会场中便响起一阵嘈杂，疑问声也不断涌现。

"小戚，就目前的两起案件来说，你所谓的犯罪标记还是有不同之处的。比如说凶手在第一起案件中割掉了被害人的舌头，而在第二起案件中则是切除了被害人的心脏，这是为什么？"马成功首先发问道。

"哦，我说的犯罪标记相同，是指标记行为所映射的心理需求相同。在本系列案中，割舌和摘心对凶手来说都是一种惩罚手段。"戚宁从容地解释道，"凶手在两起案件中，对每一个步骤都执行得非常严谨，标记行为几乎是重叠的，所以我认为它是一种仪式化的标记行为。这可能来自某种信仰，或者模仿影视和小说中的情节，也可能是凶手自己创造的。"

"凶手为什么要在第二个现场留下一把手术刀？留刀肯定有他的目的，那么为什么在第一起案子中他没有留下任何东西？"这回是方宇在问。

戚宁盯了方宇一眼，心想这小子正经起来，提的问题还是有模有样的。不禁抿嘴笑笑，说："理论上说，变态连环杀手的标记行为是不会轻易发生改变的，但他们人格中又都具有追求完美的天性，既然仪式被赋予了某种含义，当然是越完美越好。所以他们会通过不断修正和完善，使得仪式寓意的表述更加趋于完美，其根本目的是让自己获得更强烈的控制感和满足感。因此说，凶手留刀的行为，可能是对仪式的一种补充。当然，还有另一种可能，凶手是借此向咱们警方发起挑战，如果是这样就意味着凶手的作案升级了。"

之后，一干人等又七七八八地提了一些问题，戚宁都给予了令人信服的解答。程巍然看差不多了，便转过头对尹正山说："尹局，您看……您的意见？"

尹正山一脸严肃，思索了一会儿，皱着双眉说："当你们讨论的时候我一直在想，如果真像小戚同志分析的这样，凶手是一个变态连环杀手，他是依照某种固定的类型去寻找被害人，那是不是说他们之间有可能毫无联系，不发生任何交集？若是这样，那你们现在耗费人力的排查工作岂不是对破案没有任何帮助？"

"不，不，不。"戚宁赶忙解释，"他们可能不会产生现实利益的交集，但是并不表明他们互相完全陌生。一定会有某种关联将凶手与被害人，或者被害人与被害人之间联系起来。道理很简单，符合凶手作案条件的人可能有很多，他为什么偏偏选中这两个人？这种关联可能是一个微不足道的东西或者事件，也许他们曾经有过共同的经历，或者只是经常在同一家饭店吃饭，或者喜欢同一本书，经常浏览同一个网站，又或者他们身体上某个器官有相似之处。总之，它会是一种很不起眼的、很少有人在意的关联，但对凶手有特别的意义，所以大规模的排查是非常有必要的，而且要更深入、更细致。"

"哦，是这样。"尹正山若有所思地点点头，对程巍然说，"你同意小戚的分析吗？"

程巍然答道："我是这样想的，一方面我们不放弃常规的侦查手段，另一方面让小戚做出一份详尽的罪犯侧写报告，然后我们有针对性地去排查嫌疑人。"程巍然知道像尹正山这样工作严谨细致的老刑警，心里肯定更倾向于遵循实际证据办案的方式，所以话到最后特意补了一句，"当然，主要人力还是放在常规排查上。"

"那就照你的想法来吧，双管齐下比较稳妥。"尹正山冲程巍然重重点点头，随即又冲着戚宁叮嘱道，"感谢你对刑侦的支援，不管有什么发现，都要及时跟小程沟通，绝不能擅自行动。"

"是，是，是，您放心。"戚宁连连点头，"我一定会及时与程队沟通的。"

散会之后，尹正山故意走得很慢，与前面的人拉开一定距离。程巍然知道他有话要嘱咐，便也慢下来等着他。两人会合后，尹正山冲着戚宁的背影努努嘴说："这就是心理服务中心总缠着的你那位？不错，小丫头有两下子！"

"她学的就是犯罪心理学的实际应用，还算有点天分。"程巍然说。

"那你这是准备把她调过来？"尹正山问。

"不，我想还是维持现在这样，案子有需要时再找她。"程巍然答道。

"这样很好，毕竟这种辅助办案方式在咱们局是第一次，还是要低调些，别让人抓到把柄。"尹正山欣慰地点点头，然后压低声音说，"你也知道，这局里上上下下有多少双眼睛盯着你们支队！"

"明白。"程巍然干脆地说。

"别光嘴上说，少给我惹点麻烦，听到没？"尹正山轻轻拍了一下程巍然的肩膀，脸上挂着温和的笑容，"心理服务中心陆主任那边我会打招呼，如果咱们有需要，让她时间上尽可能给小戚行个方便。"

此时，尹正山更像是一位慈祥的长者，一位父亲。他和老伴膝下无儿无女，一直以来都把程巍然当儿子看待。也许是某种缘分，小伙子初进队里就让他喜欢得不得了，手把手地传授经验，一路呵护提拔。如果可能，他希望自己现在坐的位子将来也由程巍然来接任。

与尹局分手后，程巍然回到办公室，推开门见戚宁坐在沙发上，便冲门外方向撇了下头，说："待着干吗？回你们中心去吧！"

"哎，你这人怎么这样？用完我了连声谢谢也不说，一句话就想把我打发？这都到饭点了，起码请我吃个饭吧？"戚宁仰着脑袋说。

"好，谢谢你，至于请吃饭我真没时间，回你们市局食堂吃吧。"程巍然语气很不耐烦，但脸上的表情明显是温和的。

"小气样。"戚宁俏皮地紧了下鼻子，然后说，"对了，我还有个事。"

程巍然脸色一沉，问："又要干吗？"

"您别总跟我这么深沉，成吗？"戚宁皱着眉，然后举起右手，说，"好，我保证这段时间不再提心理辅导的茬儿。我是想向你请示，去趟景程花园做一次现场模拟，那里是凶手有预谋连环犯罪的初始，应该会有某种特殊的心理痕迹。从我的专业来说，实地勘查以及现场案件重现，对罪犯行为所映射的心理状态，会有个更形象的判断。"

程巍然稍微想了想，说："好，我陪你去。不过待会儿我还有别的事儿，下午3点，我到市局门口接你。"

"好，我准时出来。"戚宁语气又俏皮地说，"对了，你要是去的话，得帮我扮演被害人噢！"

{ **4**
  模拟现场 }

景程花园别墅。

戚宁扮演凶手，程巍然扮演受害人于梅。两人来到门口，程巍然装作刚从门外进屋，戚宁站在她的身后，开始进入角色。

"那天晚上，我埋伏在你的门口，待你开门进屋的瞬间，我用事先准备好的绳索勒住你的脖子……"戚宁说着话，靠近程巍然的身子，手里佯装拿着绳索比画着。

这是两人第一次靠得如此之近，蓦然间程巍然直觉香气绕人，整个人都被一种弥散着青春气息的女人体香包裹住，他不禁僵住了身子。但转瞬，固有的道德感将他唤醒，立马屏住呼吸，身子悄悄往前倾了倾，好让自己与戚宁拉开些距离。

程巍然的动作没有逃过戚宁的眼睛，他神情和身体的瞬间变化戚宁也都感觉到了，不禁哑然失笑。不过见惯了程巍然总是一副硬邦邦的做派，冷不丁这么小男生般的扭捏，倒让人觉得有些可爱。戚宁有心要捉弄他一下，便故意把自己的身子也向前倾了倾，脑袋凑到他耳边，吐气如兰地轻声说："我用绳索在背后勒住你，你本能地挣扎。结果，将左手中的钥匙甩到了小鞋柜下面，右手向后抓，指甲划到了门板上。"

"对，对，应该就是这种情形，王益德也是这样。"程巍然借着复原案发情景，赶紧甩开戚宁，"南明医院院长办公室在楼层的尽头，靠近消防通道，凶手应该一直守候在楼梯拐角，待王益德从电梯里出来走到值班室开门进屋时，突下杀手。"

看着程巍然满面通红装模作样的架势，戚宁心里乐得不行了，使劲抿着嘴不说话，生怕一张嘴便笑出声来。

程巍然这才醒悟到自己被捉弄了，瞪了戚宁一眼，说："正经点，继续！"

戚宁抬手搓搓眼睛，掩饰笑意，随即正色道："我去过法医科，林法医给我解释了勒死的死亡机制——勒死在法医学上又称为绞死，被勒者因勒索压迫颈项部血管、神经和呼吸道，而造成呼吸和血液循环障碍，最终导致死亡。林法医还说，目前的两个被害人，受勒部位分别在呼吸道和颈部血管上。而勒在这两个部位对被勒者来说，其意识丧失较慢，窒息过程较长，死亡较迟缓。"

"也许这就是凶手的本意，他想让被勒者慢慢地感受死亡，真是太残忍了！"程巍然接话叹道。

戚宁点点头，眼神放空，喃喃地说："我用绳索勒着你，感觉着你生命体征的流失。你的心跳从慢到快到渐渐停止，我都能真切地感受到。我想让你知道，如果我不停地用力，你很快就会死去；如果我稍微松懈一点儿，你就能苟延残喘。可以说，此刻时刻，你的生与死，以及存活在这世上的时间长短，完全取决于我的一双手。所以说，勒死所带来的是一种……"

"掌控他人的快感。"程巍然声音沉沉地说。

"对！"戚宁应着程巍然的话，走向客厅的中央，指着白色的尸标记线，说，"接下来凶手将于梅弄到这里，开始除去她的衣物。"

"你认为凶手的目的是什么？"程巍然问。

"一般情况下，让被害人赤身裸体地呈现，主要有两种动机——性和羞辱。但本案我觉得两者都不是。于梅并没有被性侵犯过，再者两个被害人一男一女都被脱光了衣服，显然说明脱衣的动机和性无关。至于为什么不是后者，那得先来说说整理衣物的环节。这个环节可能有两种顺序：第一种是凶手在脱掉死者的衣物之后，紧接着便开始整理；另一种是在最后清理现场时。我比较倾向于第一种，也说不出为什么，只是一种直觉。"

"也许你说得对，在验尸报告中我看到过，于梅和王益德被捆绑是发生在他们停止呼吸数分钟之后，若只是脱去衣物和将尸体摆成跪着的姿势根本用不了这么长的时间，所以整理衣物发生在这两个环节中间是相当有可能的。"程巍然对戚宁的直觉非常认同。

"在以往的案例中，曾经出现过凶手杀人之后用衣物蒙上死者的眼睛和头，或者像风林小区案一样用衣服盖住死者身体。前者意味着凶手和死者是认识的，或者他想把死者幻想成某人；后者代表凶手作案后内疚与懊悔的情绪。问题是凶手面对性别和外形截然不同的两个被害人，都采取了同样的举动，这就不由得让我觉得整理衣物是事先设计好的，是仪式的一个部分。我觉得它好像是一种……"戚宁迟疑着，把目光投向远处。

"是一种什么？"程巍然跟着问道。

戚宁收回目光，道："好像是一种尊重——对生命的尊重。由此回过头再来审视'脱衣'的举动，似乎也是设计好的，是一个仪式的组成部分，有一定的寓意，并不是随性而发的羞辱动作。再者说，两名被害人的背景信息中，并未显示出所对应的需要用裸体来加以羞辱的事件。"

"那将尸体摆成跪姿并对上半身施以捆绑，以及割掉舌头又意味着什么？"程巍然问道。

"先说捆绑吧，你怎么看？"戚宁反问道。

"会不会是因为他性格谨慎，并不确定被害人已经完全死亡，怕出意外，所以才把她绑起来？"程巍然说道。

"有这种可能，不过凶手捆绑两个被害人的手法都非常简单，就是把绳子在身上绕几圈，然后在背后系了个八字扣，我们俗称为活扣。这种扣非常好解，即使在背后也不难解开。所以我觉得捆绑好像并不是为了束缚死者，可能同样被凶手赋予了一定的意义。"

"听你这么说我倒是也有印象，现场勘查时我也发现绳子捆得并不紧，好像只是象征性地捆了几下，只是它到底意味着什么呢？"

"这个我现在还回答不了你。"

"那就往下说吧。"

戚宁点点头，接着往下说："下面就剩下跪着和割舌两个环节。这两个环节看起来比较好理解，但也最能反映出凶手的心理状态，所以我把它们放在最后。很明显跪着意味着审判，而割舌意味着惩罚。当然，这只是从表面上的解读，而深层次的我们要挖掘这两个环节的行为能够映射出凶手怎样的心理。"

没等程巍然说话，戚宁继续说道："现实中，如果一个人违反社会公德或触犯了法律，自然会受到社会舆论的抨击以及国家机器的制裁，而凶手选择私下解决的方式，说明在他的意识里认为自己具有某种身份，具有审判和惩罚别人的权力。"

"权力……权力……"程巍然嘴里反复念着这两个字，在戚宁的启发下，他好像嗅到了一些端倪，"凶手是在享受权力带给他的快感？"

"对！"戚宁重重地点了点头，"凶手是一个追求权力型的连环杀手！"

{ 5 往事重现 }

出了景程花园，天色已至傍晚，开着车的程巍然手机接连发出几声提示音。他担心队里有急事找他，趁着红绿灯的间隙从裤兜里掏出手机匆忙地看了几眼——是林欢发来的微信，约他晚上到老地方见一面，说有事情要和他谈。他犹豫了一下，把电话随手撇到一边，并没有回复。

虽然林欢在微信上没具体说，但程巍然心里很清楚她要谈什么，可眼下他实在顾不上她的情绪。由林欢程巍然又不可抑止地想到柳纯，他始终认为柳纯遭到袭击很可能是受自己的牵连所致。

在柳纯遇袭之前，程巍然指挥刑警队接连打掉了几个具有黑社会性质的团伙，在得到领导和社会肯定的同时，他也成了一些团伙余党的眼中钉。社会上有传言说，有黑老大在狱中放话，要出价100万买程巍然的项上人头。

见惯了大风大浪的程巍然对于这种传言根本没当回事，可自从柳纯遇害之后他开始考虑传言的真实性，也许柳纯真的是代自己受到了报复。虽然随后的调查并未找到这方面的线索，可柳纯因自己而死的感觉一直在他心底里纠结着。

另外，柳纯去世之后，程巍然越发地发现她对自己人生的重要。柳纯家庭条件优越，父亲在市委办公厅工作，母亲是银行系统的领导。可她硬是看上他这个小刑警，不顾家人的反对毅然和他结了婚。柳纯身上虽然有些娇小姐的脾气，但结婚之后家务都是自己做，从来不用程巍然插手。她自己的工作也很忙，但仍把家里的生活安排得井井有条，让程巍然能安心做好自己的事。有了孩子之后，柳纯也没让他操过心，程巍然甚至从未送女儿去过幼儿园。可以说，程巍然在工作上有现在的成绩，柳纯这个贤内助有很大的功劳，他每一次进步的背后，都有柳纯的默默付出。

每每想到这些，再想想自己那一晚的所作所为，程巍然都会浑身发烫，心如刀绞，内疚到难以名状，甚至恨不得扇自己几个耳光。可是悔恨来得太迟，柳纯已经死了，生命的逝去意味着一切都成为永恒——爱成为永恒，伤痛也会成为永恒，无法弥补。柳纯的死犹如在程巍然心底系了一个结，一个永远也无法打开的结。

程巍然无比痛恨自己一时的心猿意马和优柔寡断，他恨不得立即把自己心底的话跟林欢说清楚，可他真的不知道该如何开口。他怕林欢接受不了，怕伤害她，想试着慢慢疏远她，逐渐冷落她，让她知难而退。可他想不到，越是这样，林欢受到的伤害其实越大。

"干吗呢，还不开车？"红灯早过了，程巍然还在愣神，戚宁赶忙提醒他。

"噢，没什么，"程巍然急忙启动车子，掩饰地问，"凶手从现场带走被害人的器官是为了留作纪念？"

"对！那些是他的战利品，他会在冷却期内利用战利品来重现作案时的快感！"戚宁说。

"凶手是个追求权力型的杀手，那么你觉得他在现实中是个什么样的人？"程巍然又问。

"失败者！"戚宁干脆利落地答道，"对权力的渴求是出于愤怒，而愤怒是来自挫败，来自对自我人生的无力掌控。在凶手的个人经历中，坎坷、失败总是伴随着他，不管他怎么坚持、怎么努力，也无法改变自己的境遇。于是，这种多重失败、反复失败，给他心理上造成严重的挫折感，其结局就是个体的失调和变态。但是凶手所谓的失败，并不是我们惯常意义上的失败，而是凶手内心的一种自我评定。从目前的证据看，我觉得凶手生活的层次应该高于普通老百姓，至少和两个被害人处于相同的阶层。"

"那为何要把杀人过程搞得这么复杂？"程巍然问。

戚宁笑笑："你忘了，他是个变态。他需要一个对自我行为认知的过程，而仪式便是用来将他连续杀人的行为合理化、崇高化的方法。而且所谓的仪式肯定与他的生活息息相关，有可能是某种信仰、某种经历、某种兴趣，或者某个令他记忆深刻的画面。所以我们要尽可能把仪式的所有环节都搞明白，这样才能知道仪式的逻辑性如何，合不合理。我们还可以根据凶手的行为和他想表达的寓意，来解读凶手的智商、受教育程度、职业，以及所处的环境。"

两人说话间，前面的车子不知何故都停了下来。程巍然将头探出车窗外，见不远处光远百货商场的大楼下面正围着一群人，边上有警察在维持秩序，所有人都仰着头。程巍然循着众人的视线望去，原来，在大楼顶楼的天台边好像坐着一个人……

"不好，有人要跳楼自杀！"

程巍然赶紧将车子停到街边，与林欢下车朝人群跑去，两人费了好大劲儿才挤到人群前面。人群前面有警察把守着，几个消防人员正在紧张地铺着气垫，气垫旁边站着一个身着便装、脸像黑炭的男人，他正一边指挥消防人员，一边冲着对讲机里说话。

"曲所！"程巍然朝黑脸男人喊了一声。

原来，黑脸男人是光远街道派出所长曲志刚。曲志刚听到喊声四下张望，见是程巍然，便赶紧抬手示意民警将他们放进来："程队，你怎么来了？"

"办个案子正好路过，上面什么情况？"程巍然问。

"刘教导员在指挥，情况危急，强行解救难度很大。轻生者拒绝和我们交流，谈判专家还在路上。"曲志刚看着越来越暗的天色，一脸焦急。

"我能上去和他谈谈吗？"一直在旁边闷不出声的戚宁边仰着脖子望着楼顶边说道。

"你是？"曲志刚飞快打量一番戚宁，一脸疑惑地问。

"您好曲所，我叫戚宁，是市局心理服务中心新来的咨询师。"戚宁自我介绍道。

"局里的心理咨询师？"曲志刚眼睛一亮，随即用征询的目光望向程巍然，见他并没有做出反对姿态，便迫不及待地说，"那快上去吧！谈判专家不也得经过你们培训，你上去更没问题！"

在电梯里，曲志刚抓紧时间介绍说："上面的轻生者叫李广泉，是本辖区的居民，10多年前唯一的女儿李霖霖在这家商场走失。这么多年生不见人，死不见尸，他怀疑是被人拐卖了，时常到我们派出所打听消息，每年自己还都会到外地找一圈，反正一直没放弃寻找孩子的下落。"

"孩子具体是哪年丢的？"戚宁问。

"2006年年底。"曲所长答。

"孩子当时多大？"

"10岁。"

"孩子是被这个李广泉弄丢的？"

"不，是孩子的奶奶。"

"DNA录入了吗？"

"前几年市局把所有县市区的妇女儿童失踪案件统一归到打拐办，打拐办的同志特意去了李广泉家，在李霖霖穿过的衣服上采集到毛发做了DNA检测，结果已经上传到公安部数据库，但至今也未有吻合的案例出现。"曲所长解释说。

"他家里现在什么情况？"程巍然问。

"他是专门给人做家具的，祖传的手艺，生计没问题。据说夏季是他们这个行业的淡季，所以他每年就利用这几个月出去找孩子。"曲所长叹着气说，"咳，他老婆两年前得癌症去世了，也不知道是不是跟孩子丢了上火有关，现在家里还有个老母亲。"

戚宁等人到了天台，见李广泉背对众人坐在天台围墙上。围墙高一米五左右，宽度很窄，感觉坐在上面，怕是一阵稍大的风、一个喷嚏都会让人身子晃动。

听到动静的李广泉回过头扫了戚宁一眼，戚宁也趁机打量了一下他。李广泉看起来没有想象中的失魂落魄，头发、脸庞乃至身上的短袖衬衫都很整洁，唯有斜挎在身上的灰色旅行包有些泛黑。他也不像别的轻生者那样歇斯底里，手里夹着香烟，眼神淡漠而疏离，似乎只是刚刚经历了一次疲惫的旅行。

戚宁暗吸一口气，竭力让自己的表情显得平静些。

"你别紧张，我只是来和你随便聊聊的。"见李广泉一副无所谓的态度，戚宁一边说着话，一边试探着靠近围墙。她在与李广泉相距四五米的地方停下来，这个位置既不会给李广泉心理上造成压力，又能保证他听得清自己所说的话。

"这一次你去哪儿了？"戚宁看得出李广泉这是刚从外地寻女归来，便以这样的话题作开场白。

李广泉默默吸着烟，整个人被一层薄薄的烟雾包围着，仿佛接收不到外面的任何信息。

"这么多年你应该跑遍大半个中国了吧？"戚宁继续自说自话。

李广泉表情和身体语言仍旧未有任何变化。

"不知道你愿不愿意相信，我其实很理解你的心情。"戚宁刻意顿了顿，深吸一口气，像是下了好大的决心才讲出接下来的话，"不仅是此刻，也许一直以来我们都面对着同样的悲伤和困惑。"

戚宁的余光中，李广泉的脸颊抽搐了一下，脑袋也略微向她这边倾斜。

戚宁斟酌了下，语气略带伤感地说："你是本地人，不知道你还有没有印象，差不多20年前，春海曾经发生过一起轰动一时的几乎灭门的惨案，我就是那起惨案中的唯一幸存者。当天是我7岁的生日，爸妈张罗了一大桌子好吃的，还买了一个生日蛋糕，姐姐送了我一个毛绒羊玩具和一张她亲手画的生日卡片。当然，我怎么也想象不到，那也是我和他们最后的一次团聚。当天深夜，我的爸妈便在睡梦中惨遭杀害，姐姐被人掳走，和您的女儿一样，生死未卜，至今杳无音讯。"戚宁的声音开始有些颤抖，"我真的好想好想他们，尤其是姐姐，她保护了我，却葬送了自己……"

"我累了。"李广泉突然接话，然后猛抽了几口烟，接着将手中的烟屁股摁在围墙上捻灭，扔到地上。他挥挥手驱赶了几下眼前的烟雾，喃喃地说："其实，都是命。就像这下面形形色色的人，有当警察的，有当官的，有当老板的，有当工人的，各有各的活法，各有各的追求。有些人每天想着怎么挣钱，怎么当官，我每天一睁眼想的是我的孩子在哪里，我应该去哪儿找她。这就是我的活法，痛苦，困惑，早就淡了。真的，只是觉得累了。"

"可是你不想知道你女儿当年为什么不见了？这么多年她经历了什么吗？"戚宁眼里已经有了泪光，哽咽地说，"我爸妈和姐姐的案子，同样至今也未有定论。我很想知道是什么人要这么残忍地伤害他们，很想知道姐姐如今在哪儿，还在不在人世。"

"我不想骗自己了，"李广泉凄然地抿了下嘴唇，露出苦涩的笑容，"就像你说的，这么多年我的确找遍了大半个中国，却没找到一丁点女儿的消息。我越来越觉得，尤其这一趟回来，我有种强烈的感觉，我的霖霖也许早已不在这个世界上了。我想，我应该'下去'陪她和她妈了。"

"李叔，噢，说起来我应该和你女儿年纪差不多大，叫你声李叔不过分。"戚宁操着真诚而又亲近的口吻说，"李叔，我觉得咱们都要继续坚持下去，无论最终是好的还是坏的，我们都应该坚持等到'答案'，才不枉此生。"戚宁顿了顿，继续恳切地说，"李叔，咱们一起努力去寻找家人失踪的真相吧？你有什么需要我帮忙的尽管开口，如果我这边有你女儿的消息，也一定会第一时间通知你。哎，李叔，这是我的名片，你随时都可以来找我。"说着话，戚宁从裤兜里掏出名片举在手中，缓慢地试探着，向李广泉靠近。

李光泉没有立即伸手去接，扭头微蹙着双眉盯着戚宁的脸看，眼神中虽有些迟疑，但比先前柔软了许多。须臾，几番审视、思索，李广泉终于伸手接过名片。

似乎觉得时机已成熟，戚宁大着胆子伸出双手扶住李广泉的身子，李广泉便顺从地被她扶下天台围墙。

戚宁和程巍然靠在电梯两边，默默地对视着，戚宁脸上湿湿的，分不清是汗水还是泪水。

两个人的沉默一直延续到车里，程巍然也不急于发动车子，等着戚宁把心情平复下来。其实他自己心里一时也难以平静，戚宁在天台上的讲述太让他震惊了。从戚宁的情绪上他看得出她说的都是真的，并非只是临时瞎编的攻心故事。这倒也解开程巍然心里的一点疑惑，先前他还有点想不明白，戚宁作为国家重点公安大学的心理学硕士生，怎么会愿意回到春海这座小城，通过公务员考试来当一名普通的心理咨询师呢？原来，她在计划着破解家人遇害、失踪的悬案。

"送我回家吧？"戚宁突然开口打破沉默。

"噢，好。"程巍然愣了下，发动起车子。开出不远，他嘴唇微微动了下，似乎有话要说，想了想，还是没说出口。但心里已经有了主意——他决定帮戚宁完成一个心愿。

次日一早，戚宁因为堵车来得稍晚些，走进办公间后，看到自己桌上放着一个黄色的大纸箱子。她随口问了句旁边桌的同事，箱子是哪儿来的，同事说是程巍然送过来的。

戚宁赶紧把箱子打开，只一眼便红了眼圈——她看到了爸妈的照片，他们躺在一片血泊之中。箱子里便是她梦寐以求想要研究的，但苦于自己权限不够无法申请调阅的，有关她家人悬案的卷宗。

…………

走廊里，戚宁抹着脸上的泪水，用手机给程巍然发了条短信：卷宗我看到了，谢谢你。

没想到程巍然瞬间便回复：注意及时沟通，别擅自行动。

第四章

开卷悬案

{ 1
惨烈往事 }

1998年，冬夜。

睡梦中的戚宁感觉有人在晃动自己，她刚一睁开眼睛，便被黑暗中伸出的一只手狠狠地捂住了嘴巴。她本能地挣扎了几下，但很快就不动了，因为她看到了姐姐戚芸的脸。

姐姐一副紧张万分的模样，一边使劲摇着头，一边将食指竖在嘴巴中间，示意戚宁千万别出声。见姐姐如此惊恐，戚宁一时怔住，本能地闭紧嘴巴。

姐姐转了转眼球，迅速四下打量一番，视线很快放到自己脚下。随即，她掀开被子，轻声轻气地把戚宁拉下床。又飞快地掀起快要搭到地板上的床单，冲床下指了指，按着戚宁的头将她塞进床下。"家里好像进坏人了，你躲在下边千万别动，听着没？"放下床单前，姐姐把戚宁喜爱的毛绒羊玩具塞到她怀里，并在她耳边小声叮咛道。

似乎有某种不祥的预感，戚宁紧紧拉住姐姐的手不舍松掉，但却被姐姐执拗地掰开了。戚宁只好把脸贴到地板上，从床单与地面的缝隙中看着姐姐光着一双小脚丫蹑手蹑脚地走到卧室门口。

门缓缓敞开一道缝，姐姐的双脚踌躇一下，但最终还是迈了出去。

须臾，安静的客厅中传出一阵噼里啪啦、呼哧呼哧的响动，似乎是姐姐在拼命反抗和挣扎。而逐渐地，那声响变得越来越轻微……

"是姐姐被坏人抓了吗？"戚宁双手捂着嘴巴，眼泪"吧嗒""吧嗒"地落下。

正忧心姐姐，卧室的门突然被推开了，一双戴着白色鞋套的大头皮鞋出现在戚宁的视线中。紧跟着那双"大头皮鞋"缓缓走了进来，渐渐逼近床边。戚宁把口鼻捂得紧紧的，努力憋着气，心底感觉到了一丝绝望。此时，客厅中响起刺耳的电话铃声，"大头皮鞋"也骤然停住——就在戚宁的眼皮底下。

电话铃声执拗地响着，在沉寂的夜里显得尤为尖厉。"大头皮鞋"犹疑了一会儿，旋即掉转方向，似有些慌乱地加快速度走了出去。

几秒钟之后，门厅处传来"砰"的一声关门声，随即整个屋子便彻底地归于平静。戚宁战战兢兢地从床下爬出来，走到门边，小心翼翼地探出头张望。客厅中漆黑一片，她试探着喊了几声爸爸、妈妈、姐姐……没有回应。她紧紧抱着怀中的毛绒羊缩着身子走进对面爸妈的卧室，一股腥腥的味道扑鼻而来，她本能地屏住呼吸，瞪大眼睛想迅速适应黑暗的光线。

当戚宁快要走到爸妈的床前时，猛然间踩到一种湿湿黏黏的东西，脚底一滑，整个人便摔倒在地板上。她挣扎着爬起身子，手上、长睡袍上，乃至怀中的小毛绒羊，似乎都沾着某种黏黏的液体。

戚宁终于目光投向床上，便看到睡床上的爸爸和妈妈，已经成为一双血人。

客厅中的电话再度响起，戚宁扭头像疯了般冲向客厅，拿起电话，号啕大哭道："爸爸妈妈被坏人杀死了！姐姐不见了！呜呜呜……"

无论时光如何荏苒，回忆起近20年前那个悲伤惨绝的夜晚，戚宁脑海中一切的一切都历历在目，难以磨灭，仿佛就发生在昨天。

那一晚之后不久，戚宁便被舅舅接到北京生活，除了一张全家福照片和姐姐送她的毛绒羊玩具，她没有带走任何属于故乡春海这座城市的东西。当然，记忆和悲伤总是无法抛弃的。

在北京生活的那些年里，没有人再提起戚宁的爸妈和姐姐。所有的家人、亲戚都小心翼翼地呵护着她，不愿触动她童年那段惨痛的记忆，希望她能完全割舍过去，健康快乐地继续走她自己的人生之路。

直到现在，"案子"在戚宁整个家族里都是讳莫如深的话题。当然，就算戚宁真的想追问，她的家人对案子具体的侦办情况也说不出个所以然来。

而实质情况是：

案件发生在1998年12月11日深夜23时许，春海市甘宁区长建路187号1单元201室，遭不明身份歹徒潜入。家中男主人、春海市第二人民医院神经外科医生戚明，女主人、春海市甘宁区实验小学教师蔡春红，被双双杀死在卧室睡床上。死亡时间在当夜22点30分至23点之间，死因均系被锐器割断颈总动脉引发的急性失血性休克死亡。其中戚明除被割喉外，胸部和腹部也遭锐器多次扎入。

被害夫妻二人有两个女儿当晚也在家中。分别是大女儿戚芸，就读于甘宁区20中学附小五年级；小女儿戚宁，就读于甘宁区20中学附小二年级。据案发后小女儿戚宁讲述：当晚她和姐姐在床上睡觉，不知道什么时候，姐姐听到家里有奇怪的声响，便把她推醒，并把她藏到床下。随后姐姐一个人走出姐妹俩的卧室打探，便被坏人掳走了。

现场勘查显示：凶手是顺着居民楼的下水管爬至二楼，扒开防盗网，撬开厨房窗户，潜入室内。从种种迹象上看，凶手作案不仅戴了手套，而且还戴了脚套，有很强的反侦查意识。除被害人小女儿戚宁提供他穿着一双大头皮鞋外，未留下任何可追查的线索。不过，在被害人的卧室中，凶手在墙上留下一个半圆形的涂鸦，是用被害人的鲜血涂上去的。

该案发生后，春海市公安局迅速组织精英警力成立"12·11专案组"。由于现场没有任何财物损失，而且凶手留下的涂鸦似有所指，专案组倾向于案件为报复杀人。但同时让专案组难以做判断的是，凶手为什么要掳走被害人的大女儿戚芸？是临时起意，还是早有预谋？如果是后一种，那案件性质便完全不同了。

从1998年12月中旬开始，专案组在被害人戚明和蔡春红的社会关系、平日交往、利益交集人群中进行了广泛细致的排查，同时也深入戚芸平日活动的区域，还原案发前一段时间她的活动路线和时间线，调查相对应发生的事件，以及与之有过接触的人群，全力追查其下落。整个排查持续了近10个月，专案组对上百人进行了讯问，并传唤审问了20多名具有作案嫌疑的人员，而凶手却并未现形，戚芸也始终下落不明，生死未知。

眼看着时间一天天地流逝，从经验上说破案的概率正逐渐变小，局里总将庞大的警力耗费在一件案子上也不现实。无奈之下，专案组于1999年底解散，案件交由市刑警支队继续侦办。而三年后终因线索全部中断，案件被暂时封存。一晃便到了今天，仍然没有任何新线索涌现。

戚宁用了一整天把卷宗资料通通翻阅了一遍，内心深处百感交集。尤其看到爸妈的现场存证照，照片中到处都是喷溅的血迹，鲜血糊在爸妈的脸上，浸透了他们的衣衫，两个人犹如被红色油漆泼过了似的，死状触目惊心，惨不忍睹。戚宁真是忍着眼泪看完的。

而更重要的是，戚宁必须要在错综繁杂的旧线索中梳理出新的调查方向。她首先圈定想要展开调查的是一个叫赵元生的嫌疑人，此人当年也被专案组和刑警支队列为案件的头号嫌疑人。

由于被害人戚明遭到凶手的过度杀戮，专案组认定凶手对他有特殊的心理情结，遂一开始便围绕戚明做重点调查。在随后的调查中专案组发现，案发前一段时间戚明与他的中学女同学鞠艳丽来往甚密，其时鞠艳丽正与丈夫赵元生闹离婚，自己一个人在外租房住。

赵元生第一次被专案组传唤，正是因为鞠艳丽的举报。她报案说当天赵元生跑到她的租屋内耍酒疯，口口声声嚷嚷着戚明一家都是他杀的，鞠艳丽要是再敢忤逆他的意思，他就把她也杀了。不过审讯时，赵元生承认他说了上述的话，但矢口否认真的与案子有关。说自己只是仗着酒劲在老婆面前吹牛，想恐吓她不要跟他离婚。至于案发时间段他的所在，他声称当日自己喝醉了，独自一人在家睡觉。

在审问赵元生的同时，专案组对他的住所进行了搜查，结果找到了一双大头皮鞋，与戚宁笔录中形容的颇像。但是在那个年代，冬季穿着仿军工的大头皮鞋特别盛行，单单只搜到一双大头皮鞋说明不了什么问题。而专案组也未搜查到更进一步的证据——案发当时，被害人颈总动脉被割断，鲜血喷溅力度是很强的，即使凶手做了防护，身上或者鞋子上多多少少也都会沾点血渍。但在赵元生家中并未发现带血的衣物，鞋子上也没发现血迹，更没发现与戚芸有关的线索。

当然，不排除赵元生作案后扔掉血衣和旧的鞋子，而且他未有不在现场的证明，所以专案组虽然放了他，但还是派人对他进行了一段时间的跟踪监视。但最终并未发现他有任何可疑行径，便放弃了他这条线。

时隔一年多，时间来到2001年1月，赵元生又一次进入警方的视线。当时"12·11专案"已经由刑警支队接手，准确点说办案人员注意到他，并不是因为发现了他与专案有关的新的证据，而是有确凿证据显示他杀害了前妻鞠艳丽的一位同事。

2000年初鞠艳丽与赵元生正式办理了离婚手续，半年后鞠艳丽与一位也系离婚人士的男同事陈宇谈起了恋爱。后来消息传到赵元生耳朵里，他多次到鞠艳丽单位和家中无理取闹，并以电话和面对面的方式对陈宇进行威胁，企图阻止前妻再度组建家庭，但并未收到预想效果。终于在次年1月，他听说二人准备择日领取结婚证，便于夜里埋伏在陈宇家的楼道中，用白酒瓶砸伤外出归家的陈宇的头，并用碎酒瓶的玻璃碴刺死了陈宇。在搏斗中，赵元生也受伤了，现场留有他的血迹，并且勘查员在玻璃碴上提取到属于赵元生的指纹。

由该案，刑警支队不免联想到"12·11专案"，戚明在被害前也与鞠艳丽有密切来往，而且很可能就是因为戚明的出现，导致鞠艳丽开始和赵元生闹离婚。或许与杀陈宇的动机一样，赵元生对于戚明和老婆鞠艳丽频频见面，心生嫉妒、怀恨在心，遂动了杀人灭门的恶念。

随后，刑警支队讯问了鞠艳丽，但她坚决否认与戚明有特殊关系，表示两人只是普通的同学情谊，对前夫赵元生的去向也是一无所知。而赵元生杀死陈宇后便遁形了，消失得无影无踪，通缉令发布了很多年，至今也未接到任何举报线索。

戚宁把赵元生的存证照片拿在手上，细细地端详着，嘴里默念道："看来必须得回到专案组最初的调查方向了，只是连专案组和刑警支队都没能找到赵元生作案的证据，我又该从什么地方入手呢？"

{ ## 2
再遇故人 }

与其说时隔多年戚宁对寻找赵元生作案的证据没有信心，不如说她其实是对整个"12·11专案"的调查前景心里很没有底。但从卷宗资料上看，作案嫌疑最大的也就是赵元生了，所以戚宁只能硬着头皮试着以他为切入点寻找案件的突破口。

调阅户籍登记信息，戚宁查到赵元生无儿无女，直系亲属中有一个80多岁的老母亲还健在，旁系亲属也只有一个哥哥赵元仁。按照户籍登记的住址，戚宁找到赵元仁的家，也见到了赵元仁本人和随他一起生活的老母亲。

赵元仁对戚宁的来访没有显示出丝毫的抵触情绪，非常客气地把她让到客厅沙发上，语气温和地说："你们尽管放心吧，如果有我弟弟的消息，我一定会第一时间上报的。"

估计是因为陈宇的案子，辖区派出所不时还会来收集赵元生的消息，所以赵元仁见到警察才一副见怪不怪的样子。戚宁也不点破自己来与陈宇案无关，顺势问道："你弟弟有多少年没和家里联系了？"

"从他把艳丽新交的对象杀了之后，他就没影了。这都多少年了，连电话都没打来一个。"赵元仁诚恳地说。

"那你们和鞠艳丽还有联系吗？"戚宁问。

"也早没了，她和元生离婚之后我就没见过她人。"赵元仁说。

"那孩子是个好媳妇，是我们家元生不争气。"坐在一边看电视的赵元仁的母亲接下话，"整天游手好闲，还爱喝大酒，喝醉回家就找碴儿跟老婆吵架，离婚是他活该。"

"那你们觉得赵元生最有可能藏到哪儿？"戚宁冲老太太点了下头，又特意冲赵元仁说，"你和赵元生是兄弟俩，从小一起长大，应该是最了解他的。在你们一起成长的过程中，有没有什么地方令你们印象深刻，又利于隐蔽生活，外人不足以了解的？包括你们曾经一起的朋友、玩伴，以及本地或者外地的亲戚朋友，会不会给他提供一个那样的空间？"

赵元仁笑笑，大概看戚宁年龄不大，说话便也随便些："小同志，这个问题已经有好几拨警察来问过我们了，我和我母亲真的是想不出来。"

赵元仁如此说，倒显得戚宁有些幼稚，她不好意思地欠欠身子，从沙发上站起来，说："那好吧，我不打扰你们了，就像你说的，有你弟弟消息一定要通知我们警方。"

接下来，戚宁决定去会会那个所谓爸爸的中学同学鞠艳丽。但是找她就没那么容易了，由于她和赵元生离婚，户籍被分了出来，当时她又是租房子住，户籍便办理了空挂，截至目前仍然是这种状态。继续调阅她户籍的原始信息，令戚宁失望的是，鞠艳丽的父母已不在人世，有一个姐姐，也因病去世。这样一来，戚宁手中只有一个近20年前她曾经租住房屋的地址。对了，还有她当时工作的单位可以先去打探打探。

据案件卷宗记载，鞠艳丽当时在一家三星级酒店客房部做主管。但当戚宁现在按照地址找到酒店之时，发现已经不是原来的名字，变身为国内某知名品牌的连锁快捷酒店了。很明显原来的酒店倒闭了，工作单位这条线怕是指望不上了。

唯一的希望只有出租房了。好在房子虽老，但还没动迁，里面竟然还有人租住，但不是鞠艳丽。通过租客，戚宁联系到房主，房主也住在附近，两人很快便见了面。

房主是一个50多岁的中年妇女，戚宁提起鞠艳丽的名字，她倒是挺干脆地表示对她有印象，说确实曾经有这么一个租客。并且进一步说明之所以对鞠艳丽印象深刻，是因为鞠艳丽是她弟弟介绍来租房子的。

　　"敢问你弟弟是？"戚宁客气地问。

　　"噢，他是二院的大夫，叫陈康。"房主说。

　　"是陈康介绍的？"戚宁很是惊讶道。

　　"你认识我弟弟？"房主问。

　　"我爸爸曾经和他做过同事。"戚宁表情恢复正常，笑笑说，"他现在还在神经外科吗？"

　　"对啊！已经当主任了！"房主口气中颇有些自豪地说道。

　　"鞠艳丽在你房子里住了多长时间，什么时候搬走的？"戚宁问。

　　"她应该是1998年夏天过来的，好像住了有三四年。这期间她离婚了，然后有一阵子又谈了个新对象，说是都要谈婚论嫁了。后来有一天傍晚我在附近遛弯，看到有警车过来把她接走了。隔天下午她就找我说要退房，问我能不能把押金退给她。按道理，她毁约我是可以把押金扣下的，但觉得毕竟是我弟弟介绍的，而且我这房子也不愁租，就把押金退给她了。"房主一边回忆着，一边说道。

　　"她说原因了吗？"

　　"没具体说，就说要换个活法啥的，还说她工作也辞了，反正我没太搞懂。"

　　"你能大概再具体说一下她离开的时间吗？"

　　"应该是……2001年，好像是元旦过了没多久。"房主使劲想了想，然后说道。

　　2001年？元旦后？警车来把鞠艳丽接走？应该是赵元生刺死陈宇后，支队联想到"12·11专案"，过来找她配合调查的。可她为什么隔天便急匆匆地离开了呢？戚宁在心里暗自纳闷了会儿，才又问道："她没说去哪儿了吗？"

　　"没说。"房主说。

　　"从那以后你还见过她吗？"戚宁问。

"也没有，彻底没联系了。"房主说。

提起陈康，戚宁心里充满感激。戚宁爸妈被杀的那晚，正是他一遍一遍地往她家里打电话，才把做贼心虚的凶手吓跑了，不然凶手很可能会发现藏在床下的戚宁。

也是陈康报的警。那晚陈康在医院值班，因突发事件导致有多位伤者急需手术救治，医院人手不足，陈康便打电话联系值二线班的医生戚明。但多次拨打，戚明家中电话始终无人接听。后来终于打通了，接电话的却是戚明的小女儿，她在电话里哭喊着说爸爸妈妈死了，姐姐不见了。

虽然陈康深夜往戚宁家里打电话纯属巧合，但也正是他的执着拨打，才让戚宁得以脱离险境，她早应该去当面感谢人家了。眼下与房主分别，看时间还没到医院下班时间，戚宁便打了出租车，奔向市第二人民医院。

其实戚宁小时候跟爸爸到医院玩的时候见过陈康，那时他还是一个不到30岁的帅小伙，可现在他已经是一个近50岁的中年长者了，而戚宁也是戚家有女初长成——是一个大姑娘了。彼此一见面，先是有些陌生，但很快便都是惊喜万分。

陈康满眼激动而又疼惜地上下打量着戚宁，说："一晃这么多年了，你都是一个漂亮的大姑娘了，什么时候回来的？"

"将近一年了。"戚宁有些不好意思地说，"我应该早来看您。"

"哎呀，什么早晚的，你能来看叔叔，叔叔就高兴！"陈康大声笑了笑，说，"你现在做什么工作？"

"我在市公安局做心理咨询师。"戚宁说。

"你是警察？"陈康眼神中带着一丝特别的意味看着戚宁，迟疑了一下，才继续说，"你……你做警察，是为了你爸妈的案子？"

戚宁不置可否地笑笑，说："陈叔，你还记得鞠艳丽吗？"

"是那个你爸爸中学时期的初恋女友？"陈康脱口而出，转瞬便发现戚宁脸色有些难堪，才发觉自己可能说错话了，"你……你提她干什么？"

"她租房子是您给联系的吗？"戚宁没想到陈康会说出这么直白的一个答案，强忍着心中的一丝怅然，继续问道。

"小宁啊，事情都过去那么多年了，你爸爸也早去世了，再提那些也没什么意义。"陈康会错了戚宁的意，低头沉吟了会儿，抬头斟酌着言辞说，"你也别纠结了，好好过你的日子。"

"不是的陈叔叔，其实我在查案子，希望您能如实答复我。"戚宁强颜欢笑说。

"噢，"陈康想了想，避开戚宁的眼睛，不自然地说，"其实是你爸爸让我帮忙给鞠艳丽租个房子的……租金……也是你爸爸付的。"

"您……您能如实告诉我，我爸爸和鞠艳丽是……是那种关系吗？"尽管卷宗中提到过爸爸和鞠艳丽交往匪浅，但戚宁相信爸爸是不会背着妈妈出轨的，但现在似乎有了证据，眼泪便不争气地在眼眶里开始打转。

"孩子，你别这样，我只知道这么多。这些也说明不了什么问题，你爸是个热心肠的人，也许只是鞠艳丽一时有困难，他想帮帮她而已。"陈康递给戚宁一张纸巾安慰道，随即抬腕看了下表，故意操着轻松的语气说，"到下班点了，陪叔叔吃个饭怎么样？这么多年没见，和叔叔好好说说你都干吗了。"

戚宁一想自己本意就是来感谢人家的，一起吃个饭也好，不然显得太没诚意。她便用纸巾抹抹眼睛，扬着声音说："好。"

{3
凶宅与白骨 }

陪陈康吃完饭，戚宁回到家中，没顾得上和奶奶打招呼，径直回了房间。她随手把背包放到书桌上，紧接着拉开书桌大抽屉，手脚麻利地一通翻找开来。很快，她手中多了把钥匙——是一把家中的钥匙，是戚宁和爸爸、妈妈、姐姐一起生活过的那个家的钥匙。

刚刚吃饭的时候，陈康随口问了句她家的房子后来怎么处理的。这才让戚宁发觉自己疏忽了一个问题，那个房子不仅是她的家，也是一个凶杀案发生现场，既然她决心重新梳理线索让案件重见天日，怎么能不去案发现场实地查查呢？有了这个念头，与陈康分手后，戚宁一刻也不想等，回来取了钥匙便打了出租车奔向她原本的那个家。

戚宁家的房子是在一个叫作华业小区的住宅社区内，原本奶奶一度张罗着想把房子卖掉，但一听说是凶宅便无人问津，甚至还连累了整栋楼的二手房成交价格。

站在家的楼下，戚宁心里可谓五味杂陈。将近20年没回来过这个地方，周围的一切都已经变得陌生。这里曾带给她无限的温暖、快乐和幸福，但却令她失去了最珍贵的家人，所以对于这个地方她说不出是怀念多一些，还是憎恨多一些。

积蓄了一些勇气，戚宁从背包中拿出手电筒，按亮，终于走进楼内。脚步异常沉重，只两层楼的楼梯，却仿佛走了很多年——爸爸、妈妈牵着她的小手走上楼梯，她和姐姐相互追逐着跑在楼梯阶上看谁先到家，有一次在楼梯阶上看到一只蟑螂把她吓哭了，姐姐不小心磕破了腿……往事历历在目，站在家门前的戚宁不觉湿了眼眶。

轻轻转动钥匙，打开脏兮兮的铁皮防盗门，一股刺鼻的霉味猛地钻进戚宁的鼻子里。她本能地轻咳几声，便惊扰了沉寂多年的尘埃，在手电光束前乱絮纷飞起来。戚宁挥手驱赶着，脚下同样踩着厚厚的尘埃，穿过客厅，走进曾经是她和姐姐的卧室。

卧室里还是戚宁记忆中的模样。她和姐姐的床、衣橱、写字桌和椅子，甚至书架上的书也都还在。戚宁从书架上抽出一本童话书，那是她曾经最喜欢的、每天必读的睡前书。她把手电筒放到书架上，饶有兴趣地翻了起来。才翻过几页，便看到页缝中夹着一张画纸，一瞬间，戚宁的眼泪再次夺眶而出，这就是姐姐那天送给她的，姐姐亲手做的生日卡片。上面用蜡笔写着生日快乐，还画着两个梳着小辫的小女孩，就是姐姐和她。

戚宁把生日卡片夹回书中，掸了掸书上的灰尘，非常宝贝地把书装到自己的背包中。接着她又拿起手电筒，四下照照，便扭身走了出去。

爸妈的卧室在她和姐姐卧室的对面，房门是关着的。戚宁走过去，微一使劲，轻轻推开房门。她站在门口，用手电筒冲里面照了照，随即"啊"的大叫一声，一屁股坐到了地上——房门一侧的墙壁上，赫然吊着一具人体骨架！

时隔近20年，戚宁原本的家再度被大批警察围聚，电力也被恢复，整个房子灯火通明。

在房间主卧室东向墙壁上钉着一个铁钩，钩上挂了一个手指粗的绳套，一具已经白骨化的尸体吊在绳套上。

法医和现场勘查员都在忙着各自分内的工作，程巍然把戚宁叫到了另一个房间，也就是戚宁和姐姐原本的卧室中亲自给她做笔录。

戚宁具体叙述了发现白骨的过程，又大致说了下自己这一天走访调查的情形，然后问道："你觉得我爸妈卧室里吊着的会什么人？"

"在客厅里找到一个钱包，估计是死者的，不过里面没有身份证明。"程巍然说，"自杀还是他杀现在还不好说，不过按道理说就算是自杀也不必特意在墙上钉个钩子，尤其尸体吊着的方位正对着你父母的睡床，给我的感觉很像是一种忏悔。"

"你是说死者和我爸妈的被害有关？"

"也不一定，还是等尸检结果吧，首先得搞清楚是他杀还是自杀。"

"你手头上的案子查到什么了吗？"

"还在有序地排查，目前还是没有头绪。"

"有什么我能帮上忙的你尽管说。"戚宁理了理耳边的发梢，嘴角露出一丝苦笑，"原本我一直在期待着早日拿到爸妈案件的卷宗，以为凭着自己多年所学，可以另辟蹊径找到先前有可能被专案组忽略的线索，现在看有点太自以为是了。当年专案组已经调查得很充分，哪有那么容易让我找到新的切入点。说句不科学的话，我觉得我应该放平心态，可能找到新的线索还得看机缘。你那边的案子若是需要我，我可以把我爸妈的案子先放一放。"

"好，有需要我自然会说，不会跟你客气。"程巍然使劲点点头说。

隔天下午，程巍然电话召戚宁到他办公室见面。戚宁赶到后看到法医林欢也在场，估计是昨夜在她家发现的尸骨身份识别有了线索。

"从尸骨中的肱骨上提取到的DNA检测结果显示：死者的DNA与DNA数据库中的通缉犯赵元生相吻合，同时在现场遗留的包括两个白酒瓶、食品袋、钱包等物品上采集到的指纹也都是赵元生的。"连夜工作到现在，脸色煞白的林欢先开口介绍道。

"啊！竟然是赵元生！"戚宁一脸不可置信地瞪着眼睛说，"怎么会是他呢？是他杀还是自杀？

"尸骨的舌骨大角、甲状软骨上角有骨折，头骨和各骨关节均未见外力伤，骨骼上也未检测到毒化物。总的来说，从尸检结果来看，支持自缢死亡。"林欢说着，又补充道，"但也不排除比如深度醉酒等因素致使赵元生意识完全丧失，然后被悬挂到了绳套上。"

"死亡时间能推测吗？"戚宁问。

"尸体软组织已完全消失，骨骼出现干燥、脆化现象，估计赵元生至少死了十年以上。"林欢说。

"勘查员在现场搜集到了多个火腿肠和小食品的外包装袋，生产日期从2000年9月到2000年11月不等。还有，遗留在现场的两个白酒瓶的品牌属于本地一家酒厂，该酒厂在2003年被并购，并全面更换了外包装，原包装的酒被全部下架，而现场搜集到的酒瓶上便是2003年以前的包装。综合尸检和这几项物证判断，赵元生死亡时间应该在2003年之前。"程巍然插话补充道。

"或许他刺杀了陈宇之后，不久便死了。"戚宁凝着神说，"不然面对当年市局的大力围捕怎么会消失得无影无踪？关键是他为什么会吊死在我家？真的是忏悔？"

"既然当年专案组和随后接手调查的支队方面都曾将他视为'12·11专案'重要的嫌疑人，想必他真的就是杀害你爸妈的凶手。"程巍然说，"会不会在杀死陈宇后，他万念俱灰，便撬门进入你家，以自己的死亡来忏悔对你爸妈犯下的罪孽？"

"不对，行为证据上说不通。"戚宁迟疑着说，"他用玻璃碴刺死陈宇，更像是恐吓失败导致的激情杀人。而我爸妈的案子，很显然是有充分预谋的。再者说，围绕赵元生做的调查中，丝毫未发现我姐姐失踪的线索。"

"时间过去太久了，想要搞清楚事实真相恐怕很难了。"林欢接话说。

"一定要找到那个鞠艳丽！"戚宁说，"我特意又看了眼当年支队找她配合调查的笔录，没什么特别的，搞不懂她为什么隔天突然辞了工作，还退了租的房子，然后整个人便没了踪影。她会不会知道些什么？"

"好，那我先申请发一个全市范围内的协查通报，包括出入境记录等也查一下。"程巍然说，"还有，鞠艳丽原来的单位虽然倒闭了，但应该还能找到她的旧同事，也许他们会有她的消息。"

"那最好了，希望找到她后一切疑问都能迎刃而解。"戚宁满怀期待地说。

不正之言

第五章

{ 1
赤裸男尸 }

9月5日，星期二，农历七月十五，中元节，民间俗称鬼节，这天有祭祀、扫墓的习俗。

起了个大早，小姑戚颖驾车载着特意请假的戚宁出门前往城郊的墓园，一路上车流比想象中要多得多，看来大家都是一样，扫完墓还得赶着回去上班。

坐在车里，戚宁无暇顾及车窗外城郊的自然美景，因为今天这个特殊的日子，她的思绪不免又陷入"8·22"连环杀人案中：

凶手第一次作案是8月22日，星期二；第二次在8月29号，也是周二。两起案子间隔七天又同是周二，会不会是凶手刻意选择的？"七"和"二"有什么特殊含义吗？

说来，数字"七"倒是个神秘的数字，比如：一个星期有七天、七个音阶、七种颜色、佛教中有人生七苦、基督教中有七宗罪，甚至还有"七上八下"的成语等。总之，"七"在日常生活中比较常见。那么"二"又意味着什么？通常二也被看成双，比如好事成双，双喜临门。或者年轻人常说的"520"中，把二谐音成爱的意思。反正"二"似乎是一个吉祥数字，与凶杀案根本是风马牛不相及。

怎么解释先不深究，眼下迫在眉睫的是，今天距离上一起案件正好过了七天，并又是周二，凶手会不会继续作案？目标又会是什么人呢？

城乡快速公路的发展大大缩短了城市与乡村的距离，半个小时左右，两人便到了墓园。

　　戚宁从车上下来，一眼望见墓园门口停着一辆警车。一大早，警车到这儿做什么，不会是开公车来扫墓的吧？戚宁心里合计着，打开汽车后备厢取出祭品，和姑姑向山上走去。

　　墓园名曰东山，坐落于山丘之上。一眼望去，满山遍野的红花绿树一派欣欣向荣，山间小路上，混着泥土芳草香气的清新空气，也格外爽朗怡人。戚宁忍不住停下脚步四处凝望，山丘边不远处有丘陵环绕形成的一个天然水库，水波荡漾，美不胜收。

　　"这真是一个天然氧吧啊！"戚宁小声念叨着。

　　"走啊！怎么不走了？"小姑见戚宁呆立在原地，催促道。

　　"近山近水，风景如画，看起来风水还不错。"戚宁感叹说，"小姑太谢谢你了，这墓地价格应该不便宜吧？"

　　爷爷去世后，小姑张罗着在此墓园买下一块贵宾级别的家族式墓穴地，安葬了爷爷，又把戚宁父母的坟也迁了过来。这是父母迁坟后戚宁第一次来扫墓。

　　"你这孩子，竟说傻话，都是一家人，有啥可谢的！"小姑板着脸，佯装生气嗔怪道。

　　戚宁哄声说："好啦，我错了，小姑你最好了。"

　　"噢，对了，最近太忙也顾不上你，工作干得怎么样，适应吗？"小姑笑了笑，立马又一脸埋怨地说，"你说你，一小姑娘，又漂亮，又有文化，干什么不好，非要当警察！"

　　"挺好，我很喜欢。"戚宁嬉皮笑脸地说，想让谈话气氛轻松些。

　　"你啊！"小姑疼惜地看了她一眼，没继续说下去。她也只是嘴上说说，她当然知道戚宁埋藏在心里的夙愿。

　　姑侄俩东一句、西一句地聊着，走了六七分钟，终于到了家族的墓穴地。

　　"怎么样，这儿还不错吧？"小姑指着墓地周围的绿化说。

"呃。"戚宁嘴上应着,但视线却被另一处墓穴地所吸引——位于山路右侧七八米处的一块墓地,此时正围着几个警察,看起来像是在勘查现场。戚宁有些好奇,趁着小姑摆放祭品的工夫,走了过去。

戚宁掏出警官证,对着一个领导模样的老警察说:"出了什么事?"

老警察瞄了眼她的证件,一脸诧异:"这点事儿,用得着市局的人出马?"

"不,不,我只是碰巧路过,这儿怎么了?"戚宁解释说。

"掘坟!"老警察脸上的表情有些哭笑不得,"你说这年头,啥事都有。盗古人墓倒是不稀奇,可掘现代人的坟还真不多见。也不知道这里面有啥梁子,竟有如此深仇大恨,人死了都不放过。"老警察说着蹲下身子,用手捻了捻落在草上的灰末:"你看看,这骨灰都撒了一地。"

一段音乐响起,是戚宁的手机铃声。

今天距离上一起案子正好过去七天,又是周二,难道……戚宁心里有种不祥的预感,

赶忙从兜里拿出电话。"喂?"戚宁刚说了一个字,电话另一端便传来徐天成焦急的声音:"程队让你马上到黄海路友谊街B座202室会合,凶手又作案了!"

"我现在在郊区墓园……"戚宁话还没说完,那边徐天成已经挂了电话。戚宁不敢怠慢,与老警察匆匆道别。转身的时候扫了一眼倒在一边的墓碑,墓碑上是一个女人的照片,名字写的是"石倩"。

戚宁三步并作两步疾走回自家墓地,向小姑解释一番,又要了小姑的车钥匙,然后跪在地上,冲着爷爷和父母的墓碑"咚、咚、咚"磕了三个响头,便起身一路小跑下了山。

大约40分钟后,戚宁赶到案发地点,是一个二楼的单元房。程巍然有个重要的会议要参加,人已经离开现场。

"怎么才到?"徐天成递给她一双乳胶手套,"快点儿,大家都在等着呢。"

"等我?"

"是啊，小程说让你看过尸体才能动。"

听徐天成如此说，戚宁心绪微动，被信任的满足感油然而生。

现场的房子是两室两厅的格局，客厅和饭厅是连着的。死者为男性，赤裸着身子被绳子捆绑住，低垂着头跪在饭厅的餐桌旁。与"于梅案"一样，死者身前的地面上留有一摊血迹。

戚宁稍微扶了下死者的前额，将死者的头抬起，观察了下，扭头冲等在一旁的林欢说："舌头也被割了？"

"对，"林欢点头说，"手法同样干净利落。"

戚宁扫了眼餐桌，看起来是死者的衣物被整齐叠好放在上面，思索着说："除了性别，凶手又回归了首起作案的手法。不，舌头和心脏一样都属于人体器官，所以说凶手一直在遵循着他先前设定的仪式化的杀人手法。"

"被害人也是被绳索勒死的，死亡时间在昨天21点到22点之间，"林欢脸上露出一丝意味深长的笑容，"你看得差不多了吧，我们现在可以把尸体运走了吗？"

"好了，可以，可以。"戚宁赶忙点头说。

戚宁闪到一边，盯着林欢的后背，心里有些不得劲。林欢刚刚的笑容中似乎有种妒忌的意味，怎么会这样？是因为等的时间太长有点不耐烦了，还是什么别的原因？

戚宁正愣神，林欢突然冲刚刚抬起担架的助手说了一句。"等等，停一下。"说着话，林欢俯身把头凑近担架上被害人的面部，一只手从脚边的工具箱中摸出把镊子伸进被害人嘴里。随即，夹出一个沾满血的纸团。

林欢把纸团一点一点地展开，放到餐桌上细细铺平——虽然渗了些血迹，但大体能看清楚，方方正正的纸片上打印了一个二维码。

戚宁赶紧掏出手机对着纸片试着扫描，没多大会儿二维码被识别，她便把手机屏幕举到林欢眼前："是一个添加好友微信的二维码，头像跟被害人很像，应该就是他的微信。"

"凶手这是特意提醒咱们要注意死者的微信？"林欢盯着纸片问。

"联系前面的案子看，是一种提示，也许从死者的微信中能窥探到他不为人知的阴暗面。"戚宁说。

"小杨，找到死者的手机了吗？"林欢冲一个年轻的勘查员招呼一声。

"噢，有，还开着机。"姓杨的勘查员从证物箱子拿出一个透明的证物袋，"呶，在这里。"

林欢先伸手接过手机，摘下一只乳胶手套，轻轻划开手机屏幕锁——屏幕锁没有设置密码。她接着点开微信软件，先前死者用过微信后并没有退出账号，林欢便直接进入到用户界面。翻看了一会儿，她把手机递向戚宁，摇摇头，失望地说："没有单独的聊天记录，可能都删除了。"

戚宁接过来，看了眼，转手递回给杨勘查员："麻烦回去做一下技术还原，看看能不能把删除的聊天记录找回来。"戚宁说完，冲林欢微微点头示意，便向站在客厅中央的徐天成走去。

"被害人身份确认了吗？"戚宁问。

"他叫孔家信，今年46岁，以炒股为生，"徐天成指着坐在沙发上一个泪水涟涟的女人说，"报案人是他的老婆，叫王文英。"

戚宁"嗯"了一声，然后坐到王文英身边，和声说："你昨晚没在家住？"

王文英拭着泪水，抽着鼻子说："我跟家信分居了，和女儿住在另外一套房子里。今天早上我给他打了几次手机，想问问上坟的事儿，但一直没有人接听，觉得有些不对劲，过来一看人就这样了。"

"你们分居多长时间了？"

"有半年了。"

"原因是什么？"

"主要还是个性越过越过不到一块去。"

"你昨天21点到22点之间在哪儿？"

"和女儿在家看电视。"

"他股票炒得怎么样？赔了还是赚了？你觉得他的死会不会跟经济纠纷有关？"

"应该不大可能，他也就这半年来才开始炒股的，也没跟别人借钱，不能有多大的赔赚。"

"那他先前做什么工作？"

"在香城大酒店房务部当总监。"

"这么好的工作怎么不做了？"

"他，他想自己创业，但……但是辞职后原先计划的项目临时有些变动，就先炒炒股。"

王文英又捂着嘴呜咽起来，似乎难过得无法继续与戚宁对话。戚宁冷眼皱眉，心中生出一丝疑惑，王文英在被害人辞职创业的问题上好像有些支吾，似乎在回避什么。

戚宁正盯着王文英看，方宇从外面进来，她便转头问："外围有线索吗？"

"周围邻居反映，死者是这个小区老住户，搬走很多年了，几个月前突然一个人又搬回来住。平时很少看他出门，也没什么访客。昨天晚上也没有人听到异常的声响。小区比较老，又是开放式的，没有监控。"方宇翻着记事本说。

……也许是程巍然吩咐过，也许是大家都对戚宁的能力比较认可，不知不觉中，戚宁似乎已经成为查案的主导者之一。

{ 2
飞来横祸 }

香城大酒店是春海市有史以来第一家五星级涉外酒店，开业30多年一直是本地酒店业中的佼佼者，名声颇为响亮。

孔家信曾是这家酒店的房务部总监，管理客房部和前厅部，薪水待遇和职务级别都相当高。但他却在半年前辞职了，而与此同时他与妻子王文英也分居了。更可疑的是提到他的辞职，王文英表现了出含糊其词的姿态。想必其中真实的原因并不像她说的那么纯粹，或许王文英想要回避的东西正是孔家信被杀害的原因。

戚宁和徐天成通过酒店前厅大堂副经理的指引找到了保安部负责人的办公室，没承想一照面，徐天成竟然发现对方是自己小学时期的同学郑传吉。

"怎么是你小子？"徐天成一脸惊喜。

"你是……你是天成吧？哎哟，老同学，你怎么来了？"原本坐在办公桌里的人一下子蹿了起来，走过来对着徐天成就是一个熊抱。

"多少年没见了，你小子一点儿没变，我一眼就认出你了！"

"你可发福了！"

"呵呵，哎，对了，"两人寒暄一阵后，徐天成才想起戚宁也在场，忙为两人介绍说，"这是我队里的同事戚宁，这是我同学郑传吉。"

"来，坐，随便坐。"郑传吉和戚宁握了握手，将二人让到会客椅上。

"你小子不够意思啊，几次同学聚会都不来，看不起哥几个是不是？"郑传吉端茶、倒水、递烟，忙活了一阵，然后坐回到办公桌前。

"混得不好，羞于见人，哪像你郑大总监，多风光啊！"徐天成笑着说。

"得了吧，你寒碜哥们儿是不是？"打趣了几句，郑传吉抬腕看看表，"中午别走了，在我这吃个饭，咱哥俩好好唠唠。"

徐天成摆摆手："不行啊，手上的活儿紧，下次吧。把他们几个都叫上，好好聚聚。"

"行，那咱谈正事。你们是为老孔的事儿来的吧？"

"都知道了，传得够快的！"

"他住的那套房子是酒店分的，周围好多住户也是酒店的员工，一早酒店听说他的事儿都炸锅了。"郑传吉摇摇头，叹口气说，"他今年可真够倒霉的，工作丢了还没多长时间，这下连命也没了。"

"你是说他不是主动辞职的？"徐天成不解地问。

"他的事你们还不知道？"郑传吉纳闷了下，撇下嘴说，"他是因为性骚扰女下属被酒店逼退的。"

"这我们还真不清楚，您给讲讲？"半天没吭声的戚宁插话说。

"老孔是酒店开业元老，资历深，能力强，又懂得钻营上层关系，深受领导信任和器重，在整个酒店都有很高的威信。所以他背地里干的那些龌龊事被曝光之后，简直令我们大跌眼镜。"郑传吉脸上显出一丝愠怒说，"其实酒店里早就传他跟几个女下属关系不清不楚，但这种事要是你情我愿，在现今的社会也是司空见惯。谁承想实质上是老孔利用职权之便，威逼利诱女下属跟他做那种事。据说都好多年了，只要部门来了新女员工，他看上了就让人家加他微信，然后不断给人发骚扰信息，要求人家跟他开房。如果人女孩不肯就范，要么被打发干破烂差事，要么找个理由让人事部把人家辞退。"

"这丑闻是怎么曝出来的？"戚宁追问说。

"是因为一个实习生，被他纠缠了好长时间，不堪其扰主动离职了。后来气不过，把他发的微信骚扰信息截图后一股脑全发到网上，便引发了网民广泛关注和热议，连带着酒店也遭到舆论大肆围攻。再后来眼瞅着事件持续发酵，已经严重影响到酒店声誉和形象，领导找老孔谈话，让他主动辞职，也算给他个台阶下。"郑传吉说。

"孔家信在酒店到底有几个情人？"徐天成问。

"这真说不清楚，大家也只是怀疑而已，谁也没抓到现行，当事人更不可能自己站出来承认。"郑传吉紧跟着补充，"不过那个实习生你们可以去人事部问问，应该有她的联系方式。"

孔家信的验尸结果跟前两起案件大体相似，舌头也属于死后切割，也被凶手带离现场。值得注意的是其死亡时间为9月4日晚，与"王益德案"相隔六天，也就否定了戚宁先前的分析——认为数字"七"是凶手作案的必要因素。

现场勘验显示：房间中的指纹基本属于孔家信本人和他妻子王文英的。现场没有被大肆翻动过的痕迹，没有财物损失。电脑中也未发现可疑线索。通过技术处理，孔家信手机微信中删除的私信记录得以还原，从中筛出包括实习生在内的多个被孔家信用淫秽言语骚扰过的对象。接下来警方将会以这几个人为重点，以及孔家信的社会交往中寻找作案人，同时也积极寻找该案与前面案件的交集。另外，凶手既然有孔家信的微信二维码，那他会不会是孔家信认识的人，这一点很值得研究。

就目前掌握的信息，孔家信与于梅、王益德一样，具有严重的道德缺陷，符合凶手选择被害人的一贯模式，基本可以认定孔家信被杀一案为本次连环凶案的第三起。问题是下跪、裸体、捆绑、整理衣物，到底意味着什么？两次割舌加一次掏心的惩罚手段有什么含义？手术刀和微信二维码真的是给警方的一种提示吗？太多的疑问像是一把把上了密码的枷锁，等着戚宁去破解。

更令她忧心的是：凶手第一次作案与第二次之间的冷却期是七天，第二次与第三次之间是六天。从犯罪心理学的角度分析，凶手作案的欲望会愈加强烈，理论上下一次作案时间距第三次间隔不会太长，那么是不是很快就会有第四起凶案？

忙活了一天，戚宁开着小姑的车行驶在回家的路上时，已是午夜。窗外夜色沉沉，一片幽静。突然，一个闪念钻进戚宁的脑子里——这样的夜晚"你"在做什么？会不会重访带给你无限满足的地方？景程花园是"你"由人成魔的起点，对"你"来说意义非凡，不作案的夜晚"你"会不会故地重游？

戚宁一脚刹车踩下去，车子在马路中央停下。紧跟着她掉转车头，朝景程花园方向驶去。

人从事某种工作久了，或者对某件事情过于投入，往往会产生一些所谓的神奇能力，比如直觉、灵感、感应等。虽然这些能力会让工作或者事情变得简单，但结局并不一定都是好的。戚宁的突发灵感，就让她几乎陷入绝境。

夜里行车，速度要快很多，十几分钟后，戚宁的车便通过保安岗亭，停在了景程花园于梅的别墅门口。几乎与此同时，她恍惚地看到好像有一个黑影在别墅窗户附近闪了一下。她顾不上熄火，拉起手刹便冲下车去。

但是等她跑到别墅前，人影早没了。她特意观察了下大门和窗户，没有被撬压的迹象。是自己看错了？戚宁在心里嘀咕着，走到别墅正对着的街道中央，不甘心地四下张望。

突然，她听到一声汽车油门的轰响，还未来得及多做反应，就见不远处自己的车子突然启动，加速对着她冲将过来。在轮胎摩擦地面发出刺耳的声响中，戚宁的身子被撞飞，又重重地落下。

她仰面躺在地上，气若游丝，残留的一点儿意识让她感觉到有人走到了身前。她用尽几乎是最后一丝力气，说道："你……你是……谁？我……我是……警察……"

{ 3
示罪情节 }

丽日当空，垂杨柳下的清水湖畔，湖水清澈见底，鱼儿穿梭嬉闹，雾气在湖面上升腾，

犹如萦绕的白色云朵。

一只灰白色的小木船缓缓游弋在湖面上，爸爸和妈妈轻轻划动着手中的木桨，对面小小的戚宁和姐姐兴高采烈地玩着拍手的游戏：

"你拍一，我拍一，一个小孩坐小船。"

"你拍二，我拍二，两个小孩丢手绢。"

"你拍三，我拍三，三个小孩来搬砖。"

"妈妈、爸爸、姐姐，我好想你们。"

"宁宁，我们也想你。"

"你们过得好吗？"

"嗯，好，你呢？"

"我也好，就是每天忍不住想你们。这下好了，我们一家人终于可以团聚了，永远不再分开了好吗？"

"不，孩子，你不属于这里。知道吗？只要你过得开心，妈妈、爸爸，还有姐姐，在任何地方都会为你祈祷。"

　　"不，我要和你们在一起！不……不……不要走……求你们……别丢下我……"

　　心率监测器突然狂跳。"护士！""医生！""宁宁！"病房里立马响起一阵杂乱的喊声、脚步声。

　　戚宁睁开眼睛，四周洁白得有些耀眼。她使劲眨了两下眼睛，才看清自己的所在。白色整洁的病房，窗边摆满了鲜花、果篮，床榻两边是奶奶、姑姑、医生、护士、程队，那些关切的目光让她瞬间感觉到自己的生命力。

　　看起来颇有些年纪的老医生依次拨开她的双眼，用手电筒照了照，拍拍她的肩膀，轻松地说道："小朋友，欢迎回到地球，睡了一觉感觉如何？"

　　"还好。"戚宁的声音很虚弱。

　　老医生笑了笑，转身握了握戚宁姑姑的胳膊："放心吧，没什么大事。这孩子命大，只是皮外伤，没伤到筋骨，不过头部稍微受到了撞击，还要留院观察几天。"

　　姑姑松了口气，心疼地看了戚宁一眼，然后对老医生说："麻烦您了吴院长，还让您亲自过来一趟，回头让我们家老韩好好感谢您。"

　　"谢谢，吴院长，您费心了。"戚宁也跟着道谢，她听得出应该是姑父特意托付了这家医院的院长来照顾她。

　　"别客气，我那儿还有别的病人，有事你们随时找我。"吴院长说。

　　在奶奶和姑姑送院长出门的当口，戚宁把头偏向一旁的程巍然。程巍然迎着她的目光，戚宁知道这目光里不但有对她伤情的关切，另外还有一份期待，可惜她给不了答案。

　　"天太黑……没看到凶手的样子。"戚宁说道。

　　"不要紧，人没事就好。案子早一天晚一天破没什么大不了，命可就只有一条。以后千万别擅自行动，知道吗？"程巍然说的是真心话，也是他对下属的一贯要求。

别看他平时雷厉风行的，但是真到执行大任务时，总是不厌其烦地冲手下唠叨："一定要注意安全，不要鲁莽，一定要注意避免不必要的伤害。"就像他刚刚说的，案子早一天破晚一天破没什么大不了，命只有一条。警察的命也是命，身后也系着几个家庭。用一条生命抵一个案子不值得，同样也是对生命、对培养你多年的父母和组织不负责任。

戚宁"嗯"了一声，不好意思地笑笑，然后打趣道："摆这一屋子鲜花整得我像烈士似的！"

程巍然也微笑了一下："是局领导送的，知道你是知识分子，送别的怕太俗。"

说话间，戚宁的奶奶和姑姑已经回到病房。程巍然知道余下的时间应该留给家人，便识趣地退出病房。

"宁宁，吓死奶奶了，你要是有个三长两短，让奶奶怎么活！怎么向你爸妈交代啊！"奶奶摸着戚宁被划伤的脸庞，一脸心疼地说。

"臭丫头，逞什么能，都差点毁容了。你知不知道你睡了一天一夜，我和你奶奶是怎么过来的？"姑姑也疼惜地嗔怪道。

屋子里没有外人，奶奶和姑姑便真情流露，又是心疼又是嗔怪，抹着眼泪唠叨了一大堆。戚宁傻傻地笑着，心底感到无限温暖。

活着真好！

母女俩唠叨够了开始分配任务。奶奶让姑姑回去，姑姑让奶奶回去。奶奶决定今天一步也不离开孙女，姑姑无奈，只得接下回去煲大补汤的任务。

姑姑走后，戚宁让奶奶先出去一会儿，让程巍然进来。奶奶拗不过他，只能同意了。

程巍然再次进来时，手里提着个电脑包。二话不说便打开包，拿出笔记本电脑放到床头桌上，又拿出一个证物袋，里面装着一张CD。

程巍然将CD递给戚宁："是小区保安发现了你，打了急救电话，又报了警。

我们去的时候，急救车已经把你接走了。我们搜查了别墅，发现客厅里CD机亮着灯，里面正放着这张CD。"

"原来凶手'故地重游'是为了放这个！"戚宁打量着手中的CD。看得出CD并不是原版，是刻录的。

"对，就像你说过的，他是个喜欢追求完美的人，CD肯定有特别的意义。你听听吧，看能不能琢磨出点什么来。"程巍然说完，又补充，"技术科说刻录盘是日本的一个品牌，从刻录痕迹看，刻录机是国产品牌，都比较常见，很难追查。好了，不打扰你了，笔记本Wi-Fi也给你连好了，闷了你也可以上上网。"

其实两人都清楚，现在彼此心里最牵挂的就是案子，所以一上来没有任何客套和矫情，话题直接切入案子。

程巍然走后，戚宁打开笔记本电脑，开始听CD。奶奶在一旁守着，一会儿倒水，一会儿削苹果，嘴里东一句西一句地唠叨着。戚宁时而应上一句，倒也两不耽误。

CD里反反复复的就一首歌，是首英文歌。戚宁英文还可以，听了几遍，歌词大意基本听懂了。她截取一段歌词到网上搜索，很快就找到了歌曲的名字和演唱者。

歌曲的名字叫《Patience》，翻译成中文应该叫《忍耐》，演唱者是国外一支乐队。据网上介绍，这首歌是乐队一位成员写给前女友的，看完所有中文词义解释，写的也确实是对一个女人的思念和爱慕之情。

这跟于梅的死会有什么关系？难不成凶手是于梅的前男友或者他在暗恋于梅？可他跟王益德和孔家信又有什么关系？这两人不会也是于梅的情人吧？几个男人为一个半老徐娘争风吃醋才出了这么多案子？不会！这都想的什么乱七八糟的……

整个下午，戚宁反反复复地听，听得都有些耳鸣了。

傍晚，姑姑带着煲好的汤来了。戚宁喝汤的时候，姑姑闲着无聊摆弄起她的电脑，无意中又点出了那首歌。

"你也喜欢听这首歌？"姑姑似乎对歌曲很熟悉。

"怎么？你听过？"戚宁皱鼻眨眼喝着淡而无味的汤，问道。

"我酒吧里的驻唱歌手是那乐队的铁杆歌迷，《Lies》里的每首歌他都经常唱。"

"什么？这首歌不是叫《Patience》吗？"

"对啊，它是出自《Lies》专辑，是专辑的主打歌。"

Lies——谎言！这才是凶手真正想表达的。于梅的种种行径已经证明了，她所谓的维护法律的公平与正义，根本就是一派谎言！

于梅是死于谎言。

那么，留在孔家信嘴里的微信二维码又意味着什么？

孔家信多次用微信污言秽语骚扰女下属，而他受到的惩罚也是被割掉了舌头，难道凶手想传递这样的信息——孔家信的死，与情色言语有关？

那王益德手中的手术刀又意味着什么？

不顾患者病情盲目开药，引进低劣医疗设备导致患者在手术中死亡——手术刀是医人之刀，也是杀人之刀。

CD光碟、手术刀、微信二维码，目的不在于对警方的提示，而在于"示罪"！

凶手留在现场的提示信息，实质上是一种示罪情节，是整个杀人仪式中的必要环节。突然间有了突破，这让本来就在医院待得难受的戚宁更加跃跃欲试。在她的强烈要求下，隔天一早，她便办理了手续，一瘸一拐地出院了。好在小姑把车留给了她，行动起来倒也还算方便。

{ 4
性爱日记 }

眼下程巍然真可谓是身心俱疲。凶手如此密集地作案，手段异常残忍、手法复杂多样，却能够不留一丝痕迹，这在程巍然的从警生涯里还从未遇见过。他有种被凶手牵着鼻子走的感觉，心里极度郁闷。

还有柳纯案，就这么不明不白地石沉大海，程巍然当然也不甘心。可是不甘心又能怎样？一直没有新的证据出现，进一步侦查难度很大，而在当前情况下就更不可能了。想起柳纯，程巍然抽着烟的手哆嗦了一下，神情更加颓然。

想起柳纯，他免不了又想起林欢。自己和林欢的事情总要有个交代的，一直这么不清不楚地拖着也不是个事儿。等案子结束，一定要找个机会和林欢好好谈一次，争取把事情解决了。

麻烦事一桩接着一桩，戚宁在鬼门关前走了一遭，才刚出院，媒体又搅和进来。

如今是高速发展的信息时代，任何事件都少不了媒体的参与。而仅仅半个多月，在春海这座小城市里连续发生三起离奇命案，自然会引起媒体的注意。虽然警方出于谨慎原则暂时没有正式对外回应，但很多媒体已经用它们无孔不入的挖掘能力和敏锐的洞察力，开始探讨这几起案件之间的关联性。

"变态连环杀人案"，别说春海少见，就是全国也不多见。一时之间，电台、网络、报纸、杂志等五花八门的媒体纷纷给予关注，各种猜测性、引用性、传言性的报道开始甚嚣尘上。这其中，本市一家名为《春海都市报》的报纸对此次报道尤为重视，不但组织了大量人力，而且连副总编辑吴良志也亲自督阵。

吴良志亲自坐镇，当然有他的"算盘"。已经有消息灵通人士私下向他透露：报社最近要进行一次人事调整，常务副总编和总编的位置都要动一动，这对他来说是个绝好的提升机会。

吴良志到这家报社任职时间不长，满打满算也就一年多一点儿，但业绩非常突出。他上任伊始便策划了所谓的"日记门"系列报道，让报纸的销量连着翻了好几倍，并被国内各大网站纷纷转载，算是让《春海都市报》在同行面前也露了一把脸。之后他又连续组织策划了几个选题，都获得了不错的效果，主管领导对他的能力大加赞赏。眼下这个当口，吴良志是想借着对连环杀人案的报道让自己再露一把脸，再加上某位领导的关照，说不定很快就可以上一个台阶。

吴良志正踌躇满志之际，手机却不合时宜地响了起来。他随手拿起放在办公桌上的手机，口气不耐烦地说："喂，哪位？"

"是我，姗姗啊！"电话那端是个娇滴滴的女声。

"姗姗！"吴良志精神一振，坐直了身子。他当然知道姗姗是谁，可嘴上仍不咸不淡地说："姗姗？哪个姗姗？"

"吴老师真是贵人多忘事，连我的声音都听不出来了，我是贾姗姗啊！"

"噢，您现在可是大明星了，怎么想起我这个小编辑来啦？"

"看您说的，我忘了谁也不能忘了您啊！实在是最近通告排得太满，又是拍电视剧，又是录唱片，连睡觉的时间都没有。这不，一空下来我就立马打电话问候您啦！"

吴良志心里清楚得很，贾姗姗绝不是打个电话问候问候而已。果然，撒了几句娇之后，贾姗姗开始说正事："吴老师，我最近出了张新专辑，现在正各地跑宣传。公司想把宣传的最后一站放在咱春海，您看能不能帮忙造造势？"贾姗姗说着，还没忘恭维吴良志两句，"您在春海可是老资格媒体人，我有今天全靠您的培养，这个忙您可一定要帮哟！"

听着话筒那边充满诱惑的声音，吴良志脑子里霎时浮现出贾姗姗风情万种的俏模样，心里痒痒的。尤其电话那头贾姗姗不经意间发出的喘息声，让吴良志浮想联翩，骨头都快酥了。他强抑着兴奋，说："行，包在我身上，一会儿把日程安排和具体要求发到报社和我的邮箱里。"

接着，吴良志把报社的传真号和自己的邮箱号都告诉了贾姗姗，又强拉着人家说了几句肉麻的话，才依依不舍地挂掉电话。

贾姗姗有现在的名气，吴良志确实起到很重要的作用。当然，他也从中得到了回报。吴良志由原单位调到春海都市报社实在是迫不得已，好在有某主管领导的关照，帮他谋了个副总编辑的职务，面子上才好过些。但他心里清楚，必须尽快干出点儿成绩才能站稳脚跟。就在那个当口，他通过朋友认识了贾姗姗。

贾姗姗早年是春海市歌舞团的演员，后来辞职到北京做了北漂。三五年下来也没混到个像样的角色，在经历了各种潜规则之后，心灰意冷的她只得又回到春海发展。

吴良志本就是好色之徒，而贾姗姗也算姿色娇艳，且正急于寻找靠山。两人如干柴烈火，一点即着，认识当晚便水乳交融。

那晚之后，吴良志便包养了贾姗姗，还给她买了个房子，便于二人私会。一次缠绵之后，两人躺在床上聊起了贾姗姗的北漂经历。许是兴致所致，贾姗姗竟讲起自己与一些圈内人士的风流韵事。吴良志非但不吃醋，反而表现出了浓厚的兴趣，他已经敏锐地感觉到这或许会是一个能引起轰动的新闻点。

更绝的是，贾姗姗有个习惯——每次和圈内人士上过床之后，她总会写篇日记。日记里将时间、地点、人名、做爱时的感受，都写得详详细细，甚至还偷拍过一些照片。

吴良志简直如获至宝，几乎连夜就做起策划。经过一番周密的部署，计划得以正式实施。

几天之后，在毫无征兆的情况下，《春海都市报》娱乐版刊登了一篇贾姗姗与某电影导演的性爱日记，并外带几张模糊的当事照片。该报道犹如一枚重磅炸弹，引起了轩然大波，迅速被国内多家报纸和网络媒体在重要版面转载。

紧接着，第二篇、第三篇、第四篇……相继出炉，人物涉及某导演、演员、制片人、投资商等，虽然当事人全部以字母代替，但每一篇都辛辣刺激。加之社交平台营销号的推波助澜，一时之间这个连"十八线艺人"都称不上的贾姗姗的名字，竟然屡屡出现在各种社交娱乐平台的热搜榜上。

高潮当然是贾姗姗出面辟谣，并与《春海都市报》对簿公堂，状告报纸造谣诽谤、侵犯个人隐私。当然，官司结果最后是不了了之，但却让贾姗姗赚足了眼球。短短几个月，由于成功炒作，贾姗姗得到了如雪花般的演出通告，又是上各种网络综艺节目任嘉宾，又是做各种娱乐产品的代言人，可谓应接不暇。更幸运的是，她现在被国内一家著名经纪公司看中，签约为旗下艺人。在为她洗白的同时，开始着力打造她向影视歌等方向发展。

贾姗姗上位，吴良志的目的当然也达到了。他凭借此次系列报道，在报社迅速建立起威望，也为他东山再起打好了基础。

贾姗姗成名之后常驻北京发展，电话号码也更换了，与吴良志彻底斩断了联系。吴良志有自知之明，深知贾姗姗现在是大明星了，身边围着的自然是权贵富绅，他这个小小的副总编实在算不了什么。可没想到贾姗姗这次竟主动找上门来，这又让他多了些遐想，也许自己又可以和姗姗妹妹……

再说贾姗姗这边挂了电话，春意盎然的脸庞立刻冷了下来。以她今时今日的地位，公司有自己的团队，根本用不着吴良志去造势，只不过顾忌着吴良志对她的底细一清二楚，而且确实有恩于她，就这么一声不响地回到春海，如果吴良志一时恼怒在报纸上乱写一通，会造成什么影响还真不好说，毕竟她现在已经过了靠负面新闻博版面的阶段。

说白了，贾姗姗给吴良志挂电话的用意，其实就是想让他心里舒服一些，省得生出什么意外。可她哪里会想到，此时吴良志正憧憬着与她旧梦重温。

程巍然现在是一出支队大门口便被记者们"长枪短炮"地包围着，都希望他能透露点儿案件的相关信息。

程巍然当然不可能做任何表态。

他是案件的主要负责人，说的每一句话在记者眼里都代表着官方发言。媒体捕风捉影是一回事，官方表态可就是另外一回事。如果因此引起社会上的恐慌，生出些极端事件来，可是要负责任的。再说什么时候表态、该怎么表态，那都是上面领导的事儿，根本轮不到他操心。只是记者的介入势必会增加案子的侦破难度，在办案的同时还要防着记者，不然警方的每一步行动都会被记录成文字，暴露在人民群众的眼皮底下——当然，这里面也包括凶手。

第六章

脸谱

{ 1
脸谱女尸 }

9月8日。

蜂拥而至的警车打破了夜晚的宁静，福山街一处临街的门头房前陆续有警车停下，过往市民的车辆都不自觉地放慢速度，向警车聚集的方向张望。

方宇、徐天成、戚宁、程巍然，甚至连主管刑侦的副局长尹正山都亲自出马了。几个人走下警车，脸上都是一副严峻的表情——谁也没想到第四起凶案这么快就发生了。

死者是在卫生间里被发现的。女性，全身赤裸，被一条尼龙绳捆绑着，垂着头跪在洗手台前。胸前布满血渍，衣物则被整齐地叠好摆放在洗手台上。让人感觉有些诡异的是，她低垂的脸庞上戴着一个类似京剧花脸的脸谱，脸谱边缘有血渍渗出。

"被害人叫高雅静，41岁，和妹妹高雅萍合伙做微商生意。这房子是她们租的工作室兼仓库。据高雅萍说，今天生意出奇地好，来工作室交流和提货的客户特别多，她和被害人一直忙到傍晚6点多才送走最后一批客户。高雅萍因孩子小需要人照顾便先走了，高雅静说自己点点货、把账目拢一下就回去。可一直到晚上9点高雅静仍没到家，她的丈夫吴常生有些担心，连续给她打了七八通电话，一直都没人接听。吴常生又打了高雅萍的电话，她表示没和姐姐在一起，但听了吴常生的话也开始担心起来，便开车接上姐夫一道来工作室找姐姐。两人到的时候，外面的卷帘门是拉着的，两人拉开之后进来，结果就在卫生间里发现了高雅静。"刚刚给高雅萍和吴常生做完笔录，方宇便赶紧向站在屋子中央的尹正山和程巍然做汇报。

尹正山背着手，脸色凝重，程巍然小心翼翼地陪在左右。他知道老爷子这时候肯定是一肚子不满，虽然有些心虚，但还是硬着头皮道："要不您先回去？这里我盯着，您放心，我们一定抓紧时间把案子破了？"

"放心？"尹正山白了程巍然一眼，"这都第四个了，我怎么放心，我回家睡得着觉吗？"

程巍然被呛得一时语塞，尴尬地怔在原地，好在戚宁这时从洗手间里出来，递给他一个证物袋，算是暂时帮他解了围。

证物袋里装的是一个用纸浆制作的京剧脸谱。整张脸谱以白色为底，配以黑色油彩勾画的五官，做工精细，颜色鲜亮。有些奇怪的是，五官中的嘴巴在原先油彩的基础上，好像被多涂了一圈厚厚黑黑的油彩，看起来显然不够协调。

"凶手这是意在凸显脸谱上的嘴巴，"程巍然端详着脸谱，冲戚宁说，"看来脸谱和黑色嘴巴合起来，便能揭示被害人不为人知的阴暗面。"

"拿过来我看看。"尹正山伸伸手，道。

"是这样的，局长，"戚宁在尹正山接过脸谱的同时解释道，"在前面的案子中，凶手都在现场留下了一样物件。我们初步分析认为，是一种示罪行为。凶手想要借此展示被害人犯下的罪孽。"

"这次凶手留下的是一个京剧脸谱，"程巍然想起尹局是京剧票友，拍了下脑袋，"噢，对了，尹局您可是行家啊，帮着看看这脸谱有什么讲究没？"

尹正山把证物袋举到眼前，仔细打量一番，然后缓缓说道："在京剧表演中，通常会利用脸谱的颜色来界定人物的性格、身份、品行。这是一个整脸的白色脸谱，而白色脸谱代表的是阴险、狡诈以及邪恶。比如奸雄曹操画的就是一副白色的脸谱。"

白色脸谱、狡诈邪恶、着重勾画嘴巴，看来和上起案子一样，嘴才是重点。

三人正在研究着脸谱，突然听到林欢发出"咦"的一声。

原来，刚刚林欢在移动被害人尸体时，在被害人膝盖下面发现了一条沾满血渍的项链。项链上挂着一枚吊坠，正面是一个马头的形象，背面刻着一个繁体的"柳"字。

林欢随口将"柳"字念了出来。话音未落，只见程巍然快步从客厅走进卫生间，一把夺过她手中的项链。林欢尖叫一声，差点儿被带倒在地。

程巍然这是怎么了？在众目睽睽之下，竟会如此失态！他没有理会被惊吓到的林欢，甚至连办案手套都没戴，就旁若无人地紧紧盯着手中的项链。末了，他涨红着脸，声音颤抖地冲着尹正山，说道："尹……尹局……柳纯的，这是柳纯的项链！"

什么？这是柳纯的项链？程巍然的话让现场所有人都大为震惊。

柳纯的项链怎么会出现在杀人现场？它是属于凶手的还是被害人的？这两者与柳纯的死有什么关联？他们之间会不会有一个人就是杀死柳纯的凶手？

次日，午后两点。专案组召集开案情分析会，除专案组成员外，市局领导也悉数到场。

程巍然站在投影幕布前，身后的屏幕上放着被害人的现场照片。程巍然清了清嗓子，说道："9月8日晚22时许，位于本市西城区福山街155号楼下的门头房内发生一起命案。经现场勘验，已经可以确认该起案件系前面三起案件的延续。

"被害人高雅静，死亡时间为案发当晚19点30分至20点之间。死亡原因与前三起案件相同，是被绳索勒挤窒息而死。被害人的舌头被连根割掉，从血流量和血溅情况看，割舌发生在被害人呼吸完全停止之后。凶器和死者的舌头在现场均未搜集到。

"物证方面：凶手这次留在现场的是一个京剧脸谱，并用黑色染料着重涂描了脸谱的嘴巴部位，按照凶手先前的套路，想必脸谱揭示着被害人的死与她的嘴有关。顺着这个思路，我们先是怀疑案件与被害人从事的微商生意有关，因为做这一行的首要条件便是口吐莲花、能言善辩。不过，很快我们发现了高雅静的一段与微商生意无关的黑历史，似乎更接近脸谱的示意。

"在登记被害人相关信息时，专案组发现数据库中存有高雅静的前科记录，她曾于去年4月份被行政拘留过15天。其实高雅静这个名字咱们听起来挺陌生，但说到'枫树幼儿园虐童事件'，在座的各位一定都有印象。该丑闻事件在本市曾引起过相当大的轰动，而高雅静正是该幼儿园时任园长，可以说是罪魁祸首。

"这样吧，我还是简单为各位介绍下事件经过。'枫树幼儿园'是一所民办高端幼儿园，办园时间不长，只有两年。因高雅静先前在公立幼儿园从事园长职务多年，并多次在电视台幼儿教学栏目中任嘉宾，是圈内小有名气的幼儿教学专家，所以投资人高薪将她聘请至'枫树幼儿园'任职。但是万万没想到，随着该幼儿园一位新晋女老师多次用针头扎刺幼儿的行径被揭露，以高雅静为首的该幼儿园多名教师，经常以简单、粗暴、侮辱性言语，以及推搡、踢打等方式对待孩子的一系列丑恶行径也被彻底地曝光。家长们因此义愤填膺，联合起来报了案。办案人员通过幼儿园的监控录像和当事几位老师的口供锁定证据，拘捕了高雅静等四名该园老师。最后，针刺学童的老师被判处有期徒刑两年，其余三人因未造成明显人身伤害被处以行政拘留15天。

"回到昨夜的案子上。案发马路设有交通监控，但案发时间段未发现有可疑车辆停在现场街边。凶手应该是步行抵达作案现场，不过街边绿化树过于茂密，交通监控也未拍到凶手的身影。

"另外，在本案现场发现的项链，经辨认系去年发生过的一起凶杀案中的被害人柳纯的饰物。遗憾的是，项链被高雅静的血渍严重污染，上面没有提取到可用的指纹和DNA证据。至于柳纯的项链为什么会出现在案发现场，她与被害人以及凶手之间是什么关系，她的被杀与本次系列连环杀人案有没有关联，目前还未有确切判断。"

此时的程巍然已经完全恢复到往常的状态，提起妻子的名字时，声音冷冷的，好像那是一个和他没有任何关系的人。

会议一直持续到下午5点多才结束，比预计的时间要长出不少，原因是围绕柳纯案与"8·22专案"是否并案的问题大家争论得比较激烈。有部分局领导认为，此时刑警支队不宜过多分散警力，应该集中人手攻克连环杀人案，争取早日给全市老百姓一个交代。他们的理由也算充分，两宗案子差异性很大，很难说是同一凶手所为。而另一方当然是刑警支队这边，他们认为项链有可能是凶手不小心遗漏在现场的，顺着这条线很可能会牵出凶手。

两方争执不下，最后局长丁峻峰拍板：既然任何可能性都有，那就是说项链也有可能是"8·22专案"的犯罪人遗漏在现场的，所以还是并案比较严谨。

局长大人发话了，别人也就不好再说什么。至此，两宗案件得以正式并案调查！

{ 2 与时间赛跑 }

戚宁现在的身份应该说只是临时帮忙的角色，刑警支队没有对市局做正式的借调，未免非议，程巍然没有让她参加案情分析会。

戚宁这边，则一边处理着近几日积压下来的工作，一边等着会议精神。眼瞅着快到下班时间，程巍然那边还没有消息，正想着要不要打个电话，徐天成抱着个方方正正的纸箱走进来。

他径直走到戚宁桌前放下箱子，说："哎，柳纯案的卷宗资料全在里面了。程队让你把手头上的其他工作先放一放，静下心来专门研究一下这个案子。如果真能找到它与连环杀人案的关联，那对两起案子来说都是个重大突破。"

"好，我知道了。"戚宁答应着，打开了箱子，见里面一摞摞卷宗塞得满满的，随口问了句，"柳纯出事时程队在做什么？"

"哦，他当时和我在一起。你忙吧，我走了。"徐天成扬扬手，似有些敷衍地说，说完便急匆匆地出了戚宁的办公室。

"徐哥这是怎么了？感觉有些怪怪的，这问题有什么可逃避的？"戚宁走到窗前，用疑惑的神情盯着走在市局大院里的徐天成，直到他的身影彻底消失。

下班时间早过了，同事们一个一个都走光了，偌大的办公间里只剩下戚宁。她把头靠到椅背上，默默地盯着桌上的卷宗——她已经决定要连夜把它们看完。

凶手连续作案的冷却期越来越短，可以说现在是真正意义上的与时间赛跑。早一天将凶手缉拿归案，或许就能挽救这座城市里一个人的生命，否则天知道还会有多少条生命葬送在他的手中。

发了会儿呆，戚宁起身给自己泡上一杯浓茶，关掉办公间的其他照明设施，只留下自己桌上的小台灯，然后从纸箱里拿出第一摞卷宗：

柳纯案，就案情本身来说并不复杂。去年9月16日晚，柳纯在本市一家名为旺客美食城的饭店里与几位女性朋友聚会。聚会结束后独自一人驾车回家。柳纯在9点左右离开酒店，死亡时间是9点到9点30之间，体内酒精含量为40mg/100ml，在案发现场周围警方还发现一些呕吐物，经检验与柳纯胃里的残留食物相同。据此警方推断：柳纯系违反交通法规"酒后驾车"，可能在回家途中酒劲儿上来了，身体感觉不适，遂将车停在中山公园围墙外的街边，在下车呕吐时遭到袭击。

柳纯后脑遭受到猛烈攻击，导致其后脑颅骨骨折。从伤口痕迹上看，凶器应该是一块巴掌大的硬物。由于案发现场附近有一个花坛正在翻修，周边堆放了很多碎砖，警方在其中找到一块沾有柳纯血液的砖头，但在上面未采集到指纹。而柳纯的死并不是被这块碎砖猛击造成的，是被绳索之类的东西勒挤到窒息而亡。分析勒痕的深度、宽度，以及接触皮肤表面的损伤情况，法医判断凶器是一条男人的领带。

被害人柳纯生前任市规划局建设规划管理处副处长，丈夫程巍然时任市刑警支队支队长。由于柳纯系国家公职人员，手中握有建设项目规划、选址、审批等重要职权，并且还具有警察家属的身份，所以该案件引起了各方的广泛关注，市公安局也因此抽调精英警力侦办此案。办案人员在分析了各种动机的情况下，对有作案嫌疑的人员进行了拉网式的排查。

不知不觉几个小时一晃就过去了，戚宁放下手中的卷宗抬起头的时候，墙上的挂钟已经指向夜里11点多了。她突然觉得胃里一阵抽搐，这才想起自己还没吃晚饭，便翻了翻抽屉，找到一盒泡面，接着便提起水壶去水房打水。

走廊里空空荡荡的，很安静，四周回响着她的脚步声。脚步声很轻，很有节奏，显然戚宁还沉浸在对案子的思索当中。

柳纯案应该是一次冲动犯罪，没有预谋，也不像雇佣杀人。凶手作案的时间、地点、凶器，甚至目标都像是随机选取的，而这种方式的作案动机通常很难寻查。

关于动机，当然最容易想到的是抢劫杀人。但是清点柳纯财物时发现，她随身携带的现金、信用卡、购物卡、手机、手表乃至手上的钻戒都没丢，只有一条刻着她属相的金项链不见了。项链是丈夫程巍然送给她的生日礼物，案发当天早上她还戴着。

至于其他动机，包括情杀、政治利益或经济利益产生纠纷、因被程巍然牵扯遭到黑恶势力报复等，先前的办案人员围绕这些可能性做了大量的侦查工作，结果并未找到相关证据。

看来，柳纯案的唯一切入点只能是"项链"，因为那是凶手在整个杀人过程中唯一的附加行为。

"为什么是项链？为什么凶手只拿走项链？而项链又怎么会出现在高雅静的被杀现场？"戚宁停下步子，靠着走廊窗台，自言自语起来。

一阵风吹开了窗户，凉气涌进来，戚宁不禁打了个寒战，大脑瞬间一个激灵：舌头……心脏……战利品……项链……柳纯的项链会不会也是战利品？

项链是连环杀手第一次杀人的战利品，对他来说意义非凡，所以他总随身携带，只是不小心掉落在高雅静的被杀现场。

突然灵光一现，戚宁的神经又兴奋起来，疲倦感顿时一扫而空，甚至也不觉得有那么饿了。她干脆放弃打水的念头，抓紧时间回去再仔细研究下卷宗，将相关细节都落实准了，毕竟现在还存在另一种可能性，高雅静也同样具有杀死柳纯、拿走项链的嫌疑。

凌晨3点多，箱子里的资料戚宁基本过了一遍。时间太晚了，她也懒得回家，干脆就在办公室里对付睡了一会儿。

早上，戚宁走进支队长办公室时，程巍然手里拿着抹布正抹着办公桌，戚宁打趣说："不愧是领导，处处以身作则啊！"

"顺手的事，当锻炼身体了。"程巍然抬了下头，继续着手里的动作，但语气充满关切地说，"身体恢复得怎么样了？"

"没事，全好了。"戚宁大大咧咧地笑笑，坐到一边的沙发上，翘着嘴角看着一丝不苟清洁卫生的程巍然，"卷宗我大概看了一遍，有一点想法，不过还有待进一步落实证据。对了，你觉得你爱人有可能认识高雅静吗？"

"应该不认识，没听她提起过。怎么，有什么问题吗？"程巍然又开始抹自己的大班椅。

"没什么，随便问问。"戚宁顿了顿，斟酌了下，又说，"我有个疑问，是关于你的，不知道能不能说？"

"跟我有关？什么事？问吧。"

"我看了一下嫌疑人的笔录，里面好像没有你的，按理说应该有你一份。我问过徐哥，他说案发当时你们俩在一起。"

"噢，对对，我们俩确实在一起。"程巍然手里的动作稍微停顿一下，似乎是不自觉地晃了晃脑袋，"这个我已经跟领导交代过了，老徐可以做证，当天我俩下班之后去彩云饭店喝酒了，直到接到柳纯出事的电话。"程巍然说完，抬起头，眼睛直直地盯向戚宁。

戚宁皱了皱眉，程巍然直视他的眼神实在是太刻意了，这分明是说谎和有所掩饰的微表情。程巍然为什么要说谎？在柳纯这件案子上，他有什么要掩饰的？

戚宁噘着嘴，心里越想越恼火，轻咳两声，淡声说道："为什么要说谎？"

"说谎？没……没啊！"程巍然把抹布放到桌角说。

戚宁霍地站起身，指着他的脑袋，声音提高了八度，一股脑地说道："知不知道，你刚才嘴上说'对'的时候，头在摇？这说明什么？说明你心口不一！告诉我为什么？你为什么在这件案子上要说谎？你和徐哥到底在隐瞒什么？"

"你嚷嚷什么？"程巍然慌忙走到门口，两边望了一下，关上门，"你冷静点儿，不是你想象的那样。"

戚宁冷冷地盯着程巍然，后者一脸尴尬，双目对视，最终心虚的程巍然败下阵来："好吧，我就知道瞒不住你。你冷静点儿，听我慢慢说。"程巍然将戚宁按回到沙发上，自己也坐到大班椅上，稳了稳神，才低声说道，"柳纯被害当晚，我和林欢在一起，我们在海泛酒店开了个房。"

"什么？"戚宁一脸震惊，"你是说当时你们俩在约会？"

"嗯！"程巍然缓缓点头，又使劲摇摇头，"哦，也不算是。其实一直以来我都挺欣赏林欢的，修养好、人也漂亮，工作上给了我相当多的支持，我们在一起比较有共同话题，有时候会一起出去吃个饭、喝喝茶什么的。但我绝对没往别处想，和她就是一种朋友之间的情感，或者说是那种知己的感觉。

"案发当天是周末，赶上破了个案子，兴致挺好的，下班林欢说一起吃饭，我也没多想就答应了。可没想到在那次饭局上，她向我表白说喜欢我。说不在乎我有家庭，也不要名分，就是想和我在一起。我当然不会同意了。于是，她伤心地把自己灌醉了。没办法，我就只能开间房让她醒醒酒。"

程巍然顿了顿，使劲抿了下嘴，脸上露出一丝苦涩的表情："就在那时我爱人给我打电话，说她跟朋友聚会喝酒了，让我去接她。我当时有些放心不下把林欢一个人扔在酒店，怕她醒来后想不开做傻事，便跟我爱人说我有工作走不开，让她叫个代驾。随后，差不多过了一个多小时，我就接到了她出事的电话。后来，不想节外生枝，更不想林欢被指责，我便求老徐给我做了个假证明。"

"男人没一个好东西，再说你知不知道你这是妨碍司法公正？！"戚宁咬着嘴唇，恨恨地说。心里有种说不出的幽怨。她自己也搞不懂，不管是程巍然还是柳纯，除了工作跟她没有任何干系。但她听了程巍然和林欢的事，怎么心里就这么不得劲儿，感觉像吃了苍蝇一样难受。

一瞬间，戚宁脑海里突然冒出一个画面：前段时间，在办理"风林小区杀人案"那会儿，主谋李春丽特意选择在丈夫和情人偷情的时间段雇凶杀死自己，意图让丈夫因此一辈子背负良心的谴责。当时在观看审讯时，程巍然情绪异常激愤，戚宁本以为他是大男子主义使然，如今看来他是触景伤怀，被李春丽切中了心中要害。想必从"那一晚"起，他无时无刻不在内心中谴责自己。真如李春丽所说，爱人的死恐怕将会成为程巍然一辈子都无法释怀的心结。也许只有找到真相才能让他心里好过些吧。

"我走了，去找高雅静的丈夫聊聊。"戚宁沉默了一阵子，突然起身道别。

戚宁没走几步，背后突然传来程巍然冷冷的声音："别在我身上浪费时间，如果有可能我宁愿死的是我，也绝不愿意让柳纯再受一丁点儿的伤害！"

戚宁稍微顿了一下身子，背对着程巍然点了点头，紧接着拉开门走出去。

{ 3 认知谈话 }

戚宁敲了敲高雅静的家门，开门的是高雅萍。她扫了一眼戚宁的警官证，没多说话，只是侧着身子将戚宁让进屋内。

房子装修得不错，只是现在有些凌乱。厨房里正冒着热气，散发出一股中药的味道。方便面袋子、快餐饭盒、吃了一半的饼干香肠，乱七八糟地堆了一桌子。高雅萍规整了一下扔在沙发上的衣服，让戚宁坐下。她朝卧室里望了一眼，略带歉意地说："不好意思，家里太乱了。自姐姐出事之后，姐夫就一病不起，我也实在没什么心情收拾。对了，您来是案子有消息了吗？"

"没什么，是我来得太早了。案子我们还在尽力追查，有消息一定会第一时间通知你们的。"

"那你来是？"

"你姐姐认识一个叫柳纯的人吗？你听她提起过这个名字吗？"戚宁怕耽误高雅萍熬药，便开门见山地问道。

"没听她提过啊。"高雅萍摇摇头，"她交际面很广，我也不知道她到底认不认识这个人。"

"哦，还有个事想问问你，时间可能有点儿久远了，你尽力帮我回忆回忆。在去年9月份，尤其是9月中旬那段时间，你姐姐有没有什么异常的举动？她的工作或者是别的方面有遇到不顺吗？"

"去年？我想想啊。"高雅萍仔细想了大半天，还是摇摇头。

"她去年9月份一整月都在美国。女儿到那边上高中，我工作走不开，她送女儿过去的。女儿是第一次离开我们，还是到国外，她实在放心不下，便多待了些日子。8月末走的，一直到9月底才回来。"大概是听到两人的对话，吴常生病快快地走出来，说道。

"好，我知道了，不打扰了，您注意休息。"戚宁起身告辞，客套地说道。

在戚宁走访的当口，专案组利用早间例会对近段时间的排查工作进行了小结，情势很不乐观。

至今为止，并未发现"8·22专案"的四个被害人在生活当中存在交集。无论是被孔家信骚扰过的女孩，还是"枫树幼儿园虐童事件"的受害方当事人，乃至先前被害的于梅和王益德的社会关系，均未发现任何交集。勒死并捆绑在死者身上的绳子，在本市很多五金建材市场都有卖，而且大多是现金交易，很难追查到购买者。

另外，鞠艳丽的协查通报发出去好几天了，至今未有任何反馈消息。对于她原来工作单位的同事，办案人员经过多方打探终于找到了几位。不过他们均表示已经有相当长的年头没有和鞠艳丽联系过了，也想象不出她会去哪儿。找不到鞠艳丽，赵元生吊死在戚宁家的案子就不能轻易定性。虽然法医尸检支持自缢死亡，但有关他为何会选择在戚宁家自缢的谜团谁也说不清楚。当然，这其中最大的谜团是赵元生与戚宁爸妈被杀、姐姐失踪的案件到底有没有关联。

戚宁从高雅静家里出来，便去了出入境管理处。

出入境记录显示，高雅静是在去年9月26日回到国内的，这就可以完全排除她杀柳纯的可能性。也基本可以断定，项链是连环杀手不经意掉落在现场的。那么接下来需要探寻的是，柳纯是如何被选中的？她符合凶手一贯选择被害人的标准吗？

友谊百货财务部总监李小宛，是柳纯遇害前那次聚会的召集人。戚宁现在就在她的办公室，她想亲耳听听李小宛再叙述一下当晚的情形。

李小宛一眼看上去就是那种风情万种的女人。长发飘飘，丹凤眼，柳叶眉，唇红齿白，一身干练的职业套装将她前凸后翘的身形完美地呈现出来。戚宁此时方才明白，为什么早晨提起她名字时老徐的瞳孔会突然放大，心中不由得暗笑老徐也是个色鬼。

戚宁道明来意。显然同样的问题李小宛已经回答过无数次，她咬着嘴唇，低着头，揉了揉眼睛，多少有些不耐烦。不过她脸上很快又露出得体的笑容，说道："其实那天的事情，巍然已经逼着我说过很多遍了，但如果对小纯的案子有帮助，再多说几次也没关系。"

她停了停，然后缓缓说道："那天是周末，我爱人出差，下班后我一个人待着无聊，又想着好长时间没见到小纯了，于是便给她打了个电话，又约了两个朋友，一起去'旺客'聚聚。我们在那儿待了两个多小时，本来想接着再去K歌，可我那两个朋友临时有事去不了，便只能作罢。于是我们就结账，各自回家。整个过程就是这样。"

"从你们到酒店、吃饭、结账、回家的过程中，有没有发生什么特别的事或者遇见什么特别的人？"戚宁问道。

"应该没有。"李小宛扬着下巴，垂着嘴，皱起眉心，像是在尽力回忆，接着又面带羞涩地说，"可能是时间过得太久了，而且当时我也喝了酒，关于那天吃饭的事情，我只能记个大概的过程，具体细节我有点儿想不起来了。甚至连怎么结的账，怎么把车开回家的，我也记不太清楚了。"

戚宁抿着嘴微笑着望向李小宛，其实她并不是真的在看她，她只是在思考——紧咬嘴唇说明她很焦虑；低头意味着羞愧；揉眼睛表示不情愿；说话缓慢、抬起下巴、嘴角下垂都是悲伤的表现；眉心紧皱似有某种恐惧和担忧。

见戚宁一直盯着自己看，李小宛有些误会，以为戚宁不相信自己的话，又接着强调道："我没有骗你，我真的记不起来了。"

戚宁这才回过神来，说道："不，不，我没那个意思。"顿了顿，戚宁又客气地说，"我是学心理学的，您介意我从心理方面分析下您吗？"

"当然不介意，你有什么话就说吧。"

"我认为柳纯的遭遇一定对你心理造成了很大困扰，你可能会觉得她的死你也有责任，因为当晚是你约她出来的。你很后悔，也很内疚。虽然你嘴上说愿意配合警方不厌其烦地叙述当晚的情形，但我看得出你心里其实还是稍微有些抵触。理智上你觉得自己有责任协助警方找出真相，但潜意识里你又非常抗拒回忆那个夜晚，因为每一次回忆都会加重你的心理负担！"

戚宁几乎是一针见血地刺中了李小宛的痛处，她的眼泪霎时夺眶而出。戚宁赶紧递上一张纸巾。李小宛接过来，在两边脸上蘸了蘸，呜咽着说："我和小纯自小一起长大，情同姐妹，直到现在我也无法接受她不在了的事实。我真后悔那天晚上让小纯出来，本来她单位有应酬不能来，是我接二连三地给她打电话，又到她单位催她……也不知怎么了，那天晚上我简直像个催命鬼似的。"

李小宛激动起来哭个没完，看来这些话在她心里已经压抑很长的时间。戚宁不忍心打断她，只得耐着性子任她宣泄。好在一个电话适时打进来，才让她止住了啜泣。

电话里应该没有什么重要的事，李小宛应付几句便挂掉了。然后她从办公桌的抽屉里拿出化妆包，背过身子补起妆来。转回来再面对戚宁的时候，她的情绪和外表都恢复到了戚宁刚进来时的模样，只是眼睛稍微有些红，不过看起来更加楚楚动人。

"不好意思，让你见笑了。"想想自己刚才当着一个陌生的年轻女人的面大哭了一场，李小宛多少有些难为情。

"没关系，发泄出来就好了，要不然老憋在心里会憋出病的。"戚宁不想让她太尴尬，客套了一句，立即又把话题引到案子上，"我认真分析过柳纯的案子，我认为那天晚上可能有些事情被忽略了，如果您愿意的话，我可以帮您回忆一下？"

"当然可以啊，只是不知道我能不能做到。"

"我们一起努力试试。"

戚宁站起身子，做了个请的姿势，让李小宛平躺在会客的长条沙发上，自己拉过椅子坐到对面，然后说："现在你闭上眼睛，将大脑完全放空，身子放松下来，双手自然地放到两条腿上。"

戚宁的架势，李小宛觉得好像在电影里看过，于是一脸忐忑地说："你不会是要催眠我吧？听说弄不好会造成思维混乱的。"

"呵呵。"戚宁笑笑，"你别担心，我还没那本事。我只是想让你的身心彻底放松下来，然后集中精神听我的引导，我们一起'回到'当晚的情景中去。如果你在我的启发下想到了什么，就说出来；如果想停下来思考，就伸出左手；如果有的地方实在想不起来，就伸出右手，咱们就越过它。"

通过刚刚与李小宛近距离地接触，包括观察她的言谈举止和谈及案情时的动作表情，戚宁分析后认为：李小宛之所以出现一段时期的记忆模糊，一方面可能确实是因为当时酒喝多了；另一方面，她和柳纯关系亲密，柳纯遇害之后，她在情感上无法接受这个事实，致使她一直处于悲伤的情绪之中。同时，一些无法释怀的原因又让她陷入深深的自责与愧疚中。

一些心理学家认为，人在过度惊吓、悲伤以及长期处于内疚自责的情绪时，大脑出于自我保护的目的，会自动删减、掩藏某些记忆片段。对于这种情形，心理学家通常会用一种叫作"认知谈话"的方法，引领求助者回到过去的场景。通过一步步的启发和描述，让求助者想起一些细节、响声、气味，或者一些已经被视线所及，但又未被大脑关注的信息等，从而逐步打开他们被封闭的记忆空间。

戚宁现在就想用这种方法试试。

"你听明白我说的话了吗？"戚宁大概介绍了一下自己将要用的方法。

"听明白了。"李小宛按照戚宁的吩咐，闭着眼睛说道。

"你现在要放松，身体放松，脑袋里什么也不要想……我们现在开始了。"戚宁放低声音，语调轻缓地说，"请你再叙述一次那天晚上你们聚会的整个过程，要尽量详细，任何一个小细节都不要放过。"

"那天晚上……"李小宛又一次开始叙述。

在戚宁的启发下，李小宛想起了很多细节，包括她怎么给柳纯打的电话，然后去柳纯单位会合；到停车场停好车，站在饭店门前等了另外两个朋友一会儿；进了饭店，她们事先订好的包间出了问题，饭店又给她们换了个包间；她们点了什么菜，说了些什么话。

…………

"是谁提出要散席的？"

"另外那两个朋友，她们已经约好了麻将局。我没同意，说喝尽兴了才能走。"

"柳纯什么反应？"

"她在我旁边笑，为那两个朋友帮腔，然后挥挥手让她们先撤。"

"你能看见墙上的表吗？现在是几点？"

"能。"李小宛顿了一下，像是在看时间，"8点35分。"

"谁喊的结账？"

"小纯坐在靠近门的地方，是她让服务员拿账单过来的。"

"是谁结的账？"

李小宛沉默了一会儿，伸出左手，表示自己要考虑一下。

戚宁提示她："谁结账的问题应该很容易，看看你钱夹里或者查查信用卡里钱少没少就行了。"

"虽然我在单位管财务，但在个人方面是非常粗心的，对于钱包里到底有多少钱，我从来都没有概念，所以也看不出少没少。"

"那我们来分析一下，账单是柳纯让服务员拿进来的，而且她坐的位置离门更近，理论上服务员会把账单拿给她。"

"哦，对……我有点儿想起来了。我伸手去抢账单，小纯拦住我，从包里拿出钱递给服务员。小纯一贯很大方，出去消费总是抢着付账。"

"结完账你们就走了吗？"

"对。"

"你再看一下时间。"

"8点40分。"

"你现在应该和柳纯往饭店外面走了。"

"我们边走边聊天。"

"看看周围，有没有什么人注意你？"

"我们路过大厅，有几个桌的男人看过来。"

"那几个男人长什么样？描述一下。"

"年龄都挺大，都喝得脸红脖子粗，没什么特别。"

"接下来你们应该去停车场开车吧？"

"是，我们俩的车是并排停的。"

"你们喝了酒怎么没叫代驾？"

"本来是要叫的，可是小纯手机也没电了，巍然有工作又不能来接她，我说用我手机给她约一个，她说算了，也没怎么喝。听她这么说，我干脆也没叫，我住得比较近，10多分钟的路。"

"之后你们直接上车走了吗？"

"没有，我们又聊了一会儿天，正好都醒醒酒。"

"在她的车里，还是你的车里？"

"我们是站在车外聊的，我靠在我的车头上，她站在我对面。"

"聊了什么？"

"也没什么，就是互相开了一会儿玩笑。我说她衣服穿得土气，笑她怎么官越做越大，品位却降低了。她笑着说，她升官靠的是实力，不是美色，还说公务员工资低，买不起名牌。我开玩笑说，别装穷了，谁不知道领导工资基本不用。小纯又笑着说，没人向她行贿，她也不敢受贿。我想起包里有几张我们商场的购物卡，就随手掏出一张给她，说没人行贿那就我来吧。小纯不要，我们推搡了一会儿，还是我硬塞到她包里的。"

"购物卡是什么样的？"

"跟信用卡差不多，里面有500元钱。"

"然后呢？"

"然后我们互相嘱咐小心开车便分手了。"

"很好，你做得很好。"在戚宁的引导下，李小宛模糊的记忆渐渐清晰地呈现出来，戚宁也似乎在她的回忆中捕捉到了一丝端倪，"下面，我们再回到你们站在车头前聊天的场景。"戚宁停了一会儿，给李小宛喘息的机会，好让她的大脑能够从容地转换场景，"好，现在告诉我你眼睛里看到的东西。"

"我和小纯在饭店门前的停车场，这周围大概停了三排车，我们的车在最前排。我看到饭店门口不断有人进进出出，不过距离太远看不清他们的脸；停车场周围好像没什么人，也没有保安；身后是一条马路，来回穿梭着很多车；马路边上是一排法国梧桐，还有几盏暗黄的路灯。"

"你周围有什么气味？例如香水味、烟草味等？"

"有一点点烤肉的味道，应该是从旁边烧烤店传出来的；还有就是我和小纯身上有香水、酒气、饭菜的味道。等等！我好像听到了一点儿响声……有自动开锁的声音，还有轻轻关车门的声音。"

"声音来自哪里？"

"不是马路上的，好像就在我身后的几排车里。"

"你现在回头，看看哪辆车里有人，试试隔着挡风玻璃看一下那个人的脸。"

"我看到了，是个男人，他就在我车子后面的车里，他的脸我也能看见。"

"描述一下。"

"无法描述。不知道为什么，我明明能看见他，但就是无法形容那张脸。不过我有一种很熟悉的感觉，好像在哪里见过他。"

"在哪里见过？你的同学？你老公或者你朋友的朋友？你的客户？你打过交道的公职人员……"

"不是……"李小宛来回摇着头，接着静默了一会儿，伸出右手，表示自己真的记不起来。

"好吧，没关系，你放松些，转过头来看看柳纯的反应。"

"她好像微微点了点头，笑了一下，不过不知道是对我，还是对我后面的男人。"

"你再回头，看看车子的特征，颜色、标志、车牌号等。"

"车子好像是黑色的，其余的看不清楚。"

"你看看那个男人，再试着描述一下，哪怕是一个非常小的特征。"

"不能，真的不能！不能……"李小宛一着急，情绪激动起来，身子瑟瑟抖动起来。

戚宁赶忙近身握住李小宛的手，让她保持着安全感，紧接着说："没关系，别想了，慢慢放松下来。哎，对，放松，放松，好，你现在可以睁开眼睛了。"

戚宁将李小宛从沙发上扶起来，李小宛睁开眼睛，直了直身子，好像做了一场梦。

"你在停车场与柳纯对话的一幕，你对程队说过吗？"

"没有。"李小宛活动了一下筋骨，一副无所谓的口气，"我先前对这段记忆真的很模糊，再说那购物卡里一共就500元钱，以前也给过她几张，而且那种卡在我们这种高管手里多的是，都是与客户联络感情用的。我也没别的意思，便宜好姐妹一张卡不算啥。而且那天的饭局说好了我做东，本来就应该我结账，小纯帮我结了，我表示一下也是理所当然的。就是当时能想起来，我也不会对巍然说的。就一张购物卡而已，不可能跟小纯的遭遇有什么关系。"

李小宛以为那无关紧要，可戚宁却不这样想——也许正是那500块钱的购物卡，让柳纯付出了生命的代价！

{ 4
释放恶魔 }

"柳纯的死可能源于一场误会！"旺客美食城门前的停车场中，戚宁指着其中两个车位，对身边的程巍然、老徐和方宇说，"当晚柳纯和李小宛从饭店出来，没有直接上车，而是站在这里聊了一会儿天，其中玩笑地提到了'受贿''行贿'的字眼。分手时，由于聚会是柳纯埋的单，李小宛作为召集人觉得不好意思，就硬塞给她一张充有500元钱的商场购物卡。而那时凶手就坐在后面的车子里，他目睹了这一过程。他也许和柳纯认识，或者有过一面之交，总之他肯定知道柳纯的公职身份，所以想当然地认为柳纯在接受贿赂。而这一错误地解读，让本已经处在高度愤懑中的凶手产生应激反应，于是他跟踪柳纯，最终实施了犯罪。

"另外，还有一点，可能你们都无法想象。我初步判断，凶手是个偏执狂，具有道德洁癖。案发当晚，作为公职人员且是国家干部的柳纯，没能很好地约束自己的行为，违反交通法规饮酒驾车，这应该也是引起凶手愤慨，痛下杀手的因素之一。"

戚宁停下话头抬眼扫视在场的几个人，他们都低着头一副沉思状。戚宁继续说："现在我认为，柳纯案与'8·22'连环杀人案很可能系同一凶手所为。柳纯是第一个受害人，他拿走项链是作为纪念，但不小心掉落在了高雅静的命案现场。"

时隔一年，柳纯被杀真相终于浮出水面。警队精英尽出，全力追查了将近一年的真相，竟然如此简单，如此荒谬，这么轻而易举地就被戚宁查了出来。徐天成、方宇他们心里犹如打翻了五味瓶，有种说不出的滋味。程巍然的心情更为复杂些，仅仅是一个误会就让妻子送了命，毁掉了他们的家庭，毁掉了活着的人的未来。这是天意弄人，还是一个惩罚——是惩罚对家庭不忠的人吗？那么应该被惩罚的人是我，而不是小纯，不是吗？

真相近在眼前，程巍然心中的负疚感并没有被化解，反而愈加强烈。

天开始泛黑，远处的夕阳逐渐被街灯的光影取代，光影透过法国梧桐斜射在停车场中，几个长长的身影犹如雕像般凝固在各自的思绪里。那像是一种祷告，祈求逝者于天堂之上一路走好。

沉默了好一会儿，徐天成问："既然是同一个凶手，为什么柳纯案会与眼下的连环杀人案差别那么大？还有……"

徐天成还没问完，程巍然就打断了他："走吧，进去再详细说。既然来了，吃个饭再走。这段时间辛苦大家了，尤其是小戚，还熬了通宵。今天我请客，你们随便点。"程巍然说完带头向饭店走去，几个人便跟在身后进了饭店。

服务员引领几个人到了雅间，端茶倒水递上菜谱。程巍然随手将菜谱扔到徐天成和方宇面前，两个人倒也熟练，没看菜谱随口报了几个菜名，服务员记下之后退去。

服务员出去之后，几个人便迫不及待地一连串问道："柳纯案与连环杀人案在手法上为什么差别那么大？凶手为什么间隔那么长时间才继续作案？而这次作案的频率为什么会如此之高？为什么会有仪式？仪式为什么在柳纯案中没有出现？"

戚宁拿起茶壶给几个人添了一圈水，自己也倒上一杯喝了几口，低头整理了一下思绪，才抬头说道："从表面上看，柳纯案确实与一年之后开始的连环杀人案大相径庭，不过当我们把这种现象放到犯罪人心理层面上去分析，就会看到它的合理性。

"变态心理的形成会有一个相当长的累积过程，从时间上追溯，甚至可以追溯到一个人的幼年时期。而从具有变态心理到变态杀人，同样需要一个从开始到发展的过程。我们已经知道，凶手属于追求权力型的杀手，他在实施作案时幻想自己具有某种身份，具有审判、惩罚别人的权利和义务。也就是说，在他的人格中具有偏执妄想的一面。而从他连续作案的过程来看，他几乎以强迫的方式，严格、精细地执行着每个环节，并且沉迷于追求完美。虽然目前还无法判断整个仪式的逻辑性如何，但就凶手选择示罪的物件来说，是非常恰如其分的。由此判断，凶手的偏执妄想已经发展到一种极度的病态，造成了他人格上的障碍，心理学称之为偏执型人格障碍，也可以称为偏执狂。

"偏执型人格障碍的应激反应主要来自'自我伟大以及对迫害的妄想'，它有三个心理发展阶段——逃避、自卫、进攻。就本案凶手来说，他最初受到挫折的时候，会选择默默承受，或者假装那件事情对他没有影响，同时又会通过规范自我行为来避免挫折的再现。但是随着挫折的反复经历，凶手心里开始产生恐惧、焦虑乃至愤怒的情绪。当这些情绪越来越强烈的时候，他就需要寻求解脱。由于对自我伟大的幻想，他将自身遭受挫折的原因归结到别人的犯错，认为自己的遭遇都是因为某些人的错误和迫害所致，尤其是那些手中握有权势，能够改变别人命运的人。这就是他在日后的犯罪中，选择那些在社会上拥有一定地位，但又具有严重道德缺陷的人作为加害对象的原因。这个阶段的凶手开始具有反社会的性格特征，暴力幻想也成为他释放自己的一种方式。到了第三个阶段，也就是柳纯遇害当晚，凶手一定正在经历着，或者不久前刚刚经历过一次生命中的重大打击，再加上先前累积下来的刺激性因素，让他的焦虑和愤怒都达到了不可抑止的地步。而对于柳纯的错误解读，最终让他将暴力幻想变为现实犯罪。"

"这么说，柳纯就是那把打开锁释放出恶魔的钥匙？"程巍然喃喃地说道。

"不！不是柳纯也会是别人，她只是在错误的时间出现在错误的地点。"戚宁看了程巍然一眼，继续说，"正是这一次带有偶然性的冲动犯罪，让凶手心中的焦虑、愤怒一扫而空。生理和心理都得到前所未有的满足，以至于在随后的日子里他会时常回味。但亢奋的情绪终归会冷却下来，受过正常教育、具有道德良知的一部分人格重新显现，杀人的罪恶感便油然而生，同时警察的追捕也让他心生恐惧。于是，罪恶感和恐惧感成为他新的困扰，焦虑感便随之恶性循环地涌现出来。由于先前已经经历过一次完美的释放，于是他开始渴望重现那种感觉，由此他的生理和心理、理智和欲望开始了一场痛苦的博弈。而这场博弈到底能够持续多久，没有人知道，但是可以预见他的结局——他终究是无法摆脱灵魂的桎梏。随着刺激性因素再次出现，凶手最终选择拿起屠刀，开始了他的杀戮之路。

"在此期间，凶手还会有一个自我心理辅导的过程。他需要让自己的杀戮符合逻辑，将自己的行为合理化，于是便借助或者创造了某种仪式——仪式成为他杀人的理论基础。"

戚宁顿了顿，一脸难过的表情："如果没有意外，这场杀戮也许会无休止地进行下去，因为杀人已经成为凶手追求权力获取安全感的方式。"

戚宁的一番解释详细透彻，以理论结合现实案例，将几个人的问题回答得清清楚楚、明明白白。几个人不由得听入了神，菜都上来有一会儿了也没动筷子，直到餐厅老板进来，他们才回过神来。

餐厅老板也是徐天成和程巍然的熟人，听闻这几个人来了，特意过来送上一个果盘，还给添了两个菜——一盘大闸蟹，一盘新鲜的生鱼片。原本徐天成和方宇就没客气，荤的素的点了一桌子，现在就更丰盛了。

老板应酬了一会儿，客气地出了门。程巍然张罗大家动筷子，见老徐和方宇盯着一桌子菜，好像有些不够满意，唉声叹气的。程巍然知道这俩酒鬼肯定是被那大闸蟹和生鱼片勾出酒虫来了，不禁又好气又好笑，笑骂道："看你们俩那没出息样，好，喝点儿酒吧，我来开车。"

程巍然的话一出，刚刚还有些兴致不高的两人腾一下生龙活虎了。"对啊！反正现在是下班时间，有生鱼片和新鲜大闸蟹不喝酒太糟蹋了！"方宇"嘿嘿"笑着说，而老徐早就跑出包间外，嚷着让服务员上酒。

一边是其乐融融，另一边则陷入痛苦的自虐当中。

　　就在同一个夜晚，一家酒吧的小舞池中，一个娇俏的身影在疯狂地扭动着。她曼妙的舞姿吸引了众多男士的目光，但她并不快乐。当霓虹灯闪过的时候，你能看到她幽怨的双眸中噙满泪水。

第七章

鳄鱼的眼泪

{ **1**
地狱的救赎 }

杜善仁从昏迷中渐渐苏醒过来。

脑袋后面是一阵钻心的疼痛，脖子上凉凉的，他本能地想伸手去摸一下，可是手动不了，他想站起来，身子同样也使不上力。他开始有些慌了，使劲晃了两下脑袋，瞪大眼睛急切地向四周张望，努力让自己清醒过来。

他终于弄清楚了状况。此时他正处在黑漆漆的荒郊野外，身子躺在杂草丛生的土坡上，双手被绳索结实地反绑在后背。土坡下面是一片湖泊，水波随风浮动，泛起阵阵涟漪，月亮的倒影好似破碎的镜面，千疮百孔。

"我怎么会在这里？"杜善仁在大脑中将这一晚上做过的事情迅速地回忆了一遍：六点半钟从公司出来，陪女儿到王朝酒店招待客户，但由于身体原因不宜过度操劳，他只礼貌性地照了个面便借故告辞，接着司机便把他送回了家；大概八点左右，他接到一个熟人的电话，说要帮他引见一位投资人，让他立马赶到"裕园茶室"碰面详谈；八点一刻左右，他独自驾车赶到约定地点；停好车，从车上下来，随即便感到脑后突如其来一阵凉风……然后就是眼前这幅光景了。

杜善仁正惶然无措，身后突然传来一个低沉的声音："你醒啦？"

这声音很耳熟，分明就是给他打电话的人。杜善仁来不及多想，挣扎着用尽全力坐起身子，使劲扭头顺着声音的方向望过去。

不远处，站着一个身着黑衣黑裤、衣服兜帽罩在头上的身影，他双手插在衣兜里，看似悠闲地眺望着土坡下的湖波景色。

"兄弟，你、你这是啥意思？"杜善仁惶恐地问道。

"唉！"黑衣人叹了口气，好像被杜善仁打扰了情致，答非所问，"景色不错，空气也很好。可惜了，很快这里就不会如此惬意了。"

"兄弟，你到底想干吗？"

"我是来拯救你的。"黑衣人声音冷冷的，仿佛来自地狱。

"拯救？什么意思？怎么了兄弟，最近缺钱了？那好说，说个数，我杜某人绝不还价。"

"哈哈。"黑影讪笑两声，"我知道你很有钱，你和他们一样都很有钱。"

"他们？"杜善仁突然呆住了，只觉一股寒气瞬间流遍全身，连汗毛孔也跟着战栗起来，他像是意识到什么，颤着声音说，"你……你就是警察正在通缉的那个变态杀手？"

"变态杀手？这名字我不喜欢。不过我不怪他们，因为他们不了解我。"黑衣人淡淡地说道。

杜善仁现在已经完全明白自己的处境，他怎么也想不到，近段时间报纸上风传的变态杀人狂，竟然是他认识的人。据说他专杀有钱人，有媒体和专家分析，他是一个心怀嫉妒、具有仇富心理的疯子。想到这些，杜善仁心中猛地一沉：难道我会和那些人一样被这个疯子杀掉吗？

"越是关键的时刻越要冷静。"在商圈中闯荡多年的杜善仁当然明白这个道理，所以现在他必须强迫自己冷静下来，缜密地想一想如何通过谈判让自己获得生机。

"你用陌生号码打给我，说要给我介绍投资人，还让我不要声张，你是瞅准了我现在落魄了，急于寻找战略投资人的加盟，所以一定不会拒绝你。你担心我起疑心，故意把约见地点放到裕园，然后把我打晕了，带到这里来。还真是费了番心机，看来今天我这条命是保不住了。"杜善仁开口了，声音显得很沉着，他开始做最后的挣扎。

　　"我选中的人，没有被冤枉的，也从不留活口。"

　　"好吧，既然非死不可，那给我个理由。"

　　"理由？"黑衣人冷哼一声，"我想你应该很清楚。"

　　"就因为那些地沟油？就因为我是有钱人？"

　　"难道还不够吗？"黑衣人恨恨地说。

　　"就算我做过一些令人不齿的事，可是你知道我做了多少善事吗？"杜善仁急促地说道，"你知道这几年下来我捐过多少钱吗？你知道有多少人因为我，才有住的地方？你知道有多少孩子因为我，才有学可上？你知道有多少没钱治病的人因为我，才能做手术祛除身上的顽疾？难道这些都不能抵消我那一点点过错吗？兄弟，今天给我条生路，以后我一定加倍回报社会。"

　　"你果然是个不错的商人，在生死边缘还不忘讨价还价。不过你错了，抵消罪恶的不是善行，而是惩罚。你只有被惩罚了，才能被拯救，才能够最终获得新生。"黑衣人说完这番话，慢慢转过身子，缓步向杜善仁逼近，嘴里继续说道，"你不要再自作多情了，我留你到现在并不是想和你谈条件，只是时辰未到而已。"

　　黑衣人的声音越来越近，杜善仁已经能够感受到他的呼吸。接着他感觉到一条绳子套在了自己的脖颈上。

　　也许已经明白自己死期已到，多费唇舌也无用，杜善仁反而有些超脱了。他目露凶光，操着讥讽的口气，说道："你以为你是谁？能拯救这个利欲熏心的世界？别做梦了！"

　　"也许你说得对，但是我想试试。"

{ 2 尸体上的涂鸦 }

　　9月13日，清晨6时许。

位于城市西郊的栗山水库旁，一个赤条条满身横肉的男子被绳索捆绑着，面朝水面跪在岸边。虽然低垂着头，但还是能清晰地看到他的一双眼睛变成了两个红彤彤的血洞，血流在脸上留下两条紫色的印迹——被害人的两个眼球被挖掉了。

"死亡时间在凌晨一点到两点之间，后脑重击不是致命伤，和前几起案件一样是被勒死的。凶手挖眼属于杀人后附加行为，且挖眼时没有留下任何外部伤痕，眼睛边缘也很整齐，手法相当熟练。目前现场周边还没找到眼球，估计又是被凶手带走了……"林欢轻咳两声，嗓音哑哑的。

戚宁和程巍然不约而同地抬头看了一眼，她脸色发青，眼眶红红的，眼袋很深，样子很憔悴，看上去像是这阵子没怎么休息好。

"真是个疯子！"听了林欢的初检介绍，老徐忍不住骂了一句。

"不，他不是疯子，疯子不会这么细致的。"戚宁接过老徐的话说，"被害人身高至少在一米八五以上，体格又足够健硕，凶手显然很清楚自己无法一下子将其勒死，于是便采取先将他击昏，然后再进行绞杀的手法。"

"看来和先前的案子一样，凶手下手前都经过详细的谋划。"程巍然目光在林欢脸上停留了片刻，又挪回到死者身上，随即习惯性地皱紧了眉头，表情异常严肃。眼前的死者实在让程巍然头痛不已，因为他"曾经"是本市颇有名望的民营企业家——杜氏饮食集团的董事长杜善仁。

杜善仁，最初只是一个摆路边小吃的穷小子，改革开放后靠经营本地特色菜系的连锁饭馆发家。经过多年打拼和发展，杜氏集团旗下的中高档饭店遍布整个城市各大商业区和闹市区，并且在本地中西点市场也占有霸主地位，同时在房地产和金融领域的投资也颇有建树。现如今其已变身为市值近百亿的上市公司，成为春海市民营企业中的明星企业和利税大户。

铸就企业辉煌，掌门人杜善仁自然厥功至伟，他也顺理成章地成为企业家中的楷模，成为众多创业者的偶像。同时他还是一名出手阔绰的大慈善家，多年来为春海市各项慈善事业捐款达上亿元之多。最为风光的时候，报纸、电视上经常都能看到他的新闻。那时他给人的印象，是一个具有大家风范、民族情怀，以及满怀责任心、爱心的企业家。

但是随着去年"地沟油事件"的爆发，让杜善仁彻底从神坛上跌落下来，几乎一夜之间，他便从楷模沦为"毒"犯。

杜氏集团的地沟油丑闻事件起始于去年7月初。早在两年前，春海市政府针对本市餐饮经营场所发布了《餐厨废弃物品管理办法》。办法中明确指出政府相关部门对餐厨废旧油脂和泔水将做统一回收、处理，严谨私自买卖，但春海市老百姓仍旧能看到私人回收餐饮垃圾和泔水的车辆在夜幕下频频出入各种餐饮场所。针对如此违规乱象，本地一家报纸决定做一期专题新闻报道，并派出多名记者进行暗访。

随后，几名记者对售卖泔水的饭店和回收车辆进行了两天的跟踪，发现违规饭店中有多家隶属于杜氏集团，而那些回收的餐饮垃圾最终则被送到设在郊区黑崖镇的一家无牌工厂中。记者据此向工商部门举报，便随同执法人员对该厂进行突击检查。结果不仅发现了炼制地沟油的设备，还查获数吨劣质成品油库存。但遗憾的是，该工厂负责人闻风潜逃，几名工人对老板的背景和成品油去向均表示不知情。

该事件新闻曝光后，社会舆论对杜氏集团大加指责，认为其是地沟油贩的帮凶。杜氏集团则表示餐饮垃圾的倒卖纯属工作人员个人行为，与集团无关，对涉事人员已经做出开除处理。

而媒体并不想就此放过杜氏集团。有媒体进一步追查到，杜氏集团的董事长杜善仁原本就是黑崖镇人，并且违法炼油的场地产权归本地一位村民所有，而该村民系杜善仁一个远房的表舅。由此该媒体质疑，炼成的地沟油去向有可能也与杜氏集团有关。

面对上级部门的责问，面对媒体的质疑，杜氏集团统统采取否认的态度，并对外宣称：杜氏集团采用的所有食用油均符合国家标准，是绝对卫生和安全的。之后，在杜氏集团百般隐瞒和否认之下，在进行了一系列斡旋和公关之后，事态逐渐缓和下来。

但天网恢恢疏而不漏。时间来到7月末，地下炼油厂负责人在企图通过海路偷渡到韩国时，被边境武警抓获。随后，他供出了实质上他是受杜氏集团委派负责炼油工厂的，而所有的劣质成品油最终将回流到杜氏集团旗下的餐饮门店。

事态由此便不受杜氏集团的控制了，政府责成公安、工商、环保、质检等部门联合组成调查组，对杜氏集团旗下的饭店和副食品厂进行大范围的检测。几天之后，检测完毕，结果令人震惊。检测结果显示：杜氏集团所有相关企业均涉嫌使用劣质地沟油的违法问题。

事件的最终，所有涉事饭店和食品厂被查封，杜氏集团被处以5000万元罚款，包括董事长杜善仁和他担当总经理职务的儿子在内的一系列涉案人员，被判处两年到15年刑期不等的有期徒刑。

不知道是幸还是不幸，杜善仁因患有严重的肝硬化，在案件审理阶段便办理了保外就医手续，所以他并没有被送进监狱。于是，他决定让先前在税务部门工作，并未参与公司运营的女儿执掌公司。他在背后辅佐，并希望引入战略投资者，重整旗鼓，再塑杜氏集团的辉煌。然而此时此刻他成了一个死人。

虽然杜善仁现今如过街老鼠，但是他的企业还在，他的人脉还在，他的死必定会震动高层，局里也将承受前所未有的压力。果然，程巍然正暗自揣火，兜里的手机响了起来。

"尹局……"

"情况怎么样？"

"有些麻烦。"

"回来之后，和天成到我办公室来一下。"

"嗯。"程巍然挂断电话，抬头和对面的老徐对视一眼，然后又把目光聚焦到杜善仁的身上，显然他们心里都感受到了紧迫感。

"你们过来看看，这手上画着什么？"林欢发现死者手背上好像画着什么东西，便将那只手举起，让他们俩看看。

戚宁和方宇也被吸引过来，几个人蹲下身子，凑近那只手研究起来。

"这应该是凶手画的吧？"林欢冲戚宁问道。

"嗯，是用水性彩笔画的。"戚宁说。

"这画的是只鸟吗？"老徐问。

"好像是。"程巍然点头说，"不过也像是只小鸡。"

方宇把那只手又往眼前拽了拽："还是像小鸡多一些。"

"留下一只小鸡的图案，意味着什么？"戚宁拧着眉，紧盯图案，"如果从凶手选择被害人的模式上看，杜善仁的身份以及他做的那些缺德事显然都非常符合。但凶手这次留下一只小鸡的图案，很是让人费解，难道杜善仁还有不为人知的、更坏的一面吗？"

3 一筹莫展

收队之后，程巍然和徐天成直接去了市局。两人眉头紧锁，能想象得到，尹局这时候召见他们，不会有什么好消息。

进了局长室，尹局看上去脸色还算温和，不过也没有以往那么热乎，两人便不敢放肆，老老实实坐下等待指示。

尹局抬起埋在文件中的头，摘掉老花镜，叹着气说道："刚刚市里紧急召集开了个会，内容大概你们也能想象得到，废话我就不多说了，总之是限期破案——国际商业博览会本月30日正式开幕，在此之前必须结案，这是死命令。"

又是限期破案！以往对上头这种不切实际的指令，程巍然总会发些牢骚的，但是今天他实在没有底气反驳，只能漠然地点点头。

"满打满算也就剩下半个多月的时间了，你们可得抓点紧！"尹正山叮嘱说。

程巍然仍不吭声，扭扭身子从裤袋里摸出盒烟，点上一支，猛吸几口，随手将烟盒扔到桌上。尹局莫名其妙看着他，不知道他抽哪门子的风，然后又盯着老徐看，那意思是说他不表态，那你说吧！

徐天成便一脸无奈道："这案子真是邪门了，凶手简直神了，杀死那么多人，却有如无形，啥线索也不留。和您说实话吧，尹局，我们现在真没啥好办法，只能在那几个被害人的社会关系中反复排查。"

"不是还有小戚帮忙吗？"

"目前来说还没有嫌疑人符合她的分析，不过可能有些环节没落实清楚，她还没给出更具体的犯罪侧写报告。"程巍然接过老徐的话说道。

"这时候就别过于慎重了，适当地催催她。"尹局说完，可能觉得自己语气有些急，便又缓和下来说，"当然，谨慎是对的。你们也别太指着她，她的作用顶多就是帮着缩小一下嫌疑人的范围，只能作为参考，关键还是要找到实际解决的路子。时间短，也不能糊弄，更不能有冤假错案。"

"嗯。"程巍然点头应承了一声。

"对了，还有个事儿。"尹局咂了一下嘴，脸色为难地说，"为充实专案组的办案力量，局党委开会决定暂时把禁毒支队的郭诚调过来，协助你工作。"

"好吧……来吧。"程巍然吐出一口烟圈，拖着长声说，眼神中掠过一丝苦涩。

"哼，老郭还真是处心积虑，"徐天成撇撇嘴，语带不屑道，"他这是瞅准了时机，准备来接替小程的位置吧？"

徐天成话说得直白，不太中听，但也说出了事实。短短20多天，五条人命，不，加上柳纯是六条，并且这里面还包括曾经在商界叱咤一时的人物杜善仁，对社会的负面影响可谓相当恶劣。而截至目前警方的办案丝毫没有进展，必然会遭到媒体和民众的问责。也确实，眼下社会舆论对警方的质疑声铺天盖地，政府和公安局面临的压力也是前所未有，如果接下来仍有市民遇害，局领导方面恐怕必须要做出些姿态，对办案力量进行补充和改进，届时作为办案核心领导人的程巍然很可能要承受被调整的结果。说白了，局里这时候把缉毒支队的副支队长郭诚调到专案组，就是在为防止事态进一步失控，更换案件主办案人做着准备。

"别说那些没用的，局里也是为案子着想，千万不能有对立情绪，知道吗？"尹正山心里也不得劲儿，但还不得不打着官腔，语气便有些烦躁，"好了，就这样，赶紧回去查案。还是那句话，抓紧时间查，要是再死人，别说保你们，我自己也得给局里一个说法。"

通过对家属的讯问，以及对车辆和案发现场的勘查，警方基本弄清楚了杜善仁被害的经过。

昨天晚上8点左右，杜善仁在家里用手机接了个电话，随后独自驾车离开家。警方通过杜善仁所驾驶的奔驰轿车的GPS定位系统查询了他离家之后的行程记录，发现汽车曾在裕园茶室附近逗留了一段时间，随后便一直开到西郊栗山水库。警方对裕园茶室周边进行了勘查，在其门前一处临时停车位上发现了几滴血迹，经鉴定是属于杜善仁的。也就是说，很可能是凶手打电话将杜善仁"钓"到茶室门前，然后将他打晕，再用他的车将他载到西郊完成了整个杀人仪式。

与杜善仁通话的手机号码，只有一次通话记录，显然是凶手为作案特意购买的。此时电话已经关机，无法追踪到源头。裕园茶室是一栋装修得古香古色的独栋二层小楼，门前停车场没有保安，也没有安装监控摄像头，想必这也是被凶手选为第一作案现场的原因。凶手在西郊作案后，把杜善仁的奔驰轿车留在了案发现场，而在案发现场附近发现了另一组轮胎印迹。通过比对，鉴定科查出轮胎来自国内一家大型轮胎厂商，属于轿车用轮胎。不过国内外多家品牌的轿车都在用这种轮胎，一时也很难追查出具体车型。另外，案发现场处于市郊交界，出入口四通八达，交通监控也发挥不了作用。总之，本次作案又是一次精心设计的完美作案，凶手继续完美隐身。

午夜，天空下起了小雨，雨滴虽稀稀落落，但气温骤然变冷了很多。

戚宁缩着脖子快步跑到车前，打开车门坐进去。忙活了大半个晚上，"侧写报告"大致有了眉目。案子发展到现在，凶手的形象在戚宁的心里越来越清晰，只是有关"杀人仪式"的环节她还未完全解读清楚，这很可能会让"侧写报告"

对凶手背景解读得不够精准，所以这份报告此时还不能说完成了。

戚宁发动起车子，大腿一阵酥麻，是兜里的手机发出的震动。她拿出手机，荧屏上显示出林欢的号码，犹豫了一下，她还是按了接听键。奇怪，电话那端不是林欢的声音，不过那声音她更为熟悉："小姑，怎么是你？"

"你在哪儿？"

"刚从局里出来，你怎么用这个手机给我打电话？"

"你到酒吧来一趟吧，来了就清楚了！"姑姑不容置疑地挂了电话。

几个小时前，林欢再次走进那间酒吧，她照旧直奔吧台坐下。

如果说先前对程巍然还心存幻想，那么当程巍然在高雅静的被杀现场，从她手中夺走项链的那一刻，她彻底地绝望了。程巍然看妻子项链那种疼惜的眼神，对她被惊吓的熟视无睹，都深深地刺痛了她。于是接下来几个夜晚，她只有靠酒精来麻醉自己。

今天是她的生日，她不想一个人过，但寻思了一圈发现自己连一个可以倾诉的对象也没有。她感到前所未有的孤独，所以很快就醉了……

{ 4 照妖镜前 }

20分钟后，戚宁走进姑姑戚颖开的酒吧——芳香人间。

此时，差不多快打烊了，酒吧里客人稀少，服务生都在收拾桌子。戚宁刚一露头，便看见姑姑在吧台里朝她招手。

"小姑，你怎么会用林欢的手机给我打电话？"

"哦，原来她叫林欢啊！"戚颖冲着吧台指了指。

顺着姑姑手指的方向，戚宁这才注意到趴在吧台上的女人。她衣着性感，头侧靠在吧台上，一只手放在头边，另一只无力地垂在下面，看样子是睡着了。戚宁身前身后打量一番，又特意从侧面靠近女人的脸仔细打量，好容易才分辨出这是化了艳妆的林欢。

"她……她这是怎么了？"戚宁皱着眉问道。

"还能怎么，喝醉了呗！这女孩这阵子天天来，每次都喝到打烊才走，今天直接就喝醉了，怎么叫也叫不醒。我琢磨着找个她的朋友来把她带走，没想到在她手机里发现你的号码。"姑姑扬了扬手里的手机，"你怎么会认识她？"

"噢，她是我的同事。"

"是警察啊！那还天天喝酒！"

"喊，警察怎么了，警察就不能有点烦心事，下了班就不能喝点酒？"

"臭丫头，那么激动干吗，我就是随口说一句。"

"呵呵，不说了，把她交给我吧。"戚宁说着话将林欢扶起，戚颖从吧台里出来帮她。两个人朝外走，戚颖扇了一下戚宁的后脑勺，嗔怪道："伤还没养好着什么急出院啊？弄得你奶奶整天为你担心！"

戚宁气喘吁吁："不是忙吗！最近实在是忙得昏天黑地的，什么也顾不上……你倒是帮着扶一下啊！"

"唉，对了，报纸上说咱这出了一个连环杀手，你是在办这个案子吗？听说这人专门找有钱人下手？"

"是啊！你小心点，像你们这些卖假酒的，可都是他的目标。呵呵！"

"臭丫头就不能盼我点好！"戚颖又扇了一下。

"哎，打疼了……"

"活该！"

两人费了番力气，好不容易把林欢弄到车上。看着她瘫软在副驾驶座上，戚宁开始犯愁了——去哪儿啊？

送回家？没去过也不认识，再说这时候把人送回去，怎么跟人父母交代！回家？怕是要影响奶奶休息！回队里？影响也太不好了！干脆去酒店开间房吧。

头痛、口干、心悸、恶心，这便是宿醉的代价。当然，有些人可能付出得更多，比如一觉醒来她或者他发现自己躺在一个陌生人的怀里。所以，当林欢睁开眼睛，发现自己躺在酒店的房间里时，第一反应便是掀开毛毯往自己身上看。好在，除了鞋子，身上的衣服一件没少，她适才稍微松了口气。她扭了下头，看到窝在沙发上睡着了的戚宁，一颗心便彻底落了地。

昨天晚上，不，是今天凌晨，戚宁安顿好林欢之后，已感筋疲力尽，便窝在沙发上，不知不觉地睡着了。此时她抱着膀子，身子缩得紧紧的，看样子有些发冷。林欢下了床，有些心疼地把那条尚存自己体温的毛毯盖到她身上。

林欢正待转身到洗手间洗漱，却见戚宁身子轻轻抖动了几下，表情变得痛苦异常，嘴中还念念有词……怕是做噩梦了吧？林欢将耳朵贴近，想听听戚宁说的是什么。不想戚宁突然睁开眼睛，对着她愣了几秒钟，猛地将她拥入怀中，喃喃地说道："姐姐，别走……姐姐，别丢下我……"

"我……我是林欢。"林欢手足无措地道。

"啊，你……我……"戚宁使劲晃了下头，立马清醒过来，顺手拿起床头桌上的矿泉水，递给林欢，"喝点水吧，以后少喝点酒。"

这回轮到林欢尴尬了："昨天晚上没吓着你吧？"

"你敢这么穿还真让我刮目相看啊！"戚宁故意带着暧昧的表情说。

林欢低头打量一下自己的低胸衣、短裙，自嘲道："本想豁出去吊个小鲜肉，没想到把自己先灌醉了，啥也没干成。不过运气也太差了，连个正经的流氓都没遇到。哎，对了，你怎么知道我在那家酒吧？"

"酒吧是我姑姑开的，她在你手机里发现了我的手机号码。"

"就是站在吧台里那个老板娘吧？"

"对，"戚宁点点头，指了下门厅处的洗手间，"你先洗个澡吧，等会儿咱到餐厅吃点早餐。"顿了顿，看了眼林欢身上的衣服，又说，"算了吧，我还是买回来吃吧。"

"好，谢谢了。"林欢不好意思地说。

戚宁将早餐摆在桌上的时候，林欢也洗漱完毕，两人开始吃饭。

戚宁是真饿了，闷着头三下五除二吃掉两根油条和一碗黑米粥。用纸巾抹了抹嘴，舒服地长出一口气，才发现林欢正眼神迷离地搅动着手中的勺子，碗里的粥并未见少。

"姐，快吃啊，一会儿粥就凉了。"戚宁好心催促道。

"我，我实在吃不下，"林欢放下勺子，眼圈泛红，"昨天真是让你见笑了，你说我是不是特傻？"

"你和程队之间的事情我都知道了。"戚宁斟酌着说，"可能对你来说，陷得比较深，放弃比坚持更需要勇气。说实话，我希望你能有那种勇气，暂时先放下，不代表永远放弃。眼下围绕程队的事情太过错综复杂，我相信他也一定身心俱疲。给他一些时间，让他喘息一下，冷静一下，让他有勇气审视自己，正视你们的关系，然后你们一起做出个理智的抉择。"

"可是为什么会变成这样？为什么他不能亲口给我一个解释？难道仅仅是因为内疚吗？就算我以前做错了，可是现在柳纯都不在了，为什么我们不能在一起？难道非要用另一个错误，来掩盖先前的错误吗？"林欢略微有些激动地说。

这个问题戚宁还真就琢磨过，可答案对林欢太过直白，她不确定自己该不该说。

"告诉我，你告诉我好吗？你不是会分析人的心理吗？帮我分析分析，巍然心里到底怎么想的？"林欢终于绷不住，落下泪来。

戚宁又使劲皱了皱眉："你真的想听？"

"对，给我个答案。"

"答应我，你要冷静。"

"好，我冷静。"林欢抽着鼻子，用手抹着泪花。

戚宁递过去一张餐纸，看着她把眼泪擦干，才说道："回答我两个问题。第一，在别人眼中——当然这里面也包括你，程队是个什么样的人？"

林欢想都没想，脱口说道："正直、善良、刚正不阿，虽然脸总是很冷，但做事很有人情味，也乐于助人。在我眼中他是个顶天立地的男人。"

"刚正不阿、顶天立地，这是很多人对他的评价，我相信也是程队一直以来的追求。"戚宁停下来，扫了林欢一眼，"可是你的出现让他染上了瑕疵。虽然那一晚你们在酒店房间里什么也没做，但与柳纯倒在血泊中的场景对比，那对于程队来说就是一种罪过。妻子被杀的同时，他却在和女下属开房，这对一个一心追求道德完美的人意味着什么？"戚宁顿了一下，狠狠心说道："是内疚！是耻辱！是一种永远无法抹杀的污点！尤其，柳纯的死原本是可以避免的，只不过程队当时选择留在酒店房间里照顾你，而放弃了去接醉酒的妻子。所以，他现在只能远离你。因为你就是一面镜子，面对你，他总能看到自己最耻辱的一面。"

"呵呵。"林欢苦笑两声，"镜子？我竟然是一面镜子？还是一面照妖镜！"

"哈哈，我可没这么说，不过你这么形容倒是挺有创意。"戚宁不想让林欢再沉浸在哀怨的情绪中，故意大笑两声打趣道。可是，不知道为什么，她整个突然人定住了。

于梅是跪在客厅中电视与茶几的中间，她面朝的是一幅巨大的电视屏幕；王益德是跪在大落地玻璃窗前面，玻璃显然可以照出人影；孔家信跪在餐桌旁边，对面墙上的背景墙是用亮面亚克力板做的；高雅静是跪在洗手台前，洗手台上的墙面上当然也挂着镜子；还有杜善仁，他是跪在水库边上，平静澄清的水面显然也可以成像。

难道，他们都是跪在"照妖镜"之前吗？

第八章

十大恶业

{ 1 嗔恚之罪 }

突然间来了灵感，戚宁和林欢赶紧收拾了下，退了房。林欢先得回趟家换身衣服，便坐着出租车走了。戚宁给程巍然打了个电话，就"照妖镜"的隐喻大致说了几句，便直奔市图书馆而去。

所谓的"照妖镜"，按民间迷信的说法可以用来辟邪，而它更多地出现在古典文学的神话小说中——是被用来照出妖魔鬼怪的原形。当然，对于凶手来说，是用它来照出那几个被害人的阴暗面，从而对他们进行审判、惩罚。

很快戚宁便抱着一摞书，找了个角落坐了下来。

"面朝镜子""捆绑""裸体""下跪""整理衣物"；"割舌""掏心""挖眼"；"CD唱片""手术刀""微信二维码""脸谱""手背上的鸟抑或鸡的图案"……围绕着一个又一个凶手设置的心理密码，戚宁在书籍中寻觅着解钥。从早上到傍晚，10多个小时，不吃不喝，争分夺秒，已然达到忘我境地。

图书馆闭馆了，戚宁仍感觉意犹未尽，便把未看完的几本书办理了借书手续，当然她是用警官证借的。

坐进车里，她未发动车子，迫不及待地继续翻开书。一切都是为了追赶时间，哪怕早一分一秒，都可能避免一条生命被夺走。

直到深夜，万籁俱寂，戚宁仍坐在车里。她打开笔记本电脑，对"侧写报告"进行最后的润色。此时此刻，凶手整个犯罪的行为意图戚宁已了然于心。更妙的是，当她以寻找"照妖镜"相关流传记载的思路去阅读书籍资料时，却发现了比"照妖镜"更贴切的解读，原来凶手让被害人呈跪立姿势所面对的是一面"孽镜"。所以这份报告对凶手的解读，将要比先前的更加精准。

当所有分析形成文字，落入文档之上，文档被保存后，戚宁脸上止不住露出一丝笑容。她盯着报告，突然想到这个晚上也是凶手的作案日，便拿起手机想要给程巍然打过去，但程巍然的电话倒先进来了。程巍然没有多废话，催促她立即到市郊东沟镇与支队会合，那里刚刚发生一起与"8·22专案"类似的恶性案件。

9月14日，23点40分。

案发在距离市区20公里左右的东沟镇上，一家豪华洗浴中心的按摩包房内。现场已经被当地派出所保护起来，并且按照市局的指示，派出所对整个洗浴中心进行了封闭，任何人不得无故出入。

程巍然等人匆匆赶到，与在门口迎接的东沟镇派出所所长白大年寒暄几句，便由白大年头前引路，带众人来到案发包房内。

包房内，与先前的案子一样，是一幅惨绝血腥的景象。经历了同样几起案子，而且来之前心里有所预料，所以眼前的场景并未让戚宁感到不适和意外，倒是按摩床左手边墙壁上的一面镜子引起了她的注意。镜子上画着一条巨大的蟒蛇，很明显是凶手的杰作。

戚宁扫了被害人一眼，转过头盯着镜子上的蟒蛇图案，脱口说道："死于'嗔恚'！"

"CHENHUI？"程巍然不知道戚宁说的是哪两个字，只能以谐音读出。

"对，是嗔恚，意指愤怒、仇恨、怨根以及损害他人的心理。"戚宁停了一下，继续说，"还有画在杜善仁手背上的图案，不是一只小鸡，而是只鸽子，意味着贪婪。"

程巍然反应过来，戚宁查了一整天的资料，肯定已经有所突破。便点头道："回去再详细说！"然后顺着"嗔恚"的思路，问身边的白大年，"被害人你认识吗？他经常与人结怨吗？"

"这您可问着了，他叫马敬民，是东沟镇双鱼村的首富，这几年给镇上干了不少拆迁工程。"白大年说着苦笑一声，"你想干这种事的，能少得了结怨和结仇？"

死的是个承包拆迁工程的包工头，凶手又留下代表愤怒、怨恨的蟒蛇图案，选中他的原因或许跟拆迁过程中产生的纠纷有关，那么凶手是如何了解到相关事件的？"白所，麻烦你回所里把与马敬民有关的纠纷案件整理一下，稍后我再找你。"程巍然客气地说。

"好嘞。"白大年痛快地答道。

勘查内外现场、询问服务人员和浴客，不知不觉五六个小时就过去了。收队回来，已是早晨，匆匆吃了点东西，又连着开起会来。

首先是案情讨论：被害人为东沟镇双鱼村村民马敬民，登记指纹数据时发现其有过盗窃前科。死亡时间是9月14日22点左右，原因是被绳索大力勒挤导致窒息而死。被害人被发现时，赤身裸体面朝墙壁呈跪立姿势，尸体上半身捆着两道绳索，同杜善仁一样眼球被挖走。被害人面对的墙壁上镶有一面镜子，镜子上有一幅用水性彩笔画的蟒蛇图案。尸体背后的按摩床上，放着一件叠好的浴袍。

案发包房位于洗浴中心二楼东侧第一间，该包房为马敬民常用。据老板介绍：马敬民几乎每天晚上应酬完都要到该洗浴中心做按摩，之后会小睡一会儿。从包房窗户以及洗浴中心外部痕迹看，凶手应该是从防雨管道攀爬到一层天台，然后撬窗进入包房内作案。作案之后，照例抹掉所有证据。

由于是郊区地带，洗浴中心背靠一片果树林，所以没有找到目击者。

接下来便是重头戏，由戚宁来唱主角。她将在会上对整个"8·22"连环杀人案做出全面解读，并最终公布"犯罪侧写报告"。

"首先我概括地对案子做一些说明：本次连环杀人案，不包括先前的柳纯案，凶手最终的目标至少会有十个。从目前发展的情形看，凶手会在社会上选择十位具有一定社会地位的，同时也具有道德缺憾的人作为加害对象。凶手作案的时间有'固定模式'。谋杀的整个过程其实都是一种仪式，一种与民间传说有关的'地狱文化'的仪式！当然，所谓的地狱文化属民间迷信传说，在此我们仅仅是借助它来解读凶手的作案逻辑，不讨论它的任何意义。"

戚宁的开场白很震撼，接下来她将详细解剖凶手杀人的过程，并且一步步揭开凶手的面纱。

"民间流传的地狱文化中认为：行'十恶业'者，死后必堕入地狱经受惩罚，方能重生。所谓十恶业，即身、口、意造下的十种罪恶的行为。分别是：身业之杀、盗、淫；口业之妄语、绮语、恶口、两舌；意业之贪欲、嗔恚、愚痴。凶手偏执地认为，正是因为现世中某些人不断地犯下此十种恶业，从而让社会充满戾气和腐化，以至于他自己要不断经历挫折和失败，所以他要对他们进行审判和惩罚。而他也幻想自己具有那种身份和义务，其根本在于宣泄自我的焦虑和愤怒，以及寻找生存的安全感。

"下面就来具体讲一下仪式每一步骤的寓意。'阎王'，我想大家都知道，民间传说中他是阴间的主宰，掌管人的生死和重生。阎王的称谓，是来自梵语音译，本意是'捆绑有罪的人'。凶手在被害人身体上象征性地施以捆绑，其用意是彰显阎王的身份——他幻想自己是阎王的化身。

"案件中所有被害人跪立的方向也是有讲究的，比如：于梅面对电视屏幕而跪、王益德面对落地玻璃窗而跪、孔家信面对亚克力板背景墙而跪、高雅静面对洗手台前的镜子而跪、杜善仁面对水面而跪、马敬民面对墙镜而跪。也就是说，被害人跪着所面对的都是能够照出人像的物件。那么在杀人仪式中，这些物件被凶手隐喻为地狱鬼门关前的'孽镜'，可以照出人生前的罪过。正所谓：'孽镜台前无好人，魂登孽镜现原形。'

"而将被害人置于'孽镜'前，照出他们生前的罪过，然后摆成跪立姿势，施以割舌、掏心、挖眼等残害器官的行为，表示在对行恶业者进行审判之后，对其施以相应的地狱惩罚——心脏为人体中最重要的器官，凶手用它来替代整个人身，所以犯身业者便遭掏心惩罚；舌头对人言谈交流的重要性不言而喻，割掉舌头便等于剥夺人的说话能力，也是凶手对犯口业者的惩罚；眼睛则是人类观看世界的窗户，凶手挖掉了眼球，便斩断人的欲望，从而让犯意业者得到了惩罚。

"然而地狱虽恐怖，却也并不是永恒的。阎王会根据恶业者经受惩罚和消业表现，决定其下次往生的界别，所以裸体其实是代表着重生。

"至于整理衣服，我认为那是一种虚伪的尊重。凶手想告诉世人，他惩罚的只是罪恶的灵魂，生命本身还是值得尊重的。"

戚宁停下话，在笔记本电脑上敲击两下，"8·22专案"中六名被害人头像便在投影幕布上显示出来。戚宁转头望了一眼，然后转回头继续说道："下面我具体说一下已发生六起案件的情况。

"第一起，发生在本年8月22日，阴历七月初一，被害人于梅，职业是律师。凶手在现场留下一张暗示谎言的CD，在随后的调查中也印证了凶手的暗示，所以于梅是死于谎言。也就是触犯了口业中的'妄语'，受到割舌的惩罚。

"第二起，时间是8月29日，阴历七月初八，被害人王益德，职业是医生。凶手将一把手术刀放入他手中，暗示他作为医生本该担起救死扶伤义务，但却为了牟利滥用药物和治疗手段，置老百姓身体健康安危于不顾，等同于杀人。相对应地触犯了身业中的'杀'，受到掏心惩罚。

"第三起，时间是9月4日，阴历七月十四，被害人孔家信，职业是职业经理人。凶手在他嘴里留下微信二维码，暗示他借用微信说出邪淫、不正之语。相对应触犯了口业中的'绮语'，受到割舌惩罚。

"第四起，时间是9月8日，阴历七月十八，被害人高雅静，职业是幼儿园园长。凶手在她面部戴上一副脸白嘴黑的京剧脸谱，暗示她的死是因为利用被人尊敬的身份威胁他人、用恶毒言论攻击他人。乃是触犯了口业中的'恶语'，所受惩罚为割舌。

"第五起，时间是9月13日，阴历七月二十三，被害人杜善仁，职业是公司总裁。凶手在他手上画了一幅图案，我们原本以为那是一只鸡，其实画的是只鸽子。因为在地狱文化中，分别利用鸽子、蛇、猪来代表人生三毒，即贪、嗔、痴。凶手留下鸽子的图案，暗示杜善仁为富不仁，贪得无厌，触犯了意业中的'贪欲'，所受惩罚为挖眼。

　　"第六起，时间是昨天，也就是9月14日，阴历七月二十四，被害人马敬民，职业是包工头。凶手留在镜子上蛇的图案，它的隐喻我想大家现在已经知道了，意味着马敬民触犯了意业中的'嗔恚'，所受惩罚为挖眼。至于具体事件，或者说他被凶手选中的原因，还在调查中。"

　　戚宁一口气说出一大堆解读，缓了缓神，歉意地笑笑："不好意思，这个案子实在太复杂了。我是希望大家能够透彻地了解凶手作案的心理细节，所以有些地方可能解释得过于烦琐，不知道大家听了感觉怎么样？"

　　程巍然点点头，又冲她摆摆手，示意没问题，让她继续。

　　戚宁又摆弄几下电脑，身后的投影幕布上原本被害人的照片退去，取而代之的是一幅图表。

　　"我身后屏幕上的图表，是在开会前临时画的，粗糙之处，请大家见谅。大家可以看一下上面标记的时间。由于地狱文化中讲究日期是以阴历计算，所以下面要说的时间我们也是以阴历为主。在前面已经讲过了，已发生的六起案子的时间分别是七月初一、七月初八、七月十四、七月十八、七月二十三、七月二十四。据民间流传所说，每个月阴历的初一、初八、十四、十五、十八、二十三、二十四、二十八、二十九、三十，是诸罪结集定其轻重的日子，直白地说就是'判罪日'。而已发生的六起案子的发案时间，其实就是这十个判罪日子当中的六个日子。而阴历七月，民间常称为鬼月，传说这个月鬼门关会打开，阴气最重，是超度亡灵的月份。所以可以推断，凶手的作案时间是一开始就谋划好的，他要在鬼月中十个判罪日里对行十恶业者进行审判和惩罚。"

　　戚宁停顿下来，知道这时候肯定有人会提出疑问。果然程巍然随即问道：

"不对啊，少一个！9月5日，阴历七月十五那天，根本没有类似的案件发生。"

"是！我对此也很疑惑，不过我相信凶手一定不会漏过，可能由于各种各样的原因使得我们现在还没发现尸体。"戚宁答道。

程巍然考虑了一会儿，冲徐天成说道："会后马上对全市各县市区分局、派出所等单位进行广泛的询查。看有无漏报的恶性案例，或者是与9月5日时间相契合的失踪案，又或者是一些比较奇怪的有悖常理的案件。"

程巍然说完望向尹正山，是要征询他的意见。尹正山点点头，又补充道："如果可能的话，我们还可以咨询周边城市的兄弟单位，看看他们那边有没有类似案件发生。"

老徐等人连声说"是"，表示明白。

"接下来，要说说我对本案的侧写，"戚宁表情更加郑重，心里既兴奋又惴惴地拿出一份报告摊在眼前。沉吟片刻，昂首说道：

"凶手连续作案是在追求一种掌控自我、惩罚他人，进而拯救社会的权力。其年龄应该介于35岁到50岁之间，这个年龄段的男人，经历比较丰富，对责任、成功、失败表现得尤为敏感和歇斯底里。

"目前发生的几起案件中，很明显凶手对被害人的情况非常熟悉。他一定长时间跟踪过被害人，而且有过细致、近距离的观察。他知道被害人在何时会出现在何地，他知道什么时间作案不会被人打扰，而且有充足的时间来履行所谓的杀人仪式。所以，凶手可能和那些被害人一样，有一份比较体面的工作，或者说起码和他们处于相同的阶层。因此，他的跟踪、观察才能够如此细致和隐蔽，也因此掌握了很多不被外人知道的内幕。

"凶手应该是一个脑力工作者，受过良好的文化教育，心思缜密，有组织力，智商高于常人。他对作案时有可能出现的问题都深思熟虑过，能够很好地规避风险。

"凶手对地狱文化有很深的迷恋，并且是个偏执狂。而偏执狂都具有比较罕见的妄想型人格。不过和精神分裂症不同，他的智力功能不会发生退化，因此妄想表现得非常系统、有条理。所以在正常社会交往中他不会显露出攻击性，而且比大多数人都还要守规、守法。他会严格约束自己的行为，甚至工作和约会也从不迟到，更加不会有犯罪的前科。

"偏执狂都有一种自己无法察觉的自卑心理，体现在现实生活中便是相对的保守和没有安全感，而没有安全感又会导致一些强迫性的行为。所以，他平日给人的感觉是低调不张狂，待人处事也总是一副彬彬有礼的姿态，不过他并不善于与人深入交际，所以他的知心朋友会很少。同样，他的穿衣打扮、出行消费也是中规中矩，不会奢侈。他的私家车一定是那种经济实用、中低档的车子，颜色偏保守的暗色系，车子里面会非常干净。其实不单单是车子，他的办公室、他的家同样是异常整洁的。如果有一天你到他家里，你会发现所有的东西都摆放得井然有序，甚至会类似于严重的强迫症病人那样，在一些物品上进行编号。你在他家中的某一个房间里会看到很多被害人的照片，还有被翻了无数遍的各种描写地狱的书籍。你还会发现一本日记，上面记载了他无数的怨恨、幻想，以及作案时的感受。

"凶手应该是单亲家庭长大，拥有一个独立的空间。可能单独居住或者和老人同住，婚姻可能已经解体。

"还有最后一点，凶手在近一年的时间里必定反复经历过一些挫折，而这种挫折应该主要来自家庭和事业两个方面。"

2 掘墓疑踪

散会之后，程巍然和戚宁驱车又来到东沟镇。

这次返回来，目的是想找马敬民身边的人谈谈，了解一下他最近的工作行程、接触的人等。如果可能的话，还想与一些曾经和马敬民闹过矛盾的拆迁户见见面。当然他们不会是凶手，不过也许曾经把自己的遭遇向某个人倾诉过。

两人去派出所找到白大年，白大年也早做好了程巍然要的报告，正好交给他。随后白大年引路，三人开始进村深入走访。

吉普车行驶在乡村公路上，程巍然递给白大年一支烟，又把打火机送上，白大年谦让一下还是点着了。吸了两口，便主动提起马敬民。

"昨晚现场本镇人多不方便说，现在趁着这个机会我仔细跟你们说说马敬民这个人。这两年因为拆迁工作，我和他打交道的地方比较多，对他也算了解。"提到马敬民，白大年表情复杂，像是憋了一肚子气，"马敬民这人说白了就是小人得志。年轻时不学无术，在村里就是小混混，还因为盗窃电缆被判了三年。出狱后，游手好闲了一段日子，不知怎么就给一个做建筑工程的老板当了司机。再后来，这小子拉出几个人单干，一不留神就发了。关键也赶上这几年市里搞扩大城区建设，镇里各村修路、盖商品楼、土地征收流转等规划建设项目特别多，这小子承包了几个拆迁工程，赚了不少钱，一跃成为全村首富，人也就狂得没边了。天天咋咋呼呼的，到处惹是生非，所里多次处理过跟他有关的纠纷。"

"镇里和村里怎么会放心把工程包给这种人？"程巍然插话问。

"这小子跟老百姓咋呼得厉害，在领导面前可会处事了，再加上他是本村人，还是有些人脉的。"白大年说着话，突然冲车窗外指了指，"噢，对了，马敬民还是干了件好事。呶，这镇中心小学的教学楼，是他前两年无偿为镇里盖的，当时还蛮轰动的，这小子都上电视了。"

戚宁随着白大年手指的方向瞄了几眼，转头说："白所，报告我看完了，感觉只是一般村民纠纷的治安案件，您再仔细想想他有没有特别出格的行径？"

"说实话，拆迁当中跟老百姓打打闹闹，上房揭瓦，背地里向老百姓使阴招的事马敬民确实干过不少，但要说涉及严重犯罪的事件还真没有。"白大年说，"你们觉得马敬民是因为欺负老百姓所以才被杀的？"

"应该说是调查方向之一吧。"戚宁说。

有了白大年的鼎力协助，村民约谈进行得很顺利，只用了几个小时该问的都问完了，不过未有过多的收获，马敬民因何被凶手选中还是个谜。

中午，离镇之前，程巍然想请白大年吃个饭，感谢他的协助。三人找了家干净的小馆子，饱餐一顿农家菜。不过最后还是白大年抢着付了账。

回城的路上，两人谈起白大年，都觉得这个人不错。戚宁还说好像在哪里见过他，但一时想不起来。车子刚入市区，程巍然接到队里的电话，说已经搜集到几个失踪案例，有两个比较有嫌疑，等着他和戚宁回来做判断。

放下电话，程巍然问了一个问题，看似随便一问，其实在他心里已经考虑了一上午。

"凶手'七月十五'没作案，会不会是因为他把小纯算作那天要惩罚的对象？"

"不会！"戚宁回答得很肯定，看来同样的问题她也考虑过，"凶手对自己的杀人计划很迷恋、很享受，他一定会严格执行的。柳纯遇害当日，阴历不是七月十五。再说，如果真如你说的那样，凶手一定会做点什么，展示给我们，展示给世人看。"

"也是。如果变态的是我，也许我会去把小纯的坟掘了。"

程巍然的一句话让戚宁一下子安静下来，眼睛再一次呆住，显然又受到某种启发。

"东山公墓归哪个派出所管辖？"戚宁突然转了话题。

戚宁的问题与先前的话题有些跳跃，程巍然冷不丁没反应过来："东山公墓……怎么了？"

"七月十五那天，在东山公墓发生过一起掘坟案，当时我请假去上坟看到的。"

"你是怀疑……东山公墓不就在东沟镇吗？归白大年管啊！"

"对啊！那天那个老警察就是白大年，我说怎么有点眼熟！咱赶紧回去找他问问具体情况！"

听了戚宁的话，程巍然立马掉转车头，加速前进，再次奔向东沟镇。

"你俩咋又回来了？"可能看到两人的车停到了派出所门外，白大年迎出来说道，"正好我想起个线索，想给你们说道说道。"

"白所，咱见过啊！"戚宁急促地说。

"是见过，中午不还一块吃饭了吗？"

"不是，我是说咱先前见过。七月十五，在东山公墓，你们在勘查现场，我还和您聊了两句，记得吗？"

白大年不由地深打量戚宁几眼，拍了下脑门："你看我这记性，人上岁数了就是不行。"

戚宁不好意思地笑笑："不，您可能当时正在忙，没注意看我。对了，那案子后来查得怎么样了？"

"查啥查啊？过后没几天墓园方和家属私下达成了谅解，案子也就丢到一边了。不过我估计应该也是个疯子干的，大半夜跑到墓地，把人家坟掘了，把骨灰扬得到处都是，临了还在骨灰盒里放了一张百元大钞。"

"等等！"戚宁和程巍然几乎同时打断白大年的话，戚宁追问道，"骨灰盒里留的是张真钱？"

"对啊！嘎嘎新的人民币！"白大年被问得有些莫名其妙。

"这是标记行为，对吗？"程巍然冲戚宁问道。

戚宁重重地点头，紧接着拉着白大年的胳膊，说道："走，进所里，把案子卷宗找给我们看看。"

"不用。"白大年拉住戚宁，"这阵子事情太多，我哪有人手去查那个案子，只是备了个案，没具体查过。就知道墓穴的主人叫石倩，丈夫叫隋勤思，在市电视台工作。通过对墓园当晚保安人员的讯问，估计掘坟时间在阴历七月十五那天凌晨三点钟之后。"

"就这么多？"

"对啊，就查到这些。到底咋了？"被二人的情绪感染，白大年紧张兮兮地问道。

"我们怀疑掘坟可能与连环杀人案有关。"戚宁解释说。

"不会吧！他跟一个死人较啥劲？"

"他是变态呗！"程巍然苦笑着说，紧接着追问道，"你刚才说有什么线索要跟我们说？"

"对，你俩这急三火四的，差点又给我整忘了。"白大年笑着说，"是这样，刚才我又仔细想了一下，马敬民还真做过一件特别出格的事。"

"那您快说说。"戚宁神经更兴奋了，催促道。

"三四个月前，马敬民的孩子得了场感冒，倒也不算太重，他就带孩子到村里卫生院看了看。后来医生给孩子开了吊瓶，赶上当天当班的护士是个孕妇，配药、处置动作便稍慢一些。马敬民便不乐意了，冲人护士一顿嚷嚷，又骂又推搡人家，随后不解气又朝护士身上踹了一脚，结果导致女护士跌倒流产。其实护士也是本村的人，要是换成别人，连埋怨一声都不太好意思。偏偏马敬民仗着自己在村里有钱有势，不如他意了便六亲不认。不过当天，他把人女护士踢伤之后，自己倒也害怕了。但对于他来说幸运的是，女护士的父亲还指着他'吃饭'——家里是养挖掘机的，还指着马敬民给他派活干。这马敬民随后便去了女护士家中，给了她爸一笔钱，还承诺给他一些工程做，当天就把事情摆平了。事情也没通过我们派出所，我也是后来从网上听说的。"白大年说。

"谁发到网上的，哪个网？"程巍然问道。

"是那女护士的男人，气不过老丈人的贪财，便把事情经过发到微博上。"白大年说，"好像还被不少春海有影响的博主转发过。不过老丈人很快做了工作，逼着女婿把微博删除了，这个事情也就基本没人再提了。我也是从微博上看到的，特意让管片民警上村里问问，结果当事人都不敢承认，说是自己不小心摔倒的。"

第九章

硕　鼠

{ 1 自缢疑云 }

戚宁和程巍然东沟镇一行，可以说是绝对的不虚此行。不仅确认了凶手挑中马敬民的因由，同时也让专案组对于凶手在阴历七月十五的作案有了调查的方向。

时间上绝对属于凶手的作案日，而且现场也遗留有作案人特殊的心理痕迹。戚宁推断掘坟案很可能与连环杀人案件是同一凶手所为，接下来要重点调查墓穴主人的死因、身份和职业。

戚宁调阅了石倩的户籍档案。石倩，女，36岁，籍贯本市，本科学历，工作单位为一家国有银行。于本年度4月20日注销户口登记。调取死亡证明戚宁看到，工作单位一栏登记的则变成一家股份制商业银行——富莱银行常阳市分行中山支行。死亡原因一栏标注的是"自缢"。这么说，石倩后来又从国有银行跳槽到了富莱银行，是属于自杀而死的。

随后，戚宁又调出开具死亡证明的相关资料，发现了一份法医检验报告：

死者面色苍白、口涎、鼻液外流，颈前部舌骨与甲状软骨之间，留有一道宽为2.5厘米淡褐色沟痕。体表手足无损伤，上肢与下肢下垂部位呈暗红色尸斑，并伴有散在点状出血。颈总动脉横向撕裂，舌骨大角外1/3和内2/3交界处骨折。心、肺、胃肠部位，淤血、水肿，浆膜下点状出血。

检验意见：死者系被宽软缢索，压迫于喉结软骨之间，导致呼吸道被阻断，从而引发窒息死亡。属于前位缢型、完全性自缢死亡。

让戚宁尤为注意的是，这份尸检报告出具的单位为省公安厅物证鉴定中心。就算常阳市是省会城市，一起自杀事件似乎也用不着省厅法医来做尸检，这里面会不会有什么隐情？

戚宁带着疑问找到程巍然，程巍然又立即向尹局做了汇报。后者表示会跟省厅方面沟通一下，看看石倩是否牵涉省厅的某个案子。

石倩母亲早年意外辞世，父亲患有严重脑血栓，意识模糊，生活无法自理，由专职保姆照料。戚宁和程巍然实在不忍打扰，只能去市电视台拜访她的丈夫隋勤思，希望从他那里得到更详尽的资料。

隋勤思在电视台娱乐频道工作，是一档明星访谈类节目的制作人。戚宁和程巍然找到他办公室的时候，年轻女助理告知他正在开会，让两人在外间沙发坐着等一会儿。

大概半小时后，会议室大门敞开。头先走出的是一个浓妆艳抹的女人，她昂首挺胸，眼神冷傲，颇有点明星架势。之后陆陆续续又走出几个人。走在最后的是一个身材瘦高，相貌周正的男人，看上去很有涵养。女助理立马朝那人迎上去，指着戚宁和程巍然在他耳边低语着。戚宁明白这个人大概就是隋勤思了，便和程巍然起身走过去，自我介绍一番。隋勤思稍微打量一下两人，冲前面的人吩咐一句，然后扬了扬手将他们让进办公室。

待戚宁提出想了解石倩的情况时，他先是有些惊讶，既而警觉地问道："倩倩去世已经有段时间了，了解她的情况干什么？"

"你妻子石倩的墓穴被人破坏了吧？"戚宁反问道。

"你们市局的连这样的小案子也管？"隋勤思显然见过些世面，追问道。

"你觉得什么人会去破坏它？"戚宁继续按照自己的思路问。

"哼，估计就是一精神病干的，正常人谁会去扒坟。"隋勤思哼着鼻子说。

"是这样的隋先生，"程巍然见隋勤思态度消极，便插话解释道，"我们怀疑破坏你妻子墓穴的人有可能与我们调查的另一起恶性案子存在关联，所以还是麻烦你尽可能地配合我们讯问。"

　　被程巍然软中带硬敲打了一句，隋思勤正了正身子，脸上勉强挤出一丝笑容，说道："你们想要知道什么请抓紧问，我们一会儿还要录影。"

　　"你爱人的墓穴被破坏，你觉得会不会是因为与人结仇的缘故？"戚宁问。

　　"这我也说不清楚，应该……没有吧！"隋勤思拖着长音，话说得有些模棱两可。

　　"她为什么会自杀？"戚宁终于把话题引到此行核心问题上。

　　"她……她……"隋勤思使劲咬了咬嘴唇，一脸痛苦的表情，"她涉嫌盗卖客户资料，畏罪自杀的。"

　　戚宁稍微停顿了一会儿，给时间让隋勤思平复下心绪，才接着问道："麻烦你把事件的来龙去脉具体说说好吗？"

　　隋勤思"嗯"了一声，轻轻点点头："倩倩原本在一家国有银行工作，有一位老领导特别器重她。大概两年前这位老领导跳槽到富莱银行常阳分行任高层，便把她挖到下辖的一家支行当行长，这样她就去了常阳市工作。好在常阳离咱们这儿也不算远，开车走高速也就三四个小时，我们俩周末还可以见面。有一次，她跟我说认识一个财务公司的老板，想把家里的钱取出来让人家帮着放贷。家里的钱一贯都归她管，我当时也没当回事，就让她自己看着办。谁知道等她出事了看了遗书我才知道，她还动员了两个闺密投钱参与了，总金额有五六十万。结果，据说那家财务公司的客户借贷还不上跑路了，由于金额巨大，窟窿实在没法堵，最后财务公司的老板也消失了。可能就是这个原因，倩倩急于筹钱安抚闺密，才一时大脑发热误入歧途，做了不法的勾当。至于盗卖客户资料的详情，我就不大清楚了，那边警方也没跟我细说。"

　　"财务公司老板跑路了，石倩也自杀了，这么说她闺密的钱也打了水漂。"程巍然问，"她们有没有找你要过钱？"

"那倒没有。她们俩家庭条件本身都不错，说是只是用了自己的私房钱，还特意打过电话安慰我。"隋勤思说着话，从桌上笔筒里拿出一支笔，又从抽屉里拿出一张空白纸，写了一串字递给程巍然，"给，这是她俩的名字和联系方式，我知道你们一定会调查的。"随即，又抬腕看看表："不好意思，我要工作了。你们大概也听过现在的明星有多难伺候，她迟到是正常的，咱要是迟到她准拍拍屁股走人。你们看是不是先聊到这儿？"

人家的理由合情合理，戚宁和程巍然也不好强留，再说也问得差不多了，便结束谈话。隋勤思从办公桌里绕出来与两人分别握手，又连说几句抱歉，然后冲助理招手，示意她送两人出去。

随助理走向电梯口，戚宁没话找话，随口问道："刚刚从会议室出来的女人是谁啊？派头很大？"

"她你都不认识？'日记门'女主角贾姗姗啊！"

"好像跟以前在网上看的照片不太一样。"

"整容了呗！"女助理扁了下嘴，讥诮地说。

{ 2 惩罚死者 }

回到队里，省厅的传真也到了，针对石倩的涉案做了说明。

年初，常阳市多名市民向警方报案，称自己网银被盗，账户里的钱被转走。经统计，受害人数达9人，总计被盗转金额约300万元人民币。

由于数额巨大，该案引起省公安厅的注意，并成立专案组集中侦破。随后，通过追踪转账和取款记录，以及网络IP地址，专案组锁定犯罪嫌疑人并将其抓获。其供述了系通过网络购买银行客户资料，然后根据资料中的身份证号码，破译了受害人的网银账户密码，从而转走账户里的钱。

专案组顺藤摸瓜，又抓获了专门售卖公民个人隐私信息和征信信息的犯罪嫌疑人。从其口中得知，其获取征信信息的渠道，系通过与银行内部员工交易所得。根据他的口供，专案组逮捕了富莱银行常阳市分行中山支行的一名员工。此时专案组尚不知道，实质上这名员工只是一个中间人，他的上线便是石倩。

在目睹了支行内的员工被警方抓捕，石倩深感罪行即将暴露，遂于当日晚间在办公室用女性打底裤袜自缢身亡。

这份传真还附上9名受害人的身份信息，以供春海市警方调查参考。

可以说现在围绕着石倩的内幕调查已基本掌握清楚。石倩利用职务之便盗取客户资料转卖，导致客户巨额财物损失，无疑是一种"偷盗"行为。也意味着石倩和先前那些被害人一样，表面风光的背后，有着不为人知的道德缺憾。

虽然掘坟现场的仪式感没有其他案件那么具体，但也是因为受限于环境和被害人已经死亡，不意味着凶手作案手法的改变，所以并不妨碍并案。也就是说，"七月十五掘坟案"可以判定为"8·22"连环杀人案中凶手所作的第四起案子。凶手在骨灰盒中留有一张百元钞票，目的是要展示石倩触犯了身恶业中的"盗业"。而将她的骨灰散尽，则意味着"魂飞魄散，永不超生"！这几乎是地狱文化中对行恶业者最严厉的惩罚了。

凶手惩罚石倩，是因为将她视为犯下盗业之人。但如今社会上利用权势地位明目张胆盗取百姓财产者比比皆是，按照凶手先前的习惯，这些活生生的人才是他应该选择的目标，而他却追到坟墓中去惩罚一个死人，分明显示出石倩的特殊性。

前面已经提到过很多次，凶手选择被害人是遵从一种固定模式，是通过富有逻辑性的迫害妄想，将自己多年积攒的愤怒投射到无关的人身上。而凶手对石倩的所作所为，显露的则更像是一种"私人恩怨"——他们之间不仅认识，而且有过利益交集。进一步分析，凶手可能就存在于石倩的周围，与之具有某种私人关系，虽然他的挫折感并不完全来自石倩，但必定有一部分成因所在。所以因个人征信信息被泄露而遭受损失的那9个受害人，还有本地那两个被她拉进来放贷的闺密，必须要全面彻底地排查。

此时，马成功和一名侦察员已经领命前往常阳市，他们将在当地警方的协助下，负责调查那9名受害人。

戚宁从支队刚回到局里，便接到林欢的微信。上面写着：你在哪儿？如果方便的话，到法医室来一趟。

"这两天忙，一直没顾得上林欢，不知道自己上一次的话她有没有听进去。看短信的口气不像是公事，难不成是想通了？"戚宁心里嘀咕着，又折回支队。

进去法医室，林欢正伏在电脑桌上，听到声响抬起头，有气无力地说："你来了。"

她比前两天又瘦了一圈，脸色也很差，整个人有些萎靡不振。看来自己的劝导没起什么作用，她还是处在纠结中。

"下班已经很长时间了，你怎么还没走，是在等我？"

林欢点点头，又摇摇头，弄得戚宁莫名其妙的。

"到底怎么了？"

"我，我害怕。"

"害怕？害怕什么？"

"我……"林欢勉强支起身子，脸色煞青，眼神中游弋着一丝不安，嗫嚅道，"我……我会不会是下一个？"

"什么下一个？"戚宁越听越糊涂。

"我会不会是'淫'的那一个？"林欢抖着声音说。

戚宁这回听明白了：十恶业中凶手已经惩罚了七个，还剩下"淫""两舍""愚痴"。林欢的憔悴并不是因为程队，而是担心自己会因为"淫"被凶手选中。

戚宁不解地问："你怎么会这么想？"

林欢躲开她的视线，垂下眼帘，声音低低地说："我勾引程队，插足他和柳纯的家庭，还不算……不算淫荡吗？"

如此直白的一番话从林欢口中说出，戚宁先是感到意外，随后又觉得可以理解。

第三者固然不道德，但有些人并不是故意破坏别人家庭。他们也许是因为涉世不深，阅历不足，不够成熟，经不起诱惑；也许是被突如其来的爱情冲昏头脑，便义无反顾地一头扎了进去。在他们的头脑里，大多信奉爱情是单纯的、自私的。可这又是个矛盾的观点，既然爱情是单纯和自私的，那就不要祈求它会长久，长久的感情一定是复杂的，它需要包容，需要责任。尤其是责任，每个人都有年华老去的时候，再美的容颜终究会随着岁月的蹉跎而失去光彩，再美的婚姻也会在时光的长河中变得平淡而索然无味，所以最终执子之手与子偕老的是责任，而不是什么单纯的爱情。当然，深处感情旋涡的人们不会有那么清醒的认识，林欢此番突然拿出勇气审视自己、正视自己的行为，恐怕是因为在连环杀手一系列变态掠杀的威慑下，求生的本能替代了欲望的结果。但是不管怎么说，林欢还不足以成为凶手选择的目标，她与程巍然之间的情感纠葛历程相对来说还比较隐秘。

当然，戚宁不可能把心里想的跟林欢说，所以只轻描淡写地安慰一句："不会的，别胡思乱想啦！"

"不，不，不，是真的，我有种感觉，好像有人在跟踪我。还有……我家里的电话，这几天经常莫名其妙地响起，电话那头总是沉默一会儿便挂了，我试着拨回去就没人接了。"

戚宁安慰似的拍拍林欢的肩膀："好吧，你收拾一下，今天我陪你回家，顺便观察一下。"

"到了，就在那儿。"林欢指着街边示意自己家到了，戚宁赶忙减慢车速，有意识地冲两边后视镜观察了一会儿，然后才停下车。

林欢家住在明泽湖南边的桂林街上，这一带的房子大都是带有一个很小院落的二层小楼，是沙俄侵略时期为方便沙俄贵族居住而建造的，带有明显的欧式风格。红色的房顶，灰白色的墙体，上面爬满了绿色的长藤，透着浓郁的沧桑感。

进得屋内，右手边是一个客厅，光线稍显幽仄，漆红色的木质地板，老式的家具，看起来都有些年头，倒是跟颇具历史的小楼相得益彰。

戚宁打量一番，说："就你一个人住？"

"我妈去世了，我跟我爸住。不过他一般住在乡下的房子，只有冬天那边冷才回来。"

"他退休了？"

"我爸以前自己做生意，赚了点钱，便在乡下老家的村子买了块地。平时种种菜，养养花，算是提前退休吧。你坐一下，我给你泡杯茶。"

"不用，别忙啦。你把那几个来电显示记给我，我找人查查。"

戚宁说着话，踱步到窗前，隔着窗户冲街上观望。正是下班的高峰时间，马路上人车密集，但大多行色匆匆，看不出有特别关注小楼这边的。街对面是几栋新盖的居民楼，楼下有便利店、饭店，门前停了几辆车。戚宁变换了几个角度观察，都未发现异常。当然，这只是肉眼观察，风平浪静不意味着没有暗流涌动。

林欢沏好茶召唤她过去沙发坐下，骚扰电话的号码已经写好放在茶几上，戚宁拿在手里边看边问："都什么时间打来的？"

"差不多都是夜里两三点钟。"

"你怎么发现有人在跟踪你的？"

"我也说不清楚，就是一种直觉。"林欢抬手将一缕头发别到耳后，苦着脸幽幽地说。

"会不会你最近心理压力太大，出现幻觉了？这一路上我留意观察了下，没发现有车辆跟着咱们。"

"我……我真说不清。"林欢使劲晃着头，瞳孔放大了好多倍，看样子确实很恐惧。

戚宁便不好意思太过质疑："好吧，我去查查看，有结果再通知你。你也别想太多，好好在家待着，锁好门窗，有情况立即给我挂电话。"戚宁说着话，向门口走去，准备告辞。

"也只能这样了。"林欢在身后，讪笑着说，"不这样还能怎样？难道还能向队里申请保护，那不是自取其辱吗？"

林欢这么说，戚宁有些不知道怎么接话，尴尬地扬了扬手，飞快地拉开门闪了出去。

房门关上的瞬间，短暂的安全感倏地消失了，恐惧重新在林欢身体里升腾，她快步走向窗边惊恐地四下张望着。

从小楼里出来，戚宁边走边看着手上的字条给方宇挂电话："帮我查几个电话号码，你记一下，什么情况你先别管，越快越好，低调点儿。

坐进车里，发动引擎，戚宁视线再次掠过林欢家的小楼。两层楼的窗户不知何时已经被厚厚的窗帘遮住，沧桑的小楼在忧郁的夕阳下好像多了几分孤寂和阴森，不知道那是不是林欢此时的心境。

恐惧源于未知，死亡是最深的恐惧。莫非，这才是凶手的本意？戚宁忽然间有种顿悟之感，凶手剥夺一条条鲜活的生命，难道是在威慑世人和警告世人——人在做，天在看。没有罪人能逃过惩罚，你逃得过现世的惩罚，也逃不过你的心魔。

本来想回家，没承想林欢会遇到这种事，戚宁便又回到心理服务中心等方宇的消息。刚进办公室坐定，还没来得及喝口水，方宇风风火火地闯进来，一把夺过她手中的水杯，一饮而尽。

"干什么了，渴成这样？"

"还不都为你。这个点想起要查电话号码，人技术处的人都下班了，好说歹说才找到人帮着查的。又紧着赶回来，渴死我了都！"方宇说着话从包里取出一张纸条递给戚宁，又跟着解释，"三个号码有一个公用磁卡电话，纸上有地址；还有两个是手机号码，都只有一次通话记录，拨打电话时距离最近的发射塔分别在向阳街和华西街附近。"

戚宁接过纸条看了看，说："行，这事办得挺靠谱。"

"废话，啥时候不靠谱了。"

戚宁笑笑："你那儿有指纹刷吗？"

"干吗？要去取指纹啊？那是公用电话，指纹早被破坏了。"

"现在人都用手机，用公用电话的不多，去碰碰运气。而且我也想观察一下周围的情况，说不定有哪个地方的摄像头会对着电话亭。"

"帮人帮到底，走吧，我车上有工具，一起去！不过你得先请我吃饭。"

"没问题，我也没吃，走吧。"

戚宁和方宇在市局附近的一个快餐厅点了两碗馄饨和几个小菜，戚宁怕他吃不饱又给要了四个包子。

方宇真是饿极了，戚宁碗里的馄饨才吃到一半，他已经风卷残云般将桌上的东西打扫干净。

"你别着急，我吃饭快，你慢慢吃。"方宇喝了口自己带的矿泉水，然后拿餐巾纸擦干净嘴，"对了，有个事儿我得给你提个醒。郭诚今天正式来专案组报到了，以后咱们工作得加点小心了，别让他找到由头做点啥坏文章。"

"郭诚？就是那个从禁毒支队增援过来的副支队长？"戚宁说。

"对，今天来报到据说姿态放得很低，说是要先熟悉一段时间案情，再参与案子办理。"方宇一脸鄙夷地说，"他这分明是要把自己先择出来，等着看咱们笑话，好借机取代程队的位置。"

"这个郭支队到底怎么你们了，感觉你们对他有很大的戒心？"戚宁不解地说。

"其实郭诚原本就是我们支队的，资历比程队还要稍老一点。实事求是地讲，办案方面也很有一套，不过人品实在不怎么样。他和程队完全是截然相反的两种个性，程队属于面冷心热，乐于帮人，郭诚是见谁都一副笑模样，最善于背地里使绊子。他这个人特别好大喜功，喜欢走上层路线，属于那种功劳全揽到自己身上，责任便推给下属的那种人。他和局里的常务副局长李光远关系比较亲密，尹局提职后，他满心以为空出的支队长的位置是他的。那会儿在支队，人前人后都摆出一副要当家做主的派头，可招人烦了。后来尹局力荐程队接班，与想保郭诚上位的李局争得不可开交，最后还是丁局从中斡旋，程队才最终坐上支队长的位置。而出于稳定的考虑，局里把郭诚安排到禁毒支队做了副队。"方宇解释道。

"噢，是这么回事，那还真得提防着，别给程队惹麻烦。"戚宁慎重说道。

吃过饭，两人找到给林欢打骚扰电话的公用电话亭。

电话亭设在中山街长虹路的一个拐角位置，斜对面便是中山公园。一下车，方宇看到电话亭的具体位置，微微一怔，随即皱起了眉头，双眸间突然流转出一丝哀伤。

戚宁不明白他为何突然凝重起来，便问道："怎么了？"

方宇扭头指了指身后不远处中山公园的一段围墙，不无伤感地道："柳纯嫂子就是在那墙边遇害的……"话未说完，他猛地一愣，略一思量，瞪大眼睛叫道，"奇怪！太诡异了！"

"诡异？什么诡异？"戚宁不解。

"你好好琢磨一下与这三个骚扰电话有关的信息。"方宇急赤白脸地说。

"三个骚扰电话信息？"戚宁随口念叨，"一个是用手机在向阳街附近拨打的，一个是用手机在华西街附近拨打的，还有现在这个公用电话……"

"程队和柳纯嫂子就住在华西小区，市土地规划局嫂子的单位就在向阳街上，嫂子遇害地点就在这电话亭附近。"方宇忍不住提醒道。

"啊！这几个地址原来都跟程队的爱人柳纯有关！怎么会这样？"戚宁张着嘴，只觉得头皮有些发麻。

方宇颤着声音说："难不成是嫂子的冤魂？"

"不会，怎么可能？要是有鬼，那也是人闹的。"戚宁冷静下来，劝方宇不要胡思乱想，在心里思量，"不管是人是鬼，看来都有必要重视一下林欢的安全问题。"

"你是在担心林法医的安全吧？"方宇竟然一语道破戚宁的心思，又煞有介事地说，"我能查到这三个电话的起源，当然就能查到它们的交集，所以我才觉得这件事有些诡异。"

既然方宇都清楚了，戚宁也省得解释，便嘱咐道："这件事暂时先不要说出去，尤其是千万不能让林欢知道。等找个机会跟程队商量一下，再看怎么解决。"

"行，听你的。"方宇说。

随后，两人在公用电话亭中采集了指纹，又在附近找了找，发现斜对面与中山公园相反的方向，有一家新开的银行网点。看起来营业厅刚装修好，但窗户边上的ATM取款机已经可以用了，且对着电话亭。两人一阵兴奋，不过这个时间人家早下班了，要拿到ATM机监控视频也得明天早上。

第十章

悟

{ 1 愚痴之业 }

9月18日，阴历七月二十八，凌晨3时许，正是夜色最浓的时间。

程巍然拖着疲惫的身子掀起警戒线走进现场。勘查员正在架设照明灯，法医林欢举着手电筒站在停放在街边的一辆轿车的右侧车头部位，手电筒光束投射在一个赤身裸体的男性尸体上。被害人双眼被挖了，跪在轿车旁，背部有一个猪头的画像。按照戚宁给出的解读，猪代表人生三毒中的"痴"，也就是说被害人被凶手选中是因为他触犯了意业中的"愚痴"，所受到的惩罚是挖眼。还有被害人头上方便是轿车的右后视镜，想必凶手用它来喻示孽镜。被脱掉的衣服同样也被凶手整齐地叠好，放在脚边。

被害人张迪，男34岁，在沙河区委宣传部工作。昨天晚上8点30分左右离开家，进行夜跑锻炼。妻子王敏和孩子将近10点先行就寝，然而王敏今天凌晨两点醒来上洗手间时，发现张迪仍未归家。打其手机显示关机，王敏深感不安，于是报警。由于先前有过夜跑者被抢劫案例，派出所不敢怠慢，立即出警，按照王敏提供的张迪惯常夜跑的线路寻找，最终在距鼎山公园北侧出入口处不远的街边，发现已经遇害的张迪。

派出所值班民警汇报了发现被害人的经过，程巍然点点头，拍拍民警的肩膀，示意辛苦了。

警戒线外，方宇手拿笔和记事本，正在给被害人妻子王敏做笔录："你丈夫经常做夜跑运动？"

"每天都跑，风雨不误。"王敏用手背抹着双眼说。

"时间也固定？"

"对，每天晚上8点半到10点之间。"

"线路呢？"

"天气不太好的时候就围着我们家住的小区跑几圈，一般都在这鼎山公园里跑。"

"他今天从家里出来前有没有什么反常表现，比如突然接个电话什么的？"

"没有，很正常。"

由于案发在凌晨，而且现场与先前的案子大同小异，程巍然觉得没必要折腾戚宁，便没通知她。

早上戚宁得知凶手又作案得手，心情沉到了谷底。其实大家心情都很沉重，感觉无论怎么追赶，总是比凶手慢半拍，想要让凶手停手似乎只能眼睁睁等着他杀够十个人。

程巍然更是一筹莫展，他甚至有些犹豫还要不要继续围绕受害人的社会关系排查下去，有种一直在做无用功的感觉。凶手选择作案目标以及动机都已经很明确了，并且大多数被害人所做的阴暗事件都被网络和其他媒体曝光过，凶手完全有可能通过媒体报道来选中他们。

但戚宁仍然坚持她先前的观点——如果从新闻报道的角度讲，符合凶手作案目标的人大有人在，凶手为什么偏偏要选中这几个人？还是那句话，一定有某种对凶手有特别意义的东西或事件能将所有被害人关联起来。

发完牢骚，收拾收拾沮丧的心情，还得继续办案。戚宁和方宇来到被害人张迪的单位——沙河区委宣传部新闻科。接待他们的是一位姓刘的科长，互相礼貌地寒暄了几句，刘科长又针对张迪的死感慨一番，才开始正式讯问。

"张迪在科里任什么职务？"方宇问。

"现在就是普通的科员，负责采编和写写新闻稿什么的。"刘科长说。

"您说'现在'是什么意思？他以前做什么？"戚宁插话问。

"以前是我们科的一把手，我是接替他当的科长。"刘科长说。

"他为什么被降职？"戚宁追问。

"因为他家里的一些事情。"刘科长微皱了皱眉，露出略微惊讶的表情，"你们还不知道？"

"具体什么事儿？"方宇问。

"张迪老家是农村的，考上大学之后留在城里工作，然后娶妻生子。老母亲还在农村住。大概两年前，那会儿他孩子还小，他把老母亲接到家里住，帮着做家务照看孩子。出事是因为那天好像是老人看错日期把过了保质期的牛奶热给孩子喝了，结果孩子得了急性肠胃炎。过分的是，在医院大厅里，在大庭广众之下，张迪对他妈是又打又骂，据说狠狠扇了几个嘴巴子，还踹了老人几脚，连老人的衣服都撕破了。旁边有围观群众报了警，张迪被带到派出所，派出所把情况通报给部里，让部里去领人。当时是我和我们部长去领的人，结果一听说事情的来龙去脉，部长简直要气炸了，回来就把张迪直接交到纪委了。后来纪委经过调查，发现他在医院打骂老母亲并不是特例，先前也时有发生，实属大逆不道。最后研究决定开除张迪的党籍，并把他从科长降为普通科员。"

刘科长叹了口气，感叹道，"其实张迪在单位一直表现不错，是个人才，新闻稿写得好，还写得一手好毛笔字，在全市比赛都得过奖。平时也不张狂，温文尔雅的。原来部里一度想提拔他当副部长，但因各种原因吧——具体不太好说，反正没提上。不过他媳妇是做服装生意的，家里不指着他这份工资过日子，提不提职他日子都过得比我们强多了，科里的人都羡慕他着呢。可谁知道他是那种人，连亲妈都打，还真是知人知面不知心！"

从区委出来，戚宁和方宇赶到银行借来ATM机监控录像，回到队里便直接去了技术处电脑室。将监控录像在电脑中播放出来，直接拖到林欢接到骚扰电话的时间，屏幕上便出现了一个身影，准确点说是一团黑影。ATM机离得太远，焦距不够，而且大晚上的光线也不好，所以视频里有关电话亭的影像极其模糊。虽然技术人员作了很多努力，到最后仍然只看到一团黑影。电话亭中的黑影，身材相貌，是男是女，是人是鬼，都无法分辨。

戚宁带着遗憾走进支队长办公室，见徐天成正在向程巍然汇报工作，她便坐在一边，跟着一起听听。

"被石倩连累血本无归的两个闺密已经调查清楚，没发现与连环杀人案件有关的牵扯和线索。马成功也从常阳市发回消息，圈定的九个调查对象，除一人外，其余的人近期没有来春海的记录。而在案发期间来过春海的那个人，也是跟几个同事一同来出差的。所以这两条线查到最后都没什么收获。"

徐天成说完，戚宁紧接着便提到张迪打骂母亲事件。老徐听完，忍不住怒骂道："这张迪当着自己孩子的面打老母亲，简直就是个畜生！"

"是啊！用咱中国老话说，孝居百行之首，张迪连千辛万苦生他养他的母亲都能打骂，还有什么资格称人？有什么资格做一个父亲？更别提他还是一个为人民服务的公务员，一个国家干部！不是'愚痴'，又是什么？"程巍然也忿忿地说道。

"这种人要么有反社会人格；要么心比天高、命比纸薄，骨子里又自卑得要命。就像张迪，在单位提职不顺，还得故作谦卑谄媚装孙子；挣的工资又跟做生意的老婆没法比，在家里也没什么地位，当着哈巴狗，老婆孩子都不敢惹，只能把自己母亲当作发泄对象，其实就是典型的畜生加窝囊废！"戚宁气鼓鼓地说。

"咳，办了这个案子，真觉得这个世界变得越来越糟了！"徐天成叹气道。

"我不这么觉得，"程巍然微微晃头，"世界还是那个世界，变的是人，是人看这个世界的角度，所以才会心浮气躁。每个行业都有坏人和好人，行业本身并不卑鄙，卑鄙的是人的欲望。同样的社会背景下，大多数人还是能恪守职业道德、正直本分，就算追逐名利也有做人的良知和底线——不明之名，不理之利，不予取。"

"希望是这样吧。"戚宁颇为无奈地笑笑说。

又闲扯了几句，老徐有事先走了，戚宁这才把拷贝在手机里的银行监控录像放给程巍然看。同时，把录像的来源和林欢被电话骚扰的情况也做了说明。程巍然惊讶得一时不知该说什么好，愣了好一阵子没反应——案子查到现在，他、柳纯还有林欢都牵涉进去，实在让他一时之间难以理出个头绪来。

须臾，程巍然脸色难看地说："骚扰林欢的电话竟然扯上柳纯，太匪夷所思了，我现在脑子里已经乱成一锅粥。你说说看，这和连环杀人案有关系吗？"

"说实话，我也说不清楚。从凶手先前的风格来看，不太像是他所为，但我们也不能掉以轻心。凶手的既定目标只剩两个，一个是犯'邪淫'的、一个是犯'两舌'的，"戚宁看了程巍然一眼，放低声音说，"理论上林欢还是有可能成为目标的。"

"嗯。"程巍然略带尴尬之色，搓着手，一副发愁的样子。

"白天在队里应该没什么问题，"戚宁理解他的难处，主动请缨道，"要不，这两天晚上我陪着她，你看行吗？"

程巍然思索了一会儿，说："行，我这边确实也不太方便大张旗鼓地派人保护她。而且按照你先前的判断，接下来两三天都是凶手的作案日，局里已经决定从今天晚上开始，将队里的人都撤出去，在一些主要路口设置关卡，排查来往车辆，希望能阻止凶手继续作案。我现在就是想派人手，也没得派！"

"不用，我自己能行。"

"记得有情况要及时上报。"

"知道。从时间上说，凶手今天的任务已经完成，所以上半夜应该不会有问题的，如果他真的想对林欢下手，那也要等到凌晨之后。"

"总之，你要小心点，不要轻举妄动。"程巍然接着叮嘱。

{ 2 猎奇新闻 }

9月18日，晚7点之后，春海市有史以来最大规模的一次道路安检在夜色中拉开帷幕。

市刑警支队联合交警支队、特警支队、综合警察支队、各区派出所等公安范围内所属单位，在全市各主要交通路口，以及出入市区口设立检查点，以整治酒驾为名义对来往车辆进行排查。重点关注暗色系国产轿车、本市或者长期居住在本市年龄三十五岁至五十岁的单人驾车男子，对于其身份证号、居住地址、电话号码、工作单位等都要予以详细登记核实，希望借此能够发现凶手的蛛丝马迹。

这是一次颇有些无奈的行动，在一个机动车超过百万辆的城市里，想要凭此找出凶手无异于大海捞针。不过，于公于私这次行动都有必要进行。作为警方，既然掌握了凶手的作案时间，便不可能干坐着等着老百姓遇害。不管怎样，即使希望再渺茫也得试一下，反正必须要做点什么，才能对得起身上的警服，对得起纳税人，更重要的是对得起警察的良心。

在队里进行大范围道路排查的同时，戚宁陪林欢买了外卖，回到欧式小楼家中。填饱了肚子，两人边喝茶边聊天，一晃时间已是晚上9点多了。

戚宁冲楼上指指，故作轻松地说："你先去睡吧，我看会儿电视，给你站站岗。"

"还是一起吧？"林欢眼巴巴地看着戚宁，以往那种成熟高冷的架势早已荡然无存，好似极度受惊的小鸟，期期艾艾地说，"卧室里有张折叠沙发，咱……咱再聊会儿。"

戚宁心里明白林欢这是害怕，不想一个人睡，便莞尔笑笑，点点头。

两人上楼，进了卧室。林欢将折叠沙发展开，铺好床铺，戚宁便和衣躺了上去。东奔西跑了一天，戚宁其实累极了，身子一挨到软软的沙发床，脑袋便开始犯迷糊。林欢说了什么话她根本没听清，只是本能地有一句没一句地应着。很快，便睡过去了。

不知何时，戚宁感觉到身子在晃动，似乎回到多年前那个可怕的夜晚，姐姐推醒沉睡中的她，将她塞进床下，才逃过歹徒的魔爪。戚宁被晃动得越来越厉害，耳边还有轻声的呼唤。不对，是林欢在叫她。

戚宁猛地睁开眼睛，坐起身，视线在屋里飞快扫视。眼睛还未来得及适应幽暗的光线，便听林欢在耳边一边抽噎着，一边说："我一直没太睡着，刚刚想到厨房倒杯水喝，一下床就看到窗户上有一个人影！"

"你真的看清楚了？"戚宁使劲眨眨眼睛向窗户看去，并未发现异常。

"嗯，我还听到一阵沙沙的声音，我轻轻叫了声，他晃一下就没影了。"

"会不会是刚刚起风了，把你家的长藤刮起来，从窗户上掠过？"

戚宁起身走到窗前，把窗帘拉开，打开窗户，就着月光冲两边墙壁打量。窗户外沿上看不到脚印，也没有摩擦过的痕迹，只有挂在墙壁上的青藤在夜风的吹拂下轻轻舞动着。

"你有手电筒吗？"戚宁话音未落，林欢已经将一只手电筒塞到她手里。

戚宁拿着手电筒又照了照两边墙壁，接着冲楼下的小院扫了扫，待她想要向大街上照射时，猛然间听到一阵汽车引擎急速打火的声音，紧接着便看到院门外的街边一辆银灰色轿车带着轮胎摩擦地面的声响高速冲了出去。

林欢迅速用手电冲着汽车的背影扫了一下，随即转头跑下楼，手脚麻利地打开门，蹿出小院，来到大街上。

林欢穿着睡衣紧随其后跑出来："看到车牌了吗？"

"没看清，被遮住了。"戚宁大口喘着气，掏出手机看了眼，屏幕上显示的时间是23点19分。再过40多分钟时间便到阴历七月二十九，也就是凶手的作案日，那刚刚守候在街边汽车里的人会是"8·22"连环杀人案的凶手吗？难道他在等待判罪日的到来，从而对林欢施以针对"淫业"的惩罚？

经历了刚刚追车的一幕，下半夜戚宁和林欢更睡不踏实了。林欢躺在床上身子翻来覆去的，似乎总也找不到舒服的睡姿；戚宁则时而迷瞪过去，时而又不自觉地睁开眼睛，一直处于浅睡状态。

好容易挨到早晨，两人洗漱一番，出了门，准备先吃个早点，再一同去支队。

早点摊上，戚宁很快吃完了一碗粥和一个茶蛋，林欢心事重重地细嚼慢咽着，戚宁也不好意思催她，正好有卖报纸的经过，便随便买来一份看。不过，看了几眼觉得没意思，便又扔到桌上。

终于等到林欢吃完，戚宁抢着去埋单，林欢随手拾起桌上的报纸，边走边看。上了车，戚宁发动起车子，林欢坐在副驾驶座位上，眼睛仍津津有味地盯在报纸上。

可是，当她翻过一页准备继续看下去之时，神情突然大变，面色瞬间一片惨白，用夹杂着惊讶和愤怒的语气说："怎……怎么会这样？我和巍然怎么会上报纸了？"

"你说什么？"戚宁专心开车，未注意到突然间失魂落魄的林欢，听了她的话，才顺着声音瞥了眼报纸。这一瞥不要紧，惊得她立马将车子靠边停下，把报纸从林欢手中一把拽了过来。

那是一张《春海都市报》，报纸副刊有一篇报道，大标题显眼地写着：《妻子横死 尸骨未寒 刑警队长另觅新欢》。总体来看，这是一篇兼具娱乐、八卦、猎奇，甚至还带些悬疑色彩的花边新闻。文中以程某、林某、柳某替代程巍然、林欢和柳纯的称呼，开头对柳纯被杀一案进行了回顾，随后笔锋一转把报道重点转到程巍然和林欢身上。内容大致是说，刑警支队长程某，在妻子柳某莫名遇害不久，便迫不及待另寻新欢，与支队法医中心女法医林某迅速打得火热。二人频频约会，出入酒店等场所……文中多处以引导性用词，把程某塑造成不在乎妻子遇害真相、贪图年轻女色、薄情寡义的伪君子。同时又以程某和林某关系发展迅速为证，揣测程某有可能早在妻子在世时已然出轨。由此延伸，又隐晦地指出，不排除柳某的遇害是她"身边人"所为。最后又以煽动性的文字，质问程某是否配当刑侦队伍中的领导者……

　　整篇报道不仅有文字，还配以多张所谓的"独家爆料照片"。照片上所记录的正是程巍然和林欢出双入对进出酒店的场景。其中，有一张是程巍然搂着林欢的肩膀站在街边，看上去两人颇为亲昵。

　　"你先去队里吧，我想下车走走。"林欢使劲忍着眼眶里打转的泪水，强作镇定说。

　　"事情都出了，早晚都得面对，还是一起回去吧？"戚宁劝慰说。

　　"没事，我不会做傻事的，我想一个人静静。"林欢勉强挤出一丝苦笑，随即不由分说推开车门，下了车。

　　戚宁无奈地发动起车子，缓缓地行驶着，不时回头张望几眼走在街边神色落寞的林欢——她实在有些放心不下。直到车子驶出去很远了，才加大油门向刑警支队方向驶去。

　　程巍然看完报纸上整篇报道后，比想象中要镇定得多。他用手指点点报道中的配图照片，说道："我爱人出事后的半年时间里，我几乎把全部精力都投入在追查凶手上，也没时间整理和林欢之间的关系。后来林欢约过我一次，说想和我谈谈，时间是今年3月份，也是自我爱人出事后我们唯一一次的除工作以外的单独会面。林欢喜欢全季酒店一楼大堂吧的咖啡和环境，所以那次会面她安排在那儿。开房纯属无稽之谈。当然，我答应和她见面，是想劝她不要把时间再浪费在我身上，我不值得她这么付出。可是我看到她痛苦而又期待的眼神，我心又软了，话到嘴边却没说不出口。至于这张看似我搂着她的照片，其实是后来她又把自己灌醉了，我也喝了点酒，没法开车，便扶着她拦出租车。情况就是这样，这几张照片应该就是那天被人偷拍的，只不过让报纸这么一登，看起来像我们经常在一起似的。"

　　程巍然几句话把照片的真实背景简明扼要解释清楚，看他一副坦坦荡荡的模样，戚宁认为他说的是真话。那问题就来了，照片是谁偷拍的？

戚宁不禁神色一凛，心里暗暗思忖：如果这几张照片是报社记者3月份所拍，肯定不会留到现在才见报。显而易见，他们是最近才拿到照片的。偷拍者为什么要在这个时间点将照片曝光出来？联想到近段时间出的几档子事——林欢凌晨被电话骚扰，不明车辆于深夜在她住所门前逗留，乃至眼下林欢和程巍然早前见面的照片被报纸刊登，似乎有人处心积虑要把程巍然、林欢、柳纯他们三人纠缠在一起。这人到底是出于什么目的？是想彻底地把水搅浑，令"8·22专案"的调查更加混沌，是出于个人的利益争夺，想借此把程队的名声搞臭，还是说根本就又是一起独立的案件？

以程巍然多年办案的经验当然能看出戚宁的心思，便又用手指点了下报纸："文章署名是一个叫吴良志的记者。走，去报社，问问他照片怎么来的。"

说着话，程巍然从大班桌里绕出来。但没走多远，定了定身子，想了下，又返回座位上。他从抽屉里拿出一个崭新的档案袋，然后又从打印机送纸盒中抽出几张打印纸塞进袋中，细细地把封口系好，才又起身从大班桌里走了出来。

{ 3
关键证据 }

吴良志大早晨上班第一件事，便是给发行部门打电话。得到的答复是，今日报纸销售量创近阶段新高。放下电话他又赶紧打开电脑，看到自己亲自撰写的报道已被多家门户网站转载，便长长地舒了一口气，脸上露出如释重负的笑容。

吴良志供职的春海都市报社隶属于春海报业集团旗下，创刊于2005年，内容以娱乐性、趣味性、休闲性、服务性为主。相比较集团旗下另两份报纸——《春海日报》和吴良志原先供职的《春海晚报》来说，无论从权威、人气，还是发行量上都相差甚远，而且连年亏损，已经成为集团的一块包袱。

尽管都市报的地位犹如一块鸡肋，但也有它的优越性——较之日报和晚报的严谨客观，它的自由度更大，灵活性更强，对新闻的追求也以轰动和效益为准，不必太过苛求真实性。

都市报的领导班子由报业集团指派，或者准确点说是一种带有边缘化和惩戒性的下放。而吴良志偏不信这个邪，他是铆足了劲要"东山再起"。所以，闻到连环杀人案的风声后，他大张旗鼓组织人力进行跟踪报道，还在领导面前信誓旦旦保证能够发到独家新闻。可没想到，警方对该案件信息封锁得极为严密，连在警队的熟人也不肯透露半点消息。别说独家了，可发的新闻还没有别家报纸精彩。真是偷鸡不成蚀把米，本想把连环杀人案的报道作为跳板，结果现在不但没露到脸，反而还被竞争对手耻笑。

正当他骑虎难下、郁闷至极之时，一封指名"都市报新闻编辑部领导"接收的快件，摆到了他的办公桌上。打开快递纸袋之后，从里面倒出几张照片，瞬间便令他欣喜若狂。连环杀人案发展至今，他也几乎从头跟踪报道到现在，他当然认识照片上的人是谁。

杀人案件连续出现，无辜市民接连死亡，面对穷凶极恶、疯狂作案的歹徒，警方一直束手无策，案件侦破几无进展，办案能力颇被老百姓诟病。在这样的背景下，刑警支队长却忙于跟下属谈情说爱，约会开房，并且还是在妻子遇害，尸骨未寒之时，这是多么有噱头的新闻话题啊！而且可以由表入里深度挖掘，做成一个系列报道。前些日子，娱乐圈那谁和那谁离婚的新闻，整个华语地区的报纸报道了差不多小半年。程巍然和林欢的绯闻，虽没有他们劲爆，但就本市人群来说，关注度不一定比那个低。以吴良志多年媒体人的经验来看，此文一出必然会引起一片震动。当然，这么"珍贵"的素材怎么可能一次用完，想好了要做系列报道的，所以第一篇报道他也只是放上一部分照片而已。

他能想象得到，他的这一系列报道很可能会迅速成为本地老百姓的热议话题。有些人会抱着看热闹、窥人隐私的八卦心态关注事态发展——当事人有什么反应，他们有什么表态，他们现在是什么样的关系，最终他们会继续发展下去吗？而另一种可能是，公众会对新闻的真实性产生怀疑，或者对当事人的行为进行谩骂，进而就会想要了解更多细节，勾起他们探寻事实真相的兴趣。总之，老百姓无论何种反应，都会大大刺激报纸销量。

而吴良志最愿意看到的情形，就是几个当事人联合起来起诉报社。

报社有专业的法律顾问团队，打起官司来输赢还不好说。再说即使输了也无所谓，众所周知，打这种诽谤或者侵犯他人隐私权的官司，不但审理时间长，而且赔付额度非常小。相比较报纸在审理期间获得的关注度、新闻素材，以及销量，那点赔款几乎是九牛一毛。说到底，报纸和吴良志在这一过程中都得到了他们想要的东西。报纸收获了关注度和销量，而吴良志也会借此摆脱不利局面，重新走入仕途的上升通道。

此时，吴良志不是一般的愉快，他品着茶，哼着小曲，脑袋里构思着下一步的报道走向，直到被程巍然和戚宁闯进屋子打断兴致。

吴良志本有些不快，但定睛看了看，认出了程巍然。至于戚宁，他上下打量一番，觉得也眼熟。

"噢，对了，在跟踪报道案件现场时见过，还有，那些照片中也有她。"吴良志心里有了底，便迅速调整脸上的表情，装腔作势道："原来是程支队长大驾光临啊，有失远迎，还请见谅。"

程巍然笑笑没言语。身边的戚宁则不屑跟他客套，将手中的一份都市报放到桌上，不咸不淡地问道："照片哪儿来的？"

"照片是在公共场合照的，不违法吧。"眼见来者不善，吴良志避重就轻说道。

"照片到底哪儿来的？"戚宁压着火，稍微提高了音量。

"报道新闻是媒体的自由，没必要向你们交代吧？"吴良志一副皮笑肉不笑的表情，继续和稀泥道。

"吴先生，我看你大概误会了，我们来不是针对你的新闻报道，就是想知道照片是谁给你的？"戚宁不卑不亢地进一步解释说。

"快递来的，快递单让我扔了。不过给你们也没意义，上面的人名和电话都是假的，我试着打过。"吴良志倒还真不害怕他们是来找碴儿的，那样他的系列报道就更有的编了。但戚宁这么客气地一说，他也不好再闪烁其词了，所以这几句话说的都是实话。

"时间？哪家物流公司派送的？"戚宁跟着问。

"三天前，我瞅了眼快递单，是顺通。"吴良志干脆地说。

戚宁"嗯"了一声，扭头与程巍然对了下眼，心里暗念着吴良志怎么会突然转变了姿态，莫非他在"丢芝麻保西瓜"？戚宁盯了吴良志一眼，试探着问："那麻烦你把照片原件交出来，我们带回去做一些取证鉴定。"

"噢，那个，我忘记放哪儿了。"吴良志装模作样翻翻办公桌上的文件夹和抽屉，磨磨蹭蹭好一阵子，故作遗憾地说，"抱歉，最近忙得晕头转向，我记得把照片随手放哪儿了，怎么就找不到了呢？"

吴良志鬼鬼祟祟的表现，更让戚宁觉得不对劲，正想追问，便听程巍然说道："你出去等着吧。"

戚宁半张着嘴，有些诧异，但见程巍然眼色不容置疑，便只能从命。

目送戚宁走出办公室，带上门，程巍然从旁边拽过一把椅子，坦然坐到吴良志对面。撇着嘴巴，眼角里带着笑意，说："咱们都是场面人，都在春海的地界上发展，以后保不齐谁用得上谁，今天咱们就算交个朋友，做笔交易怎么样？"

"说说看，怎么个交易法？"吴良志眼睛里面闪过一丝亮光，向前凑了凑身子，问。

"当着真人我也不必遮着掩着了，我知道你手里还有别的照片，帮帮忙，把照片全给我吧？说实话，你登的那几张照片把兄弟害惨了，要是再来儿张恐怕我这饭碗就砸了。"程巍然顿了下，冲着吴良志撇嘴笑笑，把一直拿在手中的档案袋扔到桌上，"你要的不就是案子的内部消息和独家报道吗？这里面东西保证比你写的花边新闻精彩多了！"

吴良志其实早瞅见程巍然手上的档案袋了，只是没想到他会这么直接。犹豫了一下，便伸手要去拿起档案袋。不想，程巍然一只大手突然压到档案袋上。

程巍然眼睛饶有意味地盯着吴良志："照片呢？"

吴良志收回手，把身子靠在椅子背上，也用玩味的眼神盯了程巍然一会儿，随即垂眸思索起来。

"不仅袋子里东西，但凡可以公开的消息，我保证你们是第一家知道的媒体。咱们来日方长，帮兄弟过了眼下这个坎儿，日后老哥用得上兄弟的时候，必会鼎力相助。"吴良志显然正在心里盘算利益轻重，程巍然便适时加码，以引诱他放下戒心。

"兄弟见外了，这不算个事。"迟疑了好一阵子，吴良志长吐一口气，装作大度地说。看似已经下定了决心，他拉开办公桌的侧柜——里面装了保险箱。他弯腰输了密码，从保险箱里拿出一个信封。随即直起身，顿了下，还是递向了程巍然。

程巍然接过信封并未打开，直接便揣到裤兜里，显得对吴良志有足够的信任，然后问道："你这有印台吗？"

"有啊，"吴良志拉开抽屉，拿出一盒印台放到桌上，"哎，你要它干吗？"

程巍然终于松开压着档案袋的手，翻了翻吴良志办公室桌上的文件夹，找到一张空白的A4纸推给他，说："来，按手印，十根指头都要，用于甄别照片上的指纹。"

看着吴良志按完十个手印，程巍然随即起身，把A4纸收好，扬了扬手："谢了，吴大记者。"

吴良志满脸笑意回应："客气了，改天我安排，咱哥俩潇潇洒洒去。"说话间，吴良志迫不及待地打开档案袋，但看到的却是几张空无一字的白纸。他一愣，明白自己被耍了，霍地从椅子上蹿起，急赤白脸地说："你……你就不怕我有备份？"

"你若真有备份就不会那么犹豫不决了！哼，连这点都看不出来，你也太小看我们当刑警的了！"程巍然冷笑一声，轻蔑地说道。然后转身走到门边，拉开门，走出去。

身后，吴良志气急败坏，咬牙切齿地嚷嚷着："无耻！荒谬！下作！我一定不会放过你的……"

程巍然从吴良志办公室出来，在走廊楼梯口正等得心焦的戚宁赶忙迎上来。程巍然未言语，只是把手中的信封和A4纸递给她，便向楼下走去。戚宁一边跟着下楼，一边打开信封，顿时整个人便僵住了，后背一阵发紧。果然，吴志良还有后续照片。关键是照片中不仅记录了林欢衣着性感在酒吧中醉酒和热舞，还有程巍然和戚宁在一起的场景。可以想象，凭着这些照片，吴良志又可以把林欢塑造成水性杨花的女人，程巍然则会落个拈花惹草、风流成性的名号。

戚宁收好照片快步下楼赶上程巍然，问道："这信封里的照片对吴良志来说是绝好的报道素材，他怎么会甘心拱手送给你？"

程巍然顿了下脚步，冷冷地说："对付恶人，要用恶人的办法！"

回过头来再说吴良志。程巍然等人走后，他窝在大班椅里，好一会儿没动弹。桌上的电话响过几次，他也不愿去接。直到兜里的手机响了，他懒懒地掏出手机，扫了眼来电显示，身子才肯离开椅背。

他快速从抽屉里拿出一个镜子，照了照自己。发现镜子里的他，面色疲惫、神情沮丧，尤其是脑门上那仅有的几根头发，被汗渍粘在头皮上，看起来很是狼狈。他活动活动脸颊，把几根毛理顺到一边，就像电话那头的人能看到似的。

他接起电话，语气怏怏地说："喂，姗姗啊？"

"是我，你在哪儿啊？"

"在办公室。"

"那我打你办公室电话怎么没人接？"

"我……我刚回来。"

"怎么了？听你的声音有些不对，身体不舒服吗？"

"没什么，可能是最近工作太多，有些上火。"

"要注意休息，别太操劳了！"

一直沉浸在沮丧情绪之中的吴良志，冷不丁被贾姗姗这么关心一下，鼻子一酸，眼泪差点掉下来。

其实贾姗姗就是那么顺嘴一说，没有特别在意他的意思，紧跟着便将话题转到此番通话的目的上："我明天要回北京了，谢谢你这几天帮我联系宣传，公司很满意，给你添麻烦了。"

"哪儿的话，跟我客气什么。晚上我们聚聚吧？"吴良志好像感觉到某种希望，声音也变得愉悦了些。

"聚聚"的意思，贾姗姗当然明白，以前吴良志每次约她的时候也总这么说，但现在听到这两个字，她有说不出的恶心。她尽量克制着自己，语气软软地说："下次吧，回来这几天一直赶通告，太累了，晚上想好好休息休息。"

"就吃个饭，没别的意思。"吴良志不死心，想迂回着把人骗出来再说。

"本来是应该我请你的，可这次太累了，不好意思。有机会你到北京，我好好请请你，再帮你介绍几个漂亮妹子。好了，不说了，我有电话进来了……"

"喂，喂，你等等……"吴良志连着喊了几句，电话里只剩下一长串的嘟嘟声。

被贾姗姗强行挂了电话，吴良志怒火中烧，将手机狠狠摔到桌上，深深喘了几口粗气，眼睛里怨恨的光芒四溅……

几天之前，吴良志怀着鸳梦重温的期待到机场接机，可贾姗姗出来的阵势一下子打消了他的幻想不说，还让他深感自惭形秽。

经纪人、助理、化妆师、服装师等人如众星捧月一般簇拥着贾姗姗，好在她还算给面子，拒绝了经纪公司准备的豪车，坐进吴良志的车里。

车子里溢满诱人的香气，气氛却略显沉闷。分离的生疏感，地位的调换，让两人一时之间都觉得有些不适应。除了一些问问近况的客套，便再无多余的话。

吴良志不时透过后视镜打量着坐在后面的贾姗姗，心下感叹人生境遇变化之快。其实也就仅仅半年的工夫，贾姗姗的气质真的是今非昔比了。身上带着一股说不出的气场，整个人犹如被璀璨的光环照耀，容貌和精气神都处在极佳的状态，焕发出的魅力自然让人产生遐想。

吴良志感觉欲望的火苗在攒动，烧得他无法用理智的方式去思考。终于，当车子快要行到酒店时，他鼓足勇气试探着说："晚上'聚聚'？"

"不了，和爸爸妈妈约好，晚上回家吃饭。"贾姗姗一口回绝。

其实那个时候遭到拒绝，他心里没有太多的不舒服。他知道这个圈子是一个竞逐名利的战场，而他和贾姗姗先前也不过是利用和被利用的关系。你已经没有利用的价值，人家也不欠着你的情，所以说被拒绝不算意外，他可以坦然面对。

而现在，也许是短时间内连续经历了被戏弄、被嘲讽、被拒绝，一种从来没有过的屈辱感和挫败感聚集在吴良志的心口，堵得他连呼吸都觉得困难。逐渐，愤怒的情绪、报复的欲望开始从身体里涌动出来，越来越难以抑制。他闭上眼睛，试图让自己平息一下心绪。末了，他睁开眼睛，露出欣喜的神情，好像找到了宣泄的出口。

他火急火燎地打开办公桌侧柜里的保险箱，由深处找到一个纸袋。打开来，倒出一个黑色U盘。

U盘是贾姗姗的，里面记录了她的情欲日记，以及偷拍的性爱照片。当年贾姗姗将之交给他作为炒作的素材，事后也向他要过，他谎称为了她的前途已经销毁了，贾姗姗还感动得在床上好一顿卖力气。

事实上，他确实想过要废掉U盘，但临了他又有些舍不得。因为那里面还有很多劲爆的信息没有曝光。当然他也明白有些人惹不得，也许那些东西可能永远也没法曝光，可他就是舍不得，最后还是决定偷偷将U盘保存下来。

此时，吴良志将U盘举在眼前，脸上露出诡异的笑容。慢慢地，他将U盘握于手中，握得越来越紧……

"臭婊子！插上几根鸡毛就把自己当成凤凰？老子今天上定你了！"

从报社回到队里，戚宁拿着装有照片的信封和留有吴良志指纹的A4纸去了鉴定科。果不其然，跟预料的一样，在信封和照片上提取到的多枚指纹，是属于程巍然、戚宁以及吴良志三人的，未发现第四个人的指纹。

至于物流公司方面，收件员称每天要应付数十个客户，根本记不清戚宁所说的快件的邮寄者是什么样的人。这也可以理解，而且戚宁也相信，那封快件的邮寄人根本不会让收件员看清他的模样。总之，关于照片的线索都断了。

这边程巍然刚走进办公室，内勤刘姐便追上门，急着说："你去哪儿了？尹局找你很多次，打你电话，一直不接。"

程巍然摸摸口袋，指指办公桌："哎，落在桌上了。他说什么事了吗？"

"没说，不过口气有些不大对，你赶快过去吧。"刘姐催促着说。

尹正山手拿一份报纸在办公室里来回踱步，见程巍然进来，将报纸摔到桌上："看看你干的好事儿！"说完气鼓鼓地返身坐进办公桌里面。

程巍然反应过来尹局在恼什么，挤出些笑容，装作满不在乎地说："这八卦报纸乱写的东西您也信？"

"我信不信有什么用，关键是上级领导和老百姓信不信。"尹局没好气地说，"好了，不废话了，局里已经决定让你撤出案子。你抓紧时间把工作和郭诚交接一下，他暂时接替你的位置。至于你的安排，等研究好了再通知你。"

"尹局，您这是把我撤了？"程巍然难以接受，瞪着眼睛大声问，"有点过分了吧？"

"撤你？我想吗？死了八条人命，你连屁都没摸着一个，还整出一堆乱七八糟的花花事，你让我怎么保你？"尹局也不客气，针锋相对地说。

被尹局戳到痛处，程巍然有点恼羞成怒，把证件和配枪"啪"的一下拍到桌上："你们不就是想找个替罪羊吗？老子还不干了，不伺候了！"

程巍然说完，转身便走。手刚要碰到门把手，便听尹局在背后一声大吼："你给我站住！我培养你这么多年，处处迁就你、维护你，到头来你就给我这样不负责任的回报？遇到点不顺心就撂挑子，你还是个刑警吗？你对得起我吗？对得起这些年捧着你的兄弟吗？"

被尹局一激，程巍然愣住了，一时之间不知该如何进退。

尹局捂着胸口，大口大口喘着气，看来是气得够呛。他放低声音说："过来。"见程巍然还犹豫着，便又加重语气，"过来！"

程巍然也怕把老爷子气出个好歹来，磨蹭着慢慢走回来。

"收回去。"尹局扬扬下巴，示意他收起桌上的证件和配枪，"快点收回去！"

程巍然迟疑着收起证件和配枪，尹局才缓和口气，语重心长地说："说实话，这件绯闻不管是真是假，影响都很坏。尤其这时候，市里领导和全市百姓有千万双眼睛盯着咱们，局里的压力很大，如果不做任何处理的话，有些说不过去。对了，还有小戚，郭诚已经明确表态不希望她继续参与'8·22专案'。我也知道你的个性，让你就此罢手肯定不会甘心，这样吧，如果你觉得小戚的办案思路有一定价值，那你们俩可以联手试着继续调查下去。"尹局顿了顿，叮嘱道，"但是有两点必须要记住：一、保持低调，别招惹郭诚；二、发现线索要及时上报，毕竟大家都是为了解决案子。"

"放心，我一定按您说的办。"程巍然重重地点了点头。

第十一章

流星

{ 1 娱乐频道 }

9月19日，阴历七月二十九，22点05分。

此时，程巍然和戚宁在林欢家对面已经监视了几个小时。

昨夜在林欢家门前逗留的车辆，只知道是银灰色的，没有更多的信息，很难揣测驾驶者的目的是什么。戚宁但愿自己没打草惊蛇，也许今夜那辆车还会再来。

程巍然从兜里掏出一根烟，刚欲点上，想起监控的时候不能抽烟，便又揣了回去。有些烦躁地冲戚宁问道："你觉得大范围的道路安检有没有作用？"

戚宁摇摇头，答得很干脆："没用！咱们在明，凶手在暗，以他的智商逃避检查很容易。"可能觉得话说得太武断了，又紧跟着说，"当然，也不能说百分之百没用，没有完美的犯罪，凶手大意了也说不定。"

"哎，起码到现在他的犯罪都是完美的。"程巍然心有不甘地发出一声感叹，"这凶手恐怕只能用'神奇'二字来形容了。作了那么多起案子，除了他故意要展示的，竟未留下任何破绽。好像对每一个作案区域都特别熟悉，甚至连监控设置都一清二楚，而且他想杀谁，想什么时间杀，都能实现目标。还有那些被害人也好像特意配合他似的，总会如期出现，简直是如有神助！"

"也许因为他心思足够细腻，行动足够缜密；也许那根本就是那些人的宿命；也许正如你说的，有老天爷在帮他！"戚宁带着惆怅说，"如果可以，真希望将来抓到他之后，有机会和他好好聊聊。"

"你这又是宿命，又是老天爷的，可不像一个心理学专业人员的口气，感觉你被他折服了。"程巍然打趣道。

"嘿，怎么可能，"戚宁笑笑，"我只是觉得他是个绝好的心理研究对象罢了。"

"我记着了，真抓住凶手，我一定给你创造那样的机会。"程巍然又叹了口气，"在这件案子上，我们好像陷入了某种瓶颈，总是等着凶手作案，然后再去寻找他的破绽，这样是不是太被动了？我们能不能利用你们心理学中所谓的'前摄'，制定某种策略，来引出凶手？"

"恐怕没多大用处。"戚宁咬了咬嘴唇，表情略显痛楚地说，"说实话，关于前摄我也考虑过。但这起连环案件实在太特殊了，犯罪侧写在其中的作用，更多是体现在对凶手的解读方面，很难在制定抓捕策略方面起到更大作用。首先，凶手作案的时间和选择的目标都是一开始便制定好了，以他偏执的人格一定会坚定不移地执行自己的计划，不会轻易因为干扰而发生改变。其次，我们虽然洞悉了凶手选择目标的范围，也指出犯罪嫌疑人的范围，但通过一系列调查我想你也能发现，符合这两个范围的人群，在现今社会中要远比我们想象的多得多。所以，这件案子没有捷径，即使洞悉凶手的作案时间、作案动机，以及要侵害的对象，我们也仍然无法占得先机。只能继续深入研究被害人，以及在他们周围排查符合犯罪侧写的嫌疑人。当然，我们也可以等待他犯错。我刚刚说了，没有完美的犯罪，他一定也会露出破绽的。"

戚宁语毕，程巍然略显失望，扭头望向车窗外，陷入一阵沉默。

戚宁也跟着安静了一会儿，觉得有些无聊，便掏出手机，刷起微博来。随即，她便在一条娱乐新闻中看到了一张熟悉的面孔——新闻的主角不是别人，正是凭借"日记门"走红的贾姗姗。那新闻还附带着一段视频，戚宁便把视频点开，想看看这种人走红之后会是一个什么样的状态。

是一个访谈节目。女主持人很年轻，样子嗲嗲的。贾姗姗穿着性感暴露，一条暗红色的抹胸裙紧贴着身体，酥胸半现，屁股鼓鼓的。虽说身处北方，但两人都操着蹩脚的港台腔，一问一答，听得很让人别扭。真应了那句玩笑话：娱乐圈甭管东北的还是西北的，一开口全台北的。

…………

主持人："你有想过自己会红吗？"

贾姗姗："完全没想过，我是很随便的个性，不会特别刻意追求出名这回事。"

主持人："有好多报纸爆料说您整容了，对此您有什么解释？"

贾姗姗："没有啦，我五官一向如此，只是大家以前没注意而已。我可以负责任地对观众朋友们说，我身上的东西都是原装的，如果大家觉得有变化，那都是化妆师和造型师的功劳。"

主持人："噢，看来您是天生丽质了，那您现在一定有很多人追吧？"

贾姗姗："还好啦，只是有一些成功人士想和我做朋友而已。不过我现在以工作为主，感情的事情要先放到一边，而且我是个比较简单的女孩，喜欢平平淡淡的感情生活。"

主持人："您觉得您能走到今天，最重要的原因是什么？"

贾姗姗："我觉得是坚持。人一定要坚持自己的梦想，然后为了梦想去努力付出，一定会有所收获的。"

主持人："现如今有很多年轻人想进入这个圈子，作为前辈你想对他们说些什么？"

贾姗姗："我觉得坚持很重要，但还要踏踏实实的，不要搞些乱七八糟的东西，那样即使有一天出了名也不会长久。"

…………

程巍然终于被手机播放视频的声音从沉思中唤醒，他扭过头本想制止戚宁，让她赶紧关了手机，以免手机屏幕反射的光亮惊了那个所谓的"跟踪者"。不过，在他眼神瞥到手机屏幕时，也觉得视频中的人好像在哪见过，便改口问道："这女的谁啊？怎么有点眼熟啊？"

　　"日记门主角贾姗姗啊！上次咱们去电视台找隋勤思的时候，不正好碰见她在录影吗？"戚宁应道。

　　"日记门？贾姗姗？"程巍然是那种平时忙得连电视都没空看一眼的人，更别提这样的八卦新闻人物了。

　　见程巍然不解，戚宁便大概讲了下贾姗姗的"光辉事迹"。

　　程巍然听完，皱着眉，厌厌地说："现如今真是，为了出名，脸都不要了。对了，把手机关了吧，执行监视任务时不能……"话说到一半，程巍然突然怔了一下，略做思考，用急切的语气继续说道，"如果你是凶手，想惩罚犯'邪淫'的，会不会选择这种女人？"

　　戚宁凝了凝神，一拍脑门："对啊！我怎么没想到呢！"

　　"给电视台打个电话，让这女的下节目和我们联系一下。"程巍然说。

　　"不，这放的是录影，她这阵子正红，工作肯定应接不暇，这会儿不知道还在不在本市。"

　　戚宁话音未落，只见一辆闪着警灯的警车，一个急刹车在林欢家门口停下。紧接着，小楼的院门开了，林欢从里面出来，迅速上了车，警车又一溜烟地急驶而去。

　　两人面面相觑，搞不清楚是什么状况，正待发动车子跟上去，程巍然的手机接到一个短信。短信是林欢发的：美苑小区40号楼302室，凶手又作案了，死者是贾姗姗。值班法医身体不适，把我临时召去验尸。

　　程巍然忙将手机递给戚宁让她自己看，跟着便发动起车子，气恼地说："又被凶手抢了先！"

电视上，贾姗姗接受访问的节目仍在继续，画面中不时穿插她在舞台上表演的片段——绚烂的舞台，镁光灯迷幻闪耀，贾姗姗劲歌热舞，媚光四射。

而现实中，镁光灯被红蓝闪烁的警灯取代，劲爆音乐换作警笛凄婉的哀唱，激情澎湃的表演还历历在目，而人生的舞台却悄然谢幕。贾姗姗，这就是你想要的吗？践踏自尊、奉献肉体、赌掉青春，奋不顾身、飞蛾扑火，只为那虚荣的一刻，岂知，地狱之门也在向你敞开。

当晚10点30分左右，美苑小区一名住户在小区里边溜达边过烟瘾。偶然抬头，发现楼上有住户家的窗户上泛着火光，他立刻警觉到失火了，于是拨打了火警电话。

由于小区附近驻扎着一支消防分队，所以仅两三分钟后消防人员便赶到。

失火的是40号楼302室，由于发现及时，火势还未及蔓延，主要集中在南卧室。火先由窗帘烧起，在屋内扩散，消防人员冲进屋子的时候，火刚刚烧至床边，床尾和朝向窗户一侧的床罩被烧着了，火苗正噌噌往上蹿。

这种火势对经验丰富的消防人员来说扑救起来难度不大，只几个回合，明火和暗火便全部被扑灭。可是此后他们发现了一个棘手的问题——在被熏得乌黑，又被水和干冰覆满的床上，躺着一个裸体女人。女人已经没了脉搏，胸口处有一个血洞。消防人员马上意识到，这是一个试图毁尸灭迹的杀人现场，立刻上报到刑警队。

程巍然和戚宁赶到现场后，刚要掀起拦在门口的警戒线，暂时接替程巍然指挥办案的郭诚不知道从哪儿冒出来，挡在两人身前。

"不好意思，程队，案子现在已经不归你管了，麻烦你马上离开，不要干扰我们办案好吧？"郭诚冷着脸，丝毫不留情面地说。

"我们就想看看里面的情形，不会耽误您太多时间。"戚宁怕程巍然忍不住气，便赶紧客气地接下话说。

郭诚斜了戚宁一眼，表情颇为不屑，并不把戚宁放在眼里，继续冲着程巍然说："小程，别难为我好吗？这是局里的决定，若是放你进来，出了问题我没法向局领导交代。"

"放他们进去看看吧，出了问题我来扛。"伴随着一阵脚步声，尹局正走着楼梯上来。

"尹局，这有点不合规矩吧？"郭诚还想坚持一下。

"哎呀，没事啊！小郭，这有啥可较真的，大家都是为了案子，局领导那边我来交代还不成吗？"尹局也不想和郭诚闹得太僵，一边打着哈哈，一边抬手掀起警戒线，顺势推了一把戚宁和程巍然。

程巍然和戚宁走进屋子，稍微打量了一下。

这是个两室两厅的房子。进门左手边是卫生间，右边是个小饭厅连着厨房，对面是大客厅，挑着南北两间卧室。屋子里有一股焦煳味，家具大都被白布蒙着，客厅中沙发和茶几的白布被掀在一旁，看上去只是为了方便临时会客，想必屋子里已好长时间没住过人了。沙发脚边放着一个女士的皮包，是一个国际大牌子，茶几上摞着几件女士衣物，虽稍有破损，但码放得很齐整。

南向卧室中，窗帘被烧尽，只剩下窗帘杆。两边墙壁黑漆漆的，一股烟熏火燎的味道直往人鼻子里钻。死者果然是贾姗姗，她裸着身子躺在床上，身上被象征性地捆了几道绳子，身子右侧有轻微的烧伤，心脏被掏出，不知去向。她脸上好像还糊着泪水，脑袋偏向身子左侧，脸色惨白，双眼瞪着衣柜上的镜子。

"还是跟先前的案子有些不一样，好像没看到凶手留下示罪的物件。"先期赶到的方宇已经屋里屋外转悠了一圈，凑过来说道。

"男抱铜柱，女卧火床，是地狱传说中针对触犯邪淫罪的特别惩罚。所以，这把'火'不是为了毁灭证据，是用来示罪的。"戚宁冲贾姗姗身上指了指，"'淫业'属于身恶业犯罪，凶手掏了她的心作为惩罚和战利品。"

"这便是凶手连环作案的第9起？"程巍然问。

"未必！"程巍然话音刚落，刚刚做完尸体初检的林欢接下话说，"被害人死亡时间大概在两小时之前，也就是晚上9点左右。脖子上的痕迹为扼痕，背部有瘀伤，两侧手臂有划痕，指甲破损，下体撕裂。试纸化验，下体残留物中发现精液成分，但被灭火的化学物质污染，恐怕无法进行DNA检验。不过你们也不用担心，被害人指甲中有肉体纤维，不出意外的话是属于凶手的。并且勘查员在客厅中采集到了多枚指纹，沙发上还发现有精斑，都可以对凶手进行指证。

扼死，说明凶手与被害人面对着面，通常是熟人行凶的方式。衣服被撕碎、手臂指甲划伤、下体受损、沙发上遗留有精斑，意味着贾姗姗死前遭到过暴力性侵。那么，还原案发经过：凶手很可能因索爱不成，愤而将贾姗姗按倒在沙发上强行性交。在强奸过程中失手或者事后企图灭口，便将她掐死了。这更像是激情杀人，与前8起精心预谋的连环杀人有着本质的不同。可是，为什么后面会出现相同的杀人仪式呢？

是模仿吗？可是既然这样，又为什么会留下指纹、精液等一大堆可追查的证据？是原本以为大火会毁灭所有证据吗？可这就又绕了回来，既然想借助火灾将证据消灭，又何必模仿连环杀手布置现场呢？

还有两个问题难以解释：第一，仪式的具体细节警方从未对外公布过，凶手从何而知？第二，如果是临时模仿，又怎能做到如此贴切？绳子难道不是事先准备好的吗？

思维绕来绕去，线索矛盾重重。戚宁一时也无法理清案情头绪，只好用求助的目光望向程巍然。

程巍然毕竟久经沙场，关键时刻能沉得住气。在心里反复推敲之后，沉稳地说道："别着急，案情确实很乱，证据也有自相矛盾的地方，那我们就先别急着下结论，把有可能的情况罗列出来，慢慢地理出头绪。"他停顿一下，眼睛扫过尸体，"单就眼前的证据看，比较直观的分析是，凶手受到贾姗姗的刺激，冲动之下强奸杀人。随后，为逃避追捕，便模仿连环杀手布置现场的方式。第二种可能，贾姗姗被杀确系'8·22专案'犯罪人所为，是他连环杀人的延续。可能是出于某些原因或者出了意外，他改变了杀人方式。只是改变得有些大。"

"行凶方式变了，还附带了强奸，而且留下可查的证据，这退化得太厉害了。"戚宁凝神想了下，"但是从心理层面来分析也能够说得通。强奸主要关乎性和控制，而对于变态者来说更追求后者——控制。凶手突然改变杀人方式，很有可能是因为这里面掺杂了某种特殊情感，也许贾姗姗和石倩一样，都是致使凶手形成变态人格的因素之一。而凶手抛去了先前的谨慎，留下一大堆证据，也许是因为他的杀人计划已经接近尾声。他已经不在乎暴露自己，而且对最后一次杀人信心十足。"

"也许还有……另一种可能。"程巍然犹豫了一下，说道，"把我刚刚说的两种可能性综合一下。连环杀手早前有预谋地将贾姗姗锁定为惩罚目标，然后在今天这个作案日的夜晚跟踪她到这里，伺机寻找作案时机。不过，没想到贾姗姗却被别人奸杀了。他目睹了整个奸杀过程，在施暴者仓皇逃窜之后，按照自己原先的计划布置了仪式现场。这样既按照既定方针完成了自己的杀人计划，又可以扰乱咱们的办案视线，一举两得。"

戚宁眯了下眼睛，眼神有些放空，然后说道："如果真是这样，也能解释为什么杀人和布置现场会呈现截然不同的两种心态——一种慌乱，一种冷静。只是连环杀手必定会从中得到愚弄警方的满足感，那接下来他的举动更加难以预测了。"

"那贾姗姗到底是谁杀的？她一个大明星大晚上的怎么会出现在这么老旧的小区？"方宇在两人身边听了一阵，突然插话进来，"对了，我们在沙发边上找到一个女士背包，里面有贾姗姗的身份证，一张五星级酒店的门卡，还有5万块钱现金。"

"5万块钱？大半夜的，贾姗姗出门背这么多钱干吗？"程巍然皱眉说道。

戚宁紧跟着问："据说目击者很及时地发现了火情，那他就没留意到周围有没有可疑的人？"

"没有。"方宇解释说，"据消防人员根据灰烬分析，点火者是将窗帘堆积到窗台上，在上面放了一捆香——就是寺庙拜神用的那种功德香，当香燃到一定距离的时候才会点着窗帘，这样他就有充分的时间逃离现场。"

"这一点同样也能证明放火是早有预谋。"程巍然看了戚宁一眼，说："激情杀人不会有此准备，杀人和布置现场绝对是两个人。"

从现场出来，已经是下半夜。林欢要连夜对被害人进行尸检，戚宁和程巍然也就没必要继续暗中保护她了，所以两人也跟着回到支队。

专案组这边，联系上了贾姗姗的经纪人，对其进行了一番细致的盘问。然后，又通过经纪人，联系到贾姗姗的家属并做了笔录。差不多忙活到早上，方宇复印了一份询问笔录，送到程巍然办公室。

笔录中显示：贾姗姗这次回来，只在家里住了一晚，其余时间都住在酒店。家属对贾姗姗这段时间的活动，还没有经纪人了解多。据经纪人说，昨晚7点左右，他在贾姗姗房间里闲聊。贾姗姗当时接了个微信，微信那头应该是要约贾姗姗出去。贾姗姗有意拒绝，便用语音回复表示次日一早要赶飞机。可不知道对方又发了什么信息，贾姗姗脸色突变，改为文字信息回复。最终，似乎很不情愿地接受了邀约。之后，贾姗姗说家里出了点事情要回去看看，犹豫了一下，又冲经纪人要了5万块钱。经纪人以为她的家人出了意外，便没好意思多问。

经纪人还说，贾姗姗这次回来一方面是为了宣传新专辑，另一方面也是因为贾姗姗的父亲患了癌症，她向公司申请回来探望父亲一段时间。所以，对于一些地方名流、赞助商等的邀约，除个别得罪不起的，其余一概由经纪人挡驾。另外，这次与贾姗姗联系比较多的是一家本地报纸的副总编，名字叫吴良志，本地的几个宣传活动都是他帮着策划和联系的。不过，经纪人也表示，不清楚他们两人到底是什么关系。

"贾姗姗既然是被一个微信约出来的，那她手机里没有记录吗？"看完讯问笔录，戚宁冲方宇问道。

"贾姗姗手机现场未搜集到，但她的经纪人强调她是带着手机出来的。"方宇答道。

"那可能被凶手带离现场了。"程巍然从旁说道。

戚宁点点头，但脸上又露出一丝疑惑，说："如果杀死贾姗姗和布置现场的不是一个人，那么奸杀她的凶手很可能就是用微信约她出来的人，而布置现场的是我们一直在追查的连环杀手。问题是，手机是被他们中的哪一个带走的？"

"理论上手机当然是杀人凶手欲掩盖真相带走的。但就现场情形看，他杀人之后情绪极度慌乱，未做任何现场清理，甚至可能连房门都未关严实便逃离了现场，又怎么能想到要拿走手机呢？"程巍然说。

"手机是连环杀手带走的？可他为什么要替先前的凶手掩盖呢？"方宇问。

程巍然没有马上回应，想了想，目光突然收紧，道："时间，他在拖延我们找到奸杀贾姗姗凶手的时间！小戚你不是说过，连环杀手对最后一次杀人信心十足吗？今天是9月20日，阴历七月三十，也就到了连环杀手最后行凶的日子。也许此时，他已经完成了第10个杀人计划。"

戚宁心中一凛："你是说，杀死贾姗姗的凶手就是连环杀手最后一个目标？"

3
嫌疑犯人

9月20日，阴历七月三十，上午9点30分。

尸检、物证检验，以及一系列相关调查都有了结果，所有证据都指向一个人。

初一看到经纪人询问笔录中，提到贾姗姗回来这段时间与吴良志交往密切时，戚宁和程巍然都感到很意外。对八卦娱乐消息比较留意的方宇马上给出了解释，说是年初所有关于"日记门"的第一手报道，全部来自《春海都市报》，也就是说贾姗姗最初是由这家报纸炒红的，她跟吴良志的关系肯定不一般。

在调阅案发现场房屋拥有人时，专案组办案人员发现产权证书有过更迭，就是说现场的房子是个二手房，现房产证上登记的名字正是被害人贾姗姗。然而，联系到原房主，原房主回忆说，与他交易的是一个叫吴良志的男人。

从先前经纪人的讯问笔录，到调查现场房屋归属问题，吴良志的名字两次出现，不得不引起专案组的重视。专案组办案人员兵分两路，一路指向他工作的报社，一路直接杀到他位于城北"铭湖小区"的家中。

很快，报社那边传回消息，吴良志今天没上班，单位也在找他，打他电话始终无人接听。紧随着，另一路人马传回来振奋人心的消息……

刑警支队大院的警笛声犹如冲锋的号角骤然响起，法医、现场勘查员，以及以郭诚为首的核心办案人员，纷纷冲进车里，一溜烟地开走了。

透过办公室窗户默默地旁观着支队大院的变化，程巍然和戚宁好像感觉到案件完结的来临。随即，程巍然的手机也响了。默不作声地接听之后，他神情复杂，沉声冲戚宁说："他果然在拖延时间，他要给自己充足的时间杀死他自己！"

戚宁和程巍然随后不久也赶到案发现场——吴良志的家。

屋子里一派欢欣鼓舞的场面，人人脸上都洋溢着破案后的喜悦。几位局长都到场了，也都舒展开拧着多日的眉头。郭诚满面春风，冲着两人主动迎上前来，一副掩饰不住得意的口吻说道："案子破了，在咱们强大的追捕威慑力下，凶手心里扛不住，畏罪自杀了！"

程巍然勉强挤出一丝笑容："那祝贺你破了个大案子！"说完便和戚宁越过他，走到同样表情不太自然的老徐身前问道，"尸体呢？"

老徐扭头冲身后的卧室示意了一下，引着两人走进去。

卧室很大，里面有股淡淡的苦味。吴良志一丝不挂，身子蜷缩着，双手交叉抱于胸前，侧卧在一张宽大柔软的沙发床上。他双眼微闭，面色安详，如果不是嘴角边挂着一丝血痕，连着下面的床罩也被染红了，他仿佛只是睡着了一般。床旁的床头桌上，放着一瓶开了盖的红酒和一只高脚杯。

林欢看着手中的温度测量计，略做计算，说："死亡时间在凌晨两点左右，尸斑呈粉红色，身上散发杏仁味，嘴里有酒味……"她指了指床头桌的红酒，"初步分析是用红酒混合氰化物服毒死的。"

"能确定是自杀吗？"戚宁问。

"自杀与否还要综合判断，不过在死者双手、手臂、身上都没发现任何来自反抗的划痕。从这一点上看，他应该是在自愿或者无防备情况下服毒的。"林欢答道。

"他一个人住吗？"程巍然冲老徐问。

"他个人的具体情况小方正在核实。"老徐答。

"怎么和连环杀人案联系到一起的？"戚宁问。

老徐没言语，勾勾手，示意两人跟他走。

吴良志家是三室两厅的房子，书房在玄关的北侧。戚宁和程巍然随徐天成走进去的时候，几名勘查员正忙着采集证据。写字桌的抽屉全部被抽开，里面也被掏空了，紧挨着写字桌的是一个红木书架，空格中摆着规格相似装满液体的几个玻璃罐。两人定睛一看，不禁倒吸一口凉气，罐子里装的都是人体器官。

总计有8个玻璃罐，瓶面上竟然还都贴着口序纸并标着名字。显示出玻璃罐中分别装着的是：触犯口恶业的于梅（妄语）、高雅静（恶口）、孔家信（绮语）的舌头，以及触犯意恶业的杜善仁（贪欲）、马敬民（嗔恚）、张迪（愚痴）的眼球，还有触犯身恶业的王益德（杀）、贾姗姗（淫）的心脏。而石倩（盗）的骨灰则装在一个黑色方盒子中。由此，十恶业中只差了"两舌"业罪，放在善于颠倒黑白、挑拨是非的媒体人吴良志身上，再合适不过了。也即是说，吴良志既是本次系列杀人案的凶手，也是第10个被惩罚的目标。当然，他是自杀而亡的，便没法再割掉自己的舌头了。

"物证就这些？"程巍然冲老徐问。

"在杂物间里发现一捆绳子，看起来与前面案子中捆绑死者的绳子是同一种；冰箱里有一把20厘米左右长度的单刃刀，还有，在吴良志包里发现贾姗姗的手机。"

"有遗书吗？"戚宁问。

"目前还未找到。"老徐摊摊手。

戚宁皱了一下眉头，指了下写字桌上的笔记本电脑："电脑中有没有什么发现？"说完又指着书架问，"那上面有没有地狱传说类书籍？"

"刚刚粗略浏览过，电脑中没什么特别的信息，等带回去再仔细查查看。至于你说的书籍，暂时也还未搜集到。"老徐未及作答，旁边一名勘查员接过话说。

"对了，在吴良志手包里还找到一个黑色U盘，刚刚在电脑中看了一下，里面存有贾姗姗的偷情日记和艳照。"老徐跟着补充说，"估计昨天晚上吴良志用U盘威胁贾姗姗了，后者才不情愿地与之在两人原先的老巢中见面。"

"还发现别的什么了吗？有没有……"

"够了！"尹局站在门边打断戚宁的问话，"这些证据应该足以证明吴良志就是'8·22'连环杀人案的凶手了！"

"应该可以确认！"程巍然极不情愿，但也不得不承认证据。

戚宁张张嘴想说什么，但抬头看到尹局笃定的神情，又生生把话咽了回去。

一瞬间戚宁想明白一件事。此时在这栋房子里，尹局的观点恐怕除了她没有人会反对。任何反对的声音，在眼前的证据面前都显得苍白无力，说到底警察办案还是相信实实在在的证据。

而戚宁则更注重细节。犯罪侧写，是根据犯罪人在实施犯罪时的行为方式，来推断他的心理状态，从而分析出他的性格、生存环境、职业、智力和成长背景等。反过来说，一个人存在某种心理，必然会有行为的体现。而从戚宁踏进现场到现在，已经发现吴良志的一些行为并不符合具有畸变心理和偏执型人格障碍应该有的行为特征。比如：他选择死亡的方式，他死前没有留下任何只言片语，他家里并未见到地狱传说类书籍等。有了这些细节上的矛盾和缺失，从行为证据分析的角度来说，便不能完全判定吴良志就是连环杀手。起码现在下结论还为时尚早，也不够客观和严谨。

不过，戚宁心里很清楚，在周围这一片喜悦的气氛下，她的意见只会让人家觉得刺耳，引起大家的反感，反而无助于案子。干脆还是少说多做，找到一些实在的证据再说吧。只是接下来，恐怕她要一个人去战斗了！

两天之后，在经历了两个不分昼夜的奋战，所有证据全部理顺清楚。

贾姗姗脖子上的扼痕，与吴良志的手形绝对吻合；经检验，尸体指甲中的肉体纤维和沙发上残留的精液，也与吴良志的DNA吻合；在吴良志家里发现的绳索，与先前捆绑被害人的绳索类型、材质完全相同；在冰箱里找到的那把单刃刀具，与几个被害人的创伤痕迹相符，并且在刀具上还检测出残留的血迹，血迹当然也来自先前的被害人；现场总共发现8个玻璃容器，里面装的器官一一对应着本案的8个被害人；吴良志胃里含有大量的酒精，而床头桌上的酒瓶和酒杯只留有吴良志一个人的指纹，并未发现第二个人存在的痕迹。

吴良志以自杀的方式来完成对现世中十恶业的惩罚，事实清楚、铁证如山。警方已经可以完全判定：吴良志即是"8·22"连环杀人案之凶手。鉴于其已自杀身亡，有关领导建议尽快结案。

隔天早上，春海电视台早间新闻和各大报纸上出现了一篇寥寥数语的通告：自8月下旬延续到本月，在本市发生了数起杀人案，经警方确认系同一凶手所为。迫于警方强大的追捕力度和法律的威慑，凶手已于近日畏罪自杀。

至此，震惊全城掀起一阵腥风血雨的"8·22"连环杀人案，终于落下帷幕。结局之猝然，的确出乎所有人的意料。好在这一切都过去了，大家都可以松一口气了。警方终于可以摆脱压力，集中警力全力以赴做好即将到来的国际商业博览会的保卫工作。那也是关乎整个城市形象和发展的大事件，同样是绝对不容有失的。

而春海的老百姓，尤其那些道貌岸然的伪君子，终于不用在各种恐怖的传言中惶惶度日了，春海又恢复了往日的祥和、平静。

只是对于程巍然来说，没能听到凶手亲口说出杀害妻子柳纯的原因，在他心里留下了些许的遗憾。

自吴良志自杀而死之后，戚宁差不多消失了一个多礼拜，连电话也没打一个。

程巍然能理解戚宁的心情——她所做出的罪犯侧写报告，并没有在本次案件侦破中起到应有的作用，对一个极力推崇自己专业的人难免会有些失落。尤其，报告与事实对比，准确度极低。从警方对吴良志背景信息全面调查的结果看，戚宁的那份侧写报告，只说对了犯罪人的年龄、阶层、职业等几个方面，很多地方确实经不起推敲。

程巍然几次都想主动给戚宁打电话安抚一下，考虑再三还是作罢了。他知道戚宁和他一样，表面看上去挺疯的，其实同样喜欢将痛苦埋在心底，喜欢独自面对喜悲。把话挑明了，反而会增加她的尴尬。再说，年轻人受点挫折也好，反正案子现在也破了，还是让她自己静静地反思吧。更何况，程巍然自己现在的境遇，不知要比戚宁难堪多少倍。

案子在限期之前成功告破，自然少不了论功行赏。整个破案团队记集体三等功一次，表现突出人员另获嘉奖。而在破案尾声才正式进入专案组的郭诚，更是得到组织上的大力褒奖。但对程巍然和戚宁只字未提。

从目前的形势看，刑警支队领导的调整是必然的。虽然郭诚现在还是代理支队长，但扶正只是早晚的事。程巍然暂时被中止所有职务，等待组织进一步安排。尹局在私下里极为痛心地知会程巍然，让他有个心理准备，过完十一长假，局里可能会派他到省干校学习一段时间。

程巍然知道这是固定的套路，你要么去干校镀镀金，回来之后便升位提职；要么出去转悠一圈，回来任个闲职，或者被打入冷宫。

程巍然很清楚，他属于后者。他当然不会任人摆布，他做好了准备，决定正式下达之时，便是他辞职之日。他找了个大纸箱子，开始收拾自己的私人物品，准备逐步带回家去。收拾到办公桌时，桌上的一个相框让他不自觉地凝住了神。相框中镶着他与尹局、老徐、方宇等几个人的一张合影。他拿起相框，轻抹灰尘，刹那间百感交集，心里生出万般的不舍。他舍不得朝夕相处多年的老领导和搭档，更舍不得这身警装。就像一个病入膏肓的人看待世界的目光，他原本并不对这一切有多看重，但是现在它们全是美好的。

正在程巍然黯然神伤之时，戚宁终于风尘仆仆地出现了。还未等程巍然开口，她便急不可耐地打开话匣。

当日与程巍然分别后，戚宁回到家中，躺在床上，仔细回想在吴良志家看到的一切。她越发觉得吴良志作为连环杀手有些行为解释不通，进而她有了想要探究吴良志整个人生的想法，即使最后未找出破绽，那也是个很好的研究和学习机会。

接下来的几天时间里，她分别拜访了吴良志的父母，他读过书的学校，以及先后工作过的单位。

吴良志是家中独子，是父母的命根子。面对儿子自杀这个突如其来的打击，他的父母陷到几乎对生活绝望的悲痛之中。同时，也深感茫然。和所有的父母一样，他们无论如何也不相信含辛茹苦抚养成人的儿子会是一个杀人恶魔。所以，起初对戚宁的造访，他们心里都有着很深的抵触情绪。无奈之下，戚宁只得触及老人的"伤口"，问他们想不想知道儿子为什么会成为一个杀人犯。而这一问题，足够调动起两位老人的情绪，于是他们逐渐地打开心扉。

吴良志父母都在税务部门工作，父亲还是中层干部，家庭条件优越，父母感情和睦。在他们的百般呵护下，吴良志度过了一个快乐安逸的童年。

吴良志性格开朗，活泼聪慧，读书时期无论小学、初中，还是高中，他都是班里的活跃分子。与同学关系融洽，与老师沟通顺畅，虽然也经历了早恋、叛逆等青少年成长中普遍出现的问题，但他一直是个知道学习上进的孩子，成绩基本都维持在班级前五名。高中毕业后，他顺利考上外省一所还算不错的大学。

四年大学生活后，吴良志回到本市，进入春海晚报社。当时晚报社正处在优化变革时期，观念陈旧的记者、编辑被调整，诸如吴良志这样有干劲儿、有创意、有点子的年轻人便有了施展的空间。凭着聪慧努力，吴良志很快便成为一名出色的记者。接着是首席记者，娱乐新闻部副主任，社会新闻部副主任、主任，仕途一路顺畅，前程远大。在此期间，他与一名女作家结了婚，在妻子生下一个女儿之后，将母女俩送到海外生活。吴良志死后的第三天，他妻子便带着女儿从国外赶回来。据他妻子说，这么多年虽然两人分居两地，但感情相当不错，吴良志一有机会便会飞到国外看她们母女，经济上也从未亏待过她们。

可以说，在吴良志的人生中，几乎找不到能令他产生心理畸变的因素。如果非要找出所谓的挫折经历，那也只能说是他在大概一年之前的工作调动。

去年春天，由市委宣传部牵头，整合春海现有公办三家报纸，成立了春海报业集团。集团一把手由发行量最大、影响力最广的春海晚报社总编辑担任，其余领导相继顺延上位，春海晚报由此便空下了一个副总编辑的位置。在当时看来，无论资历、能力、背景，这个位置都非吴良志莫属。只是在上层领导对他进行考察阶段，他却"阴沟里翻了船"。

吴良志头脑活泛，善于交朋纳友。无论做记者时期，还是做社会新闻部的负责人期间，他都充分利用了职权上的优势和便利，与很多企业方面的老板结交成朋友，从而觅得为数不少的灰色收入。其中，他尤与当年势力最大、财富最强的杜氏餐饮集团掌门人杜善仁，来往最为亲密。

去年7月份，杜氏集团"地沟油事件"爆发初期，杜氏集团不从产品自身找问题，反而企图通过一系列软硬广告和公关措施，制造舆论、欲盖弥彰。他们在各大媒体上都做了大幅广告，并且重金收买众多"水军"为其摇鼓鸣冤。而吴良志在私下收取重金之后，便开始不遗余力，亲手炮制了数篇为杜氏集团正名的文章。还通过私人关系，拉拢兄弟媒体一起为杜氏集团助威。可因政府有关部门明察秋毫，杜氏集团最终并没有渡过危机，还是为企业漠视消费者健康的恶劣行径，付出了惨痛的代价。

就在有关方面宣布对杜氏集团予以严惩的同时，市委宣传部也在内部会议上对春海晚报误导舆论的行为提出严重批评。此后，负有主要责任的吴良志，便调整到同属报业集团旗下濒临倒闭的春海都市报社。虽然坐上副总编辑的位置，但是此副总编非彼副总编，在集团中的地位可是差得太悬殊了。

好吧，就算这是一个挫折，但很难对一个心理成长一直相当正常的人产生致命打击，从而发生心理畸变。而从吴良志在都市报社工作期间的一系列动作举措上看，他正处心积虑、不择手段地企图重回集团的核心权力阶层。从心态上说，他对前途是充满渴望，也满怀希望的。而变态连环杀手，是因为绝望产生的愤怒，进而才寻求解脱的。

戚宁最后的结论是：从证据上看，贾姗姗或许是吴良志所杀，但其余人的死跟他毫无关系，他只是连环杀手精心推出的一个替罪羊。

耐着性子听完戚宁滔滔不绝的阐述，程巍然一时不知道该如何评价。他自己心里实质上对案件调查结果还是相当认同的，但又怕言语中打击到戚宁，便犹豫了一会儿，隐晦地说："算了吧，别在这案子上再浪费无谓的精力了，好好总结一下，权当是又累积了一份经验吧。"

戚宁听出话里的意思，笑着摇头回应："你误会了，我真不是在为自己强辩。好吧，既然局里将吴良志视为连环杀手，那怎么解释他杀人的动机？恐怕也只能笼统地说他心理变态，可事实上就像我刚刚说的，没人能找到吴良志变态的根源。"

"你是不是过于理论化了？"程巍然说，"童年身世坎坷、成长经历坎坷的人有很多，他们最终也未必都会成为变态杀手，对吗？"

"对！但是从心理畸变的发展来说，有'因为'不一定有'所以'，但是有'后果'必定有'前因'。尤其偏执型人格障碍，不会因为突如其来的打击而形成，这种变态人格是在一个漫长的过程中，由诸多原因交错促成的结果。比如：幼年时期由于家长管教严格或者脾气暴躁，总是让孩子处于被指责、被否定和不被信任的环境下成长；又或者因为父母离异，导致孩子生长在单亲家庭中缺少完整的关爱；后天在与社会的接触中，又反复遭受挫折和失败的打击；心里对自我苛求度过高，但现实与期望值又相差太远；极力回避自己的缺憾，害怕被别人洞悉；等等。而吴良志则拥有几乎完美的童年、顺畅的求学经历、美满的家庭，以及令人羡慕的职业，所以说他的人生经历是不太可能形成偏执型人格障碍的。"

"你有没有想过，可能你一开始有关凶手变态人格的判断就是错的？"程巍然提示道。

"证据！行为证据！犯罪人在现场的行为越复杂，越有利于我们对他心理状态的判断。可以肯定地说，这起连环杀人案中凶手一系列错综复杂的行为，已经足够让我做出精确的判断。"戚宁显然被刚刚的问题刺痛了，加快语速道，"你们为什么不能辩证地想一想，我的侧写报告与事实出入这么大，有没有可能是因为吴良志根本就不是连环杀手呢？从心理层面分析，变态杀手借由仪式将自己的行为合理化、崇高化，它不是一种刻意的植入，也不会刻意地去寻找，它一定是一种深入骨髓的自然流露，绝不会故弄玄虚为了设置而设置。所以，真正的凶手对地狱文化一定迷恋已久，他一定有很多此类书籍，而且虽然很小心地保管着，但是每一本都已经被他翻得破旧不堪。"

戚宁喘口气，继续说："对吴良志的死亡方式，我也表示质疑。在民间流传的地狱文化中，是不允许他自杀的。如果他想以杀死自己作为案子的终结，他会选择假借他人之手或者宁愿让我们将他击毙。还有遗书问题，如果他是变态杀手，他不可能不留下任何话语。事实上，他太想诉说了，杀人本身便是他诉说的一种方式。而如果他完成一切计划，将死之时，他一定会将他的所思所想展示给世人，因为那是他的荣耀，他想让世人分享，想得到世人崇敬。还有关于吴良志死亡的姿势，一个中了毒的人，没有任何挣扎，反而赤身露体摆出一个安详的姿势，你不觉得太匪夷所思了吗？"

"你是说他的姿势是被人刻意摆成的？"

"对，那姿态像不像一个刚出世的婴儿？我想那意味着'重生'，和另外几个被害人被脱光衣物是同样的寓意。"

"那关于犯罪日记和照片的存在呢？你现在还那么笃定吗？"

"先前我在侧写报告中提到，凶手家里可能会存有大量犯罪照片和日记，主要是基于两点考虑。我认为凶手长时间跟踪观察那么多被害人，应该会用照片来区别他们和记录他们的行踪。而一些具有强迫症和偏执型人格障碍的连环杀手，他们初始的愤怒往往都是通过与身边的人诉说或者通过大量文字来舒缓，所以我想他会写下心情笔记。如果先前这只是一种推测的话，那么现在我可以笃定地说，真凶那里肯定有日记和照片。而且那些照片不仅有跟踪被害人的照片，还有布置案发现场的照片。凶手几乎将所有与案子有关的证据全部放到吴良志家中，很明显是要让吴良志做他的替罪羊，意味着他准备收手了。我在最开始说过，大多数连环杀手无法自行终止他们的杀人行为。但是也有例外。例如开膛手杰克，十二宫杀手……他们有很高的智商，可能已经感觉到危险的来临，而且先前的作案经历已经给了他们足够的成就感，以后的日子里只凭着回忆便能获得巨大的满足，而照片和日记是他们回忆最好的借助物。当然，对于凶手来说，这也许只是他的一厢情愿，未来还是充满变数的。任何人，包括凶手自己也无法预知，当更大的刺激来临之时，他会不会继续杀戮下去。"

"若如你所想，连环杀手另有其人，只有这些理论上的推测是没用的，总要有些直接的证据。"程巍然说。

"对啊！所以我找您这个支队长帮忙来了啊！"听程巍然话语里有些松动，戚宁欣喜地回应。但语落之后，看到程巍然眼中闪过一丝失落，虽瞬间即过，但被她清晰地捕捉到了。随即，她才注意到办公室里的异样。

办公室里好像比平常空阔，桌上除了办公电话别无他物，这屋子里程巍然的私人物件都不见了。再看到桌脚边的大纸箱子，戚宁诧异地问道："干吗收拾东西？"

程巍然稍显落寞地笑笑："停职了，局里可能要派我到省干校进修一段时间。"

"为什么啊？就因为那篇报道？"

"不，还有别的事……"程巍然不想在这个话题上深究下去，"算了，已经这样了，不说了。虽然我现在不是队长了，有些忙我还是可以帮的。"

程巍然不说，戚宁也能猜出几分，不想他太难堪，便接着说回案子的话题。

"这几天我梳理了一下贾姗姗和吴良志这两起案子，我个人认为案件经过大体是这样的：案发当晚，吴良志以存有偷情日记和艳照的U盘来威胁贾姗姗与他会面，妄想能够与贾姗姗鸳梦重温，但贾姗姗却只想付出五万块钱的代价彻底摆脱他。这反而更加激起吴良志的愤怒，疯狂地强奸了贾姗姗并失手将她掐死。而接下来，就像你在现场设想的那样，整个奸杀过程被当晚跟踪贾姗姗并伺机作案的连环杀手目睹了，于是在吴良志仓皇逃窜之后，其对现场进行了一番布置。这对他来说是意外收获，也令吴良志看起来更像连环杀手了。

"至于吴良志，凶手将之列为惩罚目标和替罪羊我认为是蓄谋已久的，不然大半夜的临时去哪搞氰化钾去，显然是事先有所准备的。而关键问题是，吴良志还真就乖乖地喝下了掺着毒药的红酒，显示出他与连环杀手不仅认识，而且关系应该相当紧密。这也是我今天来找你的主要目的，我想研究一下有关吴良志的物证，看能不能找到一些线索。据说他的私人物品和现场搜集的物证暂时都存放在证物室，我来之前去了那儿，管理员不让进，说得有领导批示才行。"

"这好办，证物室那边能给我几分面子，实在不行直接找尹局批示。"程巍然笑着接过话来。

{ **4**
曙光乍现 }

随程巍然来到证物室，果然非常顺畅，管理员二话没说主动将两人引至证物具体存放位置，还殷勤地送上两瓶水。

戚宁望着架子上塞得满满的证物，说："看来局里没有我想象的那样草率。"

"那是当然，上面催得再紧，郭诚胆子再大，必要的工作程序也一样不敢少。别说这么大的案子，任何案件物证不充分谁敢结案？"程巍然扬扬头，"专案组把吴良志家里能搬来的东西几乎都搬回来做鉴定了，你看看吧！"

"其实我也说不清楚要看什么，只是想来碰碰运气，也许吴良志人生的某段经历被我们漏掉了。"戚宁一脸茫然地在一堆证物之中来回审视。须臾，她将目光定格在装着被害人器官的玻璃容器上，问，"这些玻璃罐上采集到的指纹都是吴良志的吗？"

　　程巍然点了下头，然后像是突然想到了什么，说："对了，你有没有想过如果这些玻璃罐如果是栽赃的话，它们是怎么运到吴良志家中的？这可是个很大工程，而且做到不被任何人目击也是相当难的。就拿这一点来说，局里也应该没抓错人。"

　　"这个事情怪我，还是经验太浅，要是早跟你沟通就好了。"戚宁黯然地摇摇头，"很惭愧，来队里前我刚去过铭湖小区，没找到潜在目击者，物业方面说整个小区早前的监控录像已经被覆盖了。"

　　"国家规定不是三十天吗？他们这才保存一个礼拜？"程巍然诧异地说，"铭湖小区也算不错的住宅区了，开发商这么抠？"

　　"可不，不舍得多花钱，硬盘容积太小，而且还不做备份。"戚宁紧着鼻子说。

　　程巍然又想了想，说："那咱们继续以'替罪羊'的思路看待这个问题，并且假设不存在监控录像被自动覆盖的问题，想把这么多瓶瓶罐罐运到吴良志家里，做到不被监控拍到且不被任何人目击可能吗？要是被监控拍到或被住户目击，那他的栽赃岂不没有任何意义了？"

　　"我也想过这个问题。"戚宁拿出手机，调出相册，翻给程巍然看，然后解释说，"你看，这些是我在铭湖小区拍的。铭湖小区地下停车场有专门的入口，而且从停车场中通过消防通道和电梯可以直接上到住户楼层。而停车场采用的是蓝牙自动控制系统，车辆出入时系统只认卡，不记录车辆信息。要命的是，这种感应卡非常容易复制。就算停车场出入口的监控录像能够保存，那也顶多能拍到车而已。凶手若是挂着个假车牌，再躲避点停车场内为数不多的监控摄像头，是完全有可能悄无声息地完成被害人器官的转移的。"

"不错，细节研究得很透彻。"程巍然说，"不管怎样，就像你前面分析的那样，感觉凶手与吴良志是认识的。"

"这也是我正在极力追查的方向。"戚宁随手从架子上取下吴良志的笔记本电脑，用胳膊托着，按下电源开关，一脸纳闷地说，"电脑中怎么会什么线索也没有呢？会不会被删除了？"

"吴良志可能不太喜欢用电脑，技术处查过他的上网浏览痕迹，也查了他的QQ记录和E-mail信箱，甚至对硬盘进行了数据恢复，都未找到有用的信息。"程巍然说话间，眼睛无意中扫过架子最底层的一个纸箱子。箱子里面装着大大小小七八本相册，他蹲下身子，拿出一本翻了翻，问戚宁："这些相册你看过吗？"

"什么相册？"戚宁将笔记本电脑放到一边，凑了过来。

两人将纸箱子从架子上搬出来放在过道上，席地而坐，一本本翻看起来。

花了一个多小时的时间，两人交换着将几本相册都看过了一遍。程巍然将相册扔回箱子里，沮丧地说："也没啥特别的。吴良志这家伙倒是去过不少地方，估计都是公款消费。"

戚宁此时却没回应，正出神地盯着一本大相册。

"有发现？"程巍然见她特别专注的样子，便问道。

戚宁思索了一会儿，又把相册前后翻了翻，才缓缓地说："好像有些不对劲。"她把相册递给程巍然，指着自己刚刚看的那页，"这页里少了好几张相片。"

"相册没插满有什么大惊小怪的？"程巍然说。

戚宁凑到程巍然身边，来回翻了几下相册，说："你看，前一页、后一页相片都是满的，而且这一页也只是少了中间几张照片。"

"你的意思是说，照片有可能被连环杀手取走了？"程巍然说。

戚宁"嗯"了一声："有这种可能。"

"如果是他拿走的，只能是意图隐蔽他的身份，也即是说他和吴良志确实存在某种亲密的关系，那这种关系究竟是什么呢？"程巍然盯着相册说。

"他们也许是大学同窗或者校友。"戚宁进一步解释道，"这几本相册中照片的摆放其实是有规律的。有几本是专门保存他爱人和孩子的照片，还有几本是吴良志多年以来出差旅游的照片，而你手上这本则更多的是吴良志的成长记录，从他出生、读书到初参加工作的留影都归集在这本相册里。"戚宁指着册页中的留白："你看这几个空白处的周围，分布的都是他大学时期的照片，有他和老师还有一些同学的合照，有他刚入学军训时期的照片，有他参加校运动会时的照片，所以原本插在这里的也一定是他在大学时期的留影。"

"这样分析是挺在理的，可凶手会那么蠢吗？他干吗不把整个相册带走，给我们留下这样的破绽？"

"也许他觉得那样会更显眼，也许他大意了，他终究不是神，总会有百密一疏的时候。"

程巍然凝神想了下，道："我觉得更有可能是吴良志自己把这几张照片取下来的。你不是一直没有找到引起吴良志精神畸变的因素吗？也许那个因素就发生在他的大学时期。可能照片上的人就是他的刺激源，他不愿意再面对那些照片或者憎恨照片上的人，所以把照片取下来销毁了。"

戚宁哑然了，程巍然的分析不无道理，她不知道该如何反驳，因为吴良志大学时期的生活，她了解得并不多。

在这一次对吴良志人生经历的探寻中，有关他大学时期的生活，戚宁基本上都是从他父母口中听来的，并未实地调查过。一方面是由于吴良志就读于外省的一所传媒学院，距离本市有700多公里，路程太过遥远。另一方面，戚宁认为，一般的人到了大学时期，他的人生观和价值观已经基本确立，很少会因为某个突发事件导致他们后来形成反社会的人格。虽然近年来大学校园不乏恶性案件发生，但那其实和大学校园本身并未有太大的关系，他们罪恶的种子其实早在幼年成长的过程中便埋下了，在那个时期爆发，只能说是命运使然。基于上面两个原因，戚宁将吴良志大学这段生活经历忽略了，现在来看这是个错误，不管照片是被连环杀手取走的还是被吴良志自己取下的，肯定都跟大学那一段生活有关。那段时期究竟发生了什么呢？

戚宁盯着相册的眼神空洞起来……

看她这副模样，程巍然大抵猜到了她的心思："你想去那所学校调查？"

戚宁若有所思地点头道："对，研究总要善始善终。如果吴良志是因为在大学时期被某个重大打击颠覆了整个人生，倒确实是一个特别的案例，对我来说是个非常宝贵的研究机会。如果凶手不是吴良志，也许此行会捕捉到真凶的一些蛛丝马迹。"戚宁装出一副轻松的表情，"其实也不远，开车走高速公路也就八九个小时。"

见她心意已决，程巍然知道无法阻止，便道："好吧，我现在也是个闲人，总在局里晃，别人还觉得碍眼。帮人帮到底，我陪你走一趟，两个人轮着开车也安全些。"

"那太好了，真的太谢谢了！"戚宁一阵感激。

"和我客气啥！准备什么时候出发？"

"我这边没什么可准备的，给家里打个电话就行。你要是方便的话，咱今天晚上就走，连夜开车，明天一早便到了。"

程巍然看看表，差不多到下午5点了，说："这样吧，先出去给车加满油，再找个地方吃点儿东西，然后跟我回去换件便装，咱们就出发。"

在外边吃过饭，两人来到程巍然住处。

戚宁是第一次造访程巍然家，果然和料想的一样，非常整洁。东西被规整得利利落落，处处都擦得锃明瓦亮，根本不像是一个工作缠身独身男人的住所。但让她很意外的是，墙壁和电视柜上仍然摆着很多柳纯的照片。他不怕睹物思人吗？戚宁在心里暗念。

"你随便坐，我换件衣服，拾掇一下，咱就走。"程巍然边说边走进卧室。

"不着急，你慢慢来，去早了也没用。"戚宁随口应道，眼睛仍未离开柳纯的照片。

程巍然是个极为讲究生活品质的人，居住环境、穿衣戴帽虽不一定要豪华品牌，但一定要干干净净、舒舒服服。基本上每天不管怎么忙，也要拾掇拾掇家、洗个澡，把屋子和自己都弄得清清爽爽的。

可现在不行，把一个女孩子领回家，然后自己去洗澡，感觉怪怪的。于是程巍然只简单地洗漱一下，里里外外换了一套，又在抽屉里拿了一些现金，便准备出卧室。走到门口，他又返身从衣柜里取出两件外套，一件给自己，另一件当然是为戚宁准备的。吴良志就读过的传媒学院在邻省的省会城市，程巍然以前曾经在这个季节去过，那边这时候温差很大，白天太阳足的时候，穿件衬衫或者T恤衫就行，可早晚就得穿上外套。

程巍然拎着两件外套出来，戚宁竟还站在墙边注视着柳纯的照片。

"小纯刚出事那会儿，这些照片和她的东西全都被我收拾起来，我怕看到它们，甚至都不敢进这个家门，家里的一切都会让我想起小纯。"程巍然走到戚宁身边，对着照片温情脉脉地说，"不过现在，每每下班回来，对着照片回忆我和小纯以前的点点滴滴，是我一天当中最快乐的时光。"

"你们怎么认识的？"戚宁问。

"在公交车上认识的，说起来算是美女救英雄吧！"程巍然被戚宁的问题带到回忆中，眼神更加柔和了，"那时我刚到刑警队没多久，在公交车上抓了个扒手。那扒手是老油子，随手把钱包扔到地上，不承认是他偷的。我想请周围的人帮着做证，却没人搭理我，甚至连事主也不愿意接茬。我当时还没啥经验，一下子就蒙了，不知道该怎么办。就在我既尴尬又愤怒的时候，一个年轻漂亮的小姑娘站出来帮我解了围，她就是小纯。后来，她和我一起将扒手扭送到派出所。录完笔录出来的时候，我们互相留了电话，之后就水到渠成地谈恋爱、结婚。"

"那再以前呢？"

"什么再以前？"

"就是你们认识之前她的工作情况啊、求学啊、交友，等等？"戚宁好像突然对柳纯的生活感起兴趣来。

"问这些干什么？"程巍然不解。

"你先回答我的问题，然后我再告诉你为什么。"

程巍然侧过脸看了戚宁一眼，带着满脸疑惑答道："小纯是在外省读的大学，专业是商业管理，具体情况我也不太了解，只知道她在大学时期交了个男友，毕业之后分手了。"

"为什么分手？"

"毕业之日即是分手之时，这在大学校园里算老套的故事了吧，没什么为什么。那男的我也见过，我们结婚的时候他来了，人还不错，现在在外地工作。"

"那后来呢？"

"毕业之后，她回到本市，先是进了团市委工作，我们结婚第二年她才调到规划局的。到底怎么了？"

戚宁没立即应声，和下午在证物室一样，沉默了半晌，才缓缓地说道："我们，不，主要是我，我可能犯了个错误，忽略了一个非常重要的调查方向。"

"什么方向？"

"柳纯嫂子！"戚宁指了指墙上的照片，"树木有根才能生长，树根即是开枝散叶的起点，而本案中凶手杀人其实是始于柳纯嫂子的，她才是这件案子的'原点'。可在我的意识里，一直将她的遇害当作偶然事件来看待，所以忽略了她和凶手原本可能存在着某种交集，也就从未认真调查过她的社会关系。"

审视案件原点，由原点重新切入，这在案件侦破中并不新鲜，但是程巍然不同意戚宁最后一句话，便纠正道："不，在小纯遇害之后，我们对她的社会关系进行过仔细的排查，之所以这次忽略了，是因为以前查过。"

"我知道，我看过以前的报告。只是当初你们的排查主要针对的是可能具有作案动机的人群，而凶手与柳纯嫂子真正的交集也许不会那么直接和频繁。比如：他们只有虚拟的交集——凶手和柳纯没有实际接触过，只是从他自己的角度妄想地认为柳纯嫂子的一些言辞和行为都是针对他的，从而让他受到了伤害；或者，他们只是在某个特殊情境下偶尔地接触过一次。"

"会是李小宛吗？"程巍然想起柳纯的闺密，柳纯被杀当晚正是和她在一起聚会的。

"不，不是她，我刚刚说了，凶手和柳纯嫂子的关系不会是特别紧密那种，凶手肯定是男人，而且我也和李小宛交流过，她的情感流露都很真实。"戚宁没等程巍然说完，便否定了李小宛的嫌疑。

"与小纯有交集，与石倩有私人恩怨，与吴良志有私人关系，同时又与另外几个被害人有关联，这会是什么样的人呢？"程巍然望着柳纯的照片默念着。

"除了李小宛，柳纯还与谁经常来往或者与什么特别的人接触过吗？"戚宁问。

程巍然想了一下，满脸愧疚道："说实话，这几年我真的有些忽视柳纯了，对她的事情不太上心。你冷不丁这么问，我一时还真想不起来。"程巍然看看表说，"走吧，时候不早了，我先好好回忆一下，路上再详细谈这个问题。"

"嗯，那也行。"戚宁应道。

"等一下！"还没抬脚，程巍然好像想起什么，"对了，柳纯早几年曾经在规划局做过两年信访工作，经常与一些上访的群众以及媒体打交道，凶手会不会在这两种人群之中呢？"

"非常有可能！"戚宁肯定了程巍然的思路，问道，"在她做信访工作期间，有没有发表过让老百姓和媒体诟病的言论？有没有与上访群众起过冲突，或者与某个记者结怨？"

"应该没有，正是因为她这方面工作得出色，后来才会被提拔到更重要的岗位。对了，你等等。"程巍然说着话，将手里的外套递给戚宁，转身走进卧室旁边的书房里，一会儿工夫出来，手里多了一个旅行袋，他将袋子递到戚宁手上，"小纯平时喜欢将报纸上采访她的新闻剪下来留作纪念，我把它们都规整到这个包里了，你带着路上研究研究。"

"行。"戚宁接过旅行袋说。

晚上8点多，两人由程巍然住处出发。程巍然主动要求驾车，好让戚宁安心研究剪报。

近几年，随着房地产业的崛起，各省市区在土地规划方面的违规现象层出不穷，像什么农业耕地被强征为商品房用地、经济适用房用地被改建别墅、公共项目用地变身商业用地等不胜枚举。由于媒体一直对这方面的新闻给予热点关注，当时负责市规划局信访工作的柳纯，自然经常成为采访质询的对象。她出现在报纸上的频率便相当高，以至于剪报足足装了半个旅行袋。

戚宁坐在车子后座上仔细地看过每一份新闻剪报。给她的感觉，柳纯是个情商很高的女人。年纪轻轻的，面对媒体时冷静睿智，措辞严谨，鲜有过激言论，就算是官话在她嘴里也说得很委婉，不合时宜的发言从来没有出现过。

戚宁特别注意了新闻稿的记者署名，如果凶手是来自上访者和记者这两个群体当中的话，当然是后者的可能性更大。那么有没有既采访过柳纯，同时又与案子有牵扯的人呢？

答案是有。戚宁在众多署名中发现了一个熟悉的名字——吴良志。

吴良志当时还在春海晚报社，《春海晚报》素以报道社会新闻见长，吴良志又分管社会新闻方面，他采访过柳纯是很正常的事。但是这就意味着他和柳纯有过交集，抛去所谓的心理层面的分析不说，越来越多的表面证据都指向吴良志。难不成吴良志真的就是连环杀手？

戚宁默想了一会儿，将剪报规整回旅行袋中。在准备拉上拉链时，发现袋子侧兜里有一个粉色的U盘。他将U盘拿在手中，冲程巍然问道："这包里有个U盘你知道吗？"

程巍然显然知道U盘的存在，未回头便道："知道，那里面装的是小纯工作上的文件。"

"我能看看吗？"

"当然！"

得到程巍然的许可，戚宁从随身携带的背包里取出笔记本电脑，将U盘插上。

点开U盘，看到里面存储了一些文档和几个视频文件。戚宁一一打开审视，文档都是诸如会议报告、工作计划、财务预算等与工作有关的文件，而视频前几个也都是规划局开会时的录像，没什么特别的，只有最后播放的文件与工作无关，看起来是一个电视节目视频录像。开头是一段悠扬的音乐，随即四个红色大字在音乐声中闪出——春海人生，紧接着一男一女正襟危坐出现在画面上，男主持人笑容得体地道出开场白："各位观众晚上好，今天我们很高兴请到市规划局信访办……"没错，女嘉宾正是柳纯，而主持人让戚宁大吃一惊——没想到隋勤思竟然做过主持人，还采访过柳纯。这太让人意外了！戚宁脑海里立刻浮现出与隋勤思那次打交道的情景。

为确定石倩为连环杀手的第四个目标，戚宁与隋勤思接触过一次。虽然觉得这个人城府很深，但由于他是石倩的丈夫，又与石倩的死无关，所以戚宁从未怀疑过他是凶手。不过看了刚刚这段视频，戚宁将隋勤思的一些信息放在脑海里仔细检阅，顿有豁然开朗之感。

"你知道柳纯嫂子曾经做过一次电视访谈节目吗？"戚宁问话的语气里有一丝兴奋。

"听她提起过，她还专门从网上将视频下载下来留作纪念，但我没看过。"程巍然专心致志地开车，没太注意她的情绪，随口应道。

"你知道采访她的人是谁吗？"

"谁啊？"

"你自己看看吧。"戚宁探身到前座，将笔记本电脑屏转向程巍然。

戚宁神神秘秘的举动终于引起程巍然的注意，他放慢车速，盯着视频认真地看了几眼，一脸诧异地说："这是隋勤思吧？"

"嗯，就是他。"

见戚宁一脸掩饰不住的兴奋表情，程巍然说："你不会认为他才是真正的连环杀手吧？"

"对！有这个可能！"戚宁重重地点了两下头，"隋勤思与柳纯有交集，与石倩有交集，年龄、职业、地位、智力、待人接物的修养皆在犯罪侧写的范围之内。还有，李小宛在认知谈话中也提到，在饭店停车场与柳纯聊天时看见背后车子里是一张熟悉的面孔，那会不会是因为她曾经在电视里看过隋勤思，所以会有似曾相识的感觉？"

"原因呢？他怎么会成为变态连环杀手的呢？"

"这恐怕就要详细检视他的成长经历了。"戚宁捧着电脑坐回后座上说，"这样吧，我先上网查查他的资料。他在春海也算名人，网上应该会有他的信息。"

"高速公路上能上网吗？"程巍然问。

"能，我用的是4G网卡，只要能收到手机信号就好用。"戚宁边说，边进入市电视台的官网。

戚宁在市电视台官网上找到了隋勤思的简历。令戚宁兴奋的是，隋勤思的籍贯就是他们本次行程的目的城市，而且他大学就读的院校竟然与吴良志是同一所传媒大学。

戚宁更加确信自己的怀疑。隋勤思与吴良志是大学校友，那么取走吴良志相册中照片的人无疑便是隋勤思。也就是说，是隋勤思连续杀人之后毒死吴良志企图嫁祸给他，随后担心照片泄露他与吴良志的关系，遂取走相册中有两人合影的照片。

隋勤思的简历中还显示，他曾经在电视台做过多档节目，口碑都不错，但奇怪的是，简历中并没有提到《春海人生》，难道是网站的疏漏？还是有什么别的原因吗？

戚宁在网络搜索引擎中搜索这档节目的信息，在"搜索百科"中显示：该节目是一档针对春海本地各行各业的佼佼者和有特殊贡献的老百姓，以及关乎民生和城市发展的社会热点人物的访谈节目，开办于5年前，于去年停办。百科信息中还详细罗列了该节目各期的内容简介和接受访谈的嘉宾。从头看到尾，戚宁豁然发现了自己苦苦寻觅的那条关乎被害人与凶手之间的"纽带"，不禁使劲拍了一下大腿，语气笃定地对程巍然说："隋勤思就是咱们在追捕的连环杀手！除了贾姗姗，其余9个被害人都在《春海人生》这档节目中亮过相，而贾姗姗同样在他制作的新节目中做了嘉宾。也就是说，所有的被害人都在他主持或制作的节目中出现过。"

之后，戚宁又在电视台官网上逛了逛，发现电视台的主持人大都开有微博。点开隋勤思的微博主页，最后一条微博的发表日期是8月22号，也就是他杀于梅的当天，内容只有一句话，是借用诗人顾城的一句经典诗句——黑夜给了我黑色的眼睛，我却用它来寻找光明！

第十二章

找寻光明的恶魔

1
追根溯源 }

星夜兼程地颠簸了将近10个小时，戚宁和程巍然终于抵达目的地。

这是一座比春海还要往北的城市，拥有几千年的悠久历史和200余年的近代城市发展史。它的汽车工业和电影工业在国内闻名遐迩，高等学府的数量也居国内前列，是一个名副其实的大学城，吴良志就毕业于其中一所著名的传媒学院。同时这里也是隋勤思的故乡，他大学毕业之前的岁月，都是在这座城市里度过的。

柳纯的一枚U盘终于让案子曙光显现，隋勤思意外地闯入戚宁的视线里。在随后的旅途中，戚宁在网上搜索到一系列的证据，几乎已经可以确认隋勤思才是制造了一系列杀戮的真凶。但现有的只是旁证，严谨点说依然还属于戚宁的推测，最终的抓捕是需要直接证据的。

可是，直接证据恐怕很难找到了。为了嫁祸给吴良志，隋勤思几乎将所有与作案有关的证据都放到了吴良志住所。他自己手里可能还留有一些照片和心情笔记，但是应该已经妥善地藏匿好了，不会轻易让警方找到，而且目前的证据也不足以让警方获得搜查证。用一些超常规的办案手段恐怕也行不通，如果不小心打草惊蛇，说不定隋勤思便从此消失了。

想要对隋勤思实施抓捕只有两条路。一是对他实施全方位监控，等待他再次作案，现场施以抓捕。可前面已经提过，隋勤思处心积虑、费尽心思推出吴良志这只替罪羊，表明他已经决定收手了。下一次什么时候作案，还会不会作案，谁也无法估量。警方总不能这样遥遥无期地等待吧？

还是另一条路，可行性比较大，也比较主动。由于现在凶手已经明确了，那就可以制定一个完备的前摄策略，刺激隋勤思，从而诱使他再次作案，现场施以抓捕。

但是这种策略也有个难题。隋勤思成功作案11起，又能全身而退，这种成就感已经让他的内心变得足够强大。原来的自卑和失落已经荡然无存，取而代之的是一种愚弄世人的优越。此种心境，一般性的挫折和打击很难刺激到他，除非找到他直接的刺激源。所以半路上当程巍然问戚宁，既然认定隋勤思是真凶了还有没有必要继续此行时，戚宁回答得很坚决，要，而且此行的意义非常重要。只有对隋勤思的成长经历全面地了解，才能找出他最直接的刺激源，从而制定出有效的前摄策略，进而实施诱捕。

探寻隋勤思的成长之路，由他就读过的大学开始。

那所传媒学院在城市里很有名，再加上车载导航的引导，没怎么费力两人便找到目标。

看时间尚早，两人先在附近一家快餐店吃了点早餐。趁着吃饭的工夫，两人顺便讨论吴良志和隋勤思这两人的关系问题。吴良志的情况戚宁了解得相对详细些，据他父母说，他是96届新闻采编专业的学生。而隋勤思在电视台官网上的简历没那么详尽，只标明他是学电视编导专业的。这两人年龄相仿，专业相同，关系又亲密，所以程巍然和戚宁估计他们很可能是同届的校友。

刚过8点，两人便迫不及待混进学院里。由于这次寻访纯属私人性质，没有正式的公函，两人只好绕过保卫科，直接找到教务处碰碰运气。好在负责学籍档案管理的老师年纪尚轻，又见两位亮出了警官证，便放松警惕，在电脑里很快帮他们查到吴良志的学籍资料，但是没查到有叫隋勤思的学生，与吴良志同届，甚至上下两届都只有一个姓隋、叫隋天意的。两人便只好试着让年轻老师把隋天意的学籍资料调出来，一对照片正是隋勤思，想来他改过名字。随后年轻老师又帮二人查到隋勤思，噢，不，应该是隋天意当年所在班级辅导员的名字。不过该辅导员现在已经退休了，年轻老师便又非常尽责地将辅导员的家庭住址抄给两人。直到两人欲告辞时，这位老师才想起问他们此行缘由，不过被两人三言两语随便找个理由糊弄过去了。

隋天意的辅导员姓夏，住在离学校不远的一栋新落成的教师公寓楼里。拿着教务处老师给的地址，几番打听，程巍然和戚宁终于找到夏老师的住处。

看过两人的证件，夏老师将两人让进屋内，嘱咐老伴看茶倒水，招呼二人落座于客厅沙发上。

夏老师两鬓斑白，身着灰色唐装，看起来精神矍铄。听闻二人千里迢迢赶来是为了解96届自己教过的一个叫隋天意的学生的情况，夏老师未加思索，便连称记得这个学生，并引领二人到他的书房落座。

戚宁看到在一个古香古色的木书架上并排插着好多相册，老先生应该是个精细的人，教过的每一届学生可能都留有一本相册。摸索了一阵子，老先生才抽出一本蓝皮标注"九六"字样的相册，翻了几下，找出一张照片，递给两人："你们说的是这个孩子吧？"

戚宁和程巍然赶忙接过照片，便异口同声说："对，确实是隋勤思。"

"隋勤思又是哪个？"夏老师不解地问。

"哦，就是您的学生隋天意，他后来改名字了，我们叫习惯了。"戚宁说。

夏老师便眯起眼睛，摇晃着脑袋念道："'业精于勤而荒于嬉，行成于思而毁于随'，天意名字改得好，真是个求学上进的好孩子啊！"

老先生一副欣慰的表情，称呼隋勤思原来的名字又尤为亲切，显然当年对这个学生是非常欢喜。可是不知何故，老先生眼神突然黯淡下来，叹着气说道："哎，天意这孩子可惜了，如果不是时运不济，就他的能力来说，毕业之后进省台那是没有任何问题的。"

"听您的话，隋勤思在校期间一定发生了一些故事吧？"戚宁适时地插话问道，当然这也是她最关心的问题，"您能给我们详细讲讲吗？"

　　"当然可以。"老先生点点头，一脸惋惜状，"天意这孩子，当年是全市高考的文科第三名，以他的成绩去清华和北大都够了，但因家庭条件不好，便报了本市的学校，这样可以省些费用。"

　　"他的家庭有什么问题？"程巍然问。

　　"对于家庭问题他挺避讳的，我大概知道的是，他父亲很早便去世了，剩下他和母亲相依为命，母亲也没什么正式工作，靠打点零工供他上学。我倒是去家访过一次，真的是相当贫寒。十几平方米的一个小房子，还是那种平房。母亲40多岁，看着比60岁还苍老。家里的家具都旧得不成样子，像是从外面捡来的。我是去过一次就再也不敢去第二次了，我受不了那孩子尴尬自卑的眼神，看着我直想掉泪。"老先生说得触景生情，还真的潸然泪下，从兜里拿出手帕抹了抹眼睛，继续说，"我是打心底里真心关心这个孩子，倒不是可怜他，实在是他那样的学生太难得了。学习不用问，年年全系前几名。人也很规矩，特别有礼貌，从不做过格的事儿。唯一的缺点就是太内向了，不太爱和同学交流。不过他不属于让同学讨厌的那种人，有同学向他请教课业的时候，他也都能热心相助。就是……怎么说呢，有一种距离感吧，好像总绷着一根神经，特没有安全感似的。"

　　"那您知道吴良志这个学生吗？"程巍然问。

　　"小吴同学是吧？"夏老师接连点头，"我记得，我记得。他和天意关系特别好。"

　　"他和吴良志不同班，关系怎么会那么好呢？"戚宁问。

　　"因为小吴救过他的命。他们那届二年级上半学年，学校组织到湖里游泳，结果离岸边还有十几米的时候天意腿抽筋了，是小吴拼尽力气将他拖了上来。打那以后他就特别信任小吴，经常能看到两人在一起交流。小吴这孩子人也挺仁义的，知道他家困难，就挺照顾他的……"

　　"后来究竟发生了什么，让他的前程没有您想象的那么光明呢？"戚宁又问。

/255

"这孩子命运多舛。很小的时候便没了父亲，大学还没毕业，母亲也因意外去世了。"老先生目光一阵抽紧，盯着相册中隋天意的相片道，"那应该是在大四刚开学两个月左右，我发现他整天没精打采的，眼睛总红红的，上课三心二意，经常迟到早退，衣衫较以往邋遢了许多，人也变得更加沉闷。我直觉这孩子家里出了问题，找他谈了几次心，才知道他母亲去世了。他当时白天要上课，晚上还得打工维持生计。"

　　"他没有别的亲人了吗？"戚宁问。

　　"嗯。只有一个老邻居对他挺照顾的，时常让他到家里吃饭。我了解情况之后，怕他想不开，便经常找他交流，力所能及帮他解决一些生活上的困难，他的学习才慢慢地回到正轨。可是不知道为什么，自从她母亲去世之后，我总觉得他的眼神不大对劲儿。"

　　"怎么个不对法？"戚宁问。

　　"那眼神里好像充满了怨恨，恶狠狠的感觉。"老先生皱了皱眉头，"大概是这孩子心里太苦了吧。不过若只有这一个打击倒也无妨，随后发生一件事算是彻底将他打趴下，心气儿再也起不来了。"老先生顿了顿，一脸心疼地继续说，"天意从母亲去世的阴影中走出来没多久，学校有个与国外交流留学生的机会，这不仅是个很好的深造机会，而且对方学校还提供丰厚的奖学金。当时总共有三个名额，留学生的选送以平时在校的学习成绩、品行等综合评比为准。其实不管几个名额，天意都是当仁不让的。不只我这样认为，学校一开始也是这样决定的。几轮会议讨论下来，天意始终都在三个人的名单中。虽然名单还未最终公布，但已经有很多老师和同学向他表示祝贺，我也暗示他要为出国做些准备。

　　"可就在他满心欢喜准备迎接大好前程之时，公布的名单中并没有他，他的名额被班里的一个女生顶替了。学校给出的理由是那个女生英语比较出色，其实是因为女生的父亲比较有权势，用不光彩的手法硬生生把天意的名额霸占了。虽然我和很多师生对学校的做法表示谴责，但并没有改变结果。天意好像从天堂落进了地狱，从此便一蹶不振。最让人头疼的是，他自此性情大变，脾气异常暴躁，总是瞪着一双充满敌意、愤怒不安的眼睛，好像一只受惊的绵羊，随时准备和周围的狼群搏斗一样。

"而在那段时期，我能做的也只是经常找他谈心，劝他看开些，未来的路还很长。可最终也未起到什么作用，他还是自暴自弃了，浑浑噩噩地混到毕业，挂了很多科，如果不是我帮他争取，恐怕连毕业证都拿不到。毕业成绩不好，状态不好，当然没有单位愿意接受他。当大部分同学都被各大省市电视台挑走之后，他才在小吴的帮助下委身春海的小电视台。当时，春海还没发展到现在这么好。"

觉得自己最后一句话说得不太合适，老先生赶忙为自己的失言打个圆场。

当然，戚宁和程巍然不会介意，他们关心的是对隋天意造成挫折的人："那个女生现在的情况您了解吗？"戚宁问。

老先生翻了翻相册，指着一张照片说："就是这个女生，叫黄静静，当年出去之后就没再回来，据说如今在国外一家叫NBB的大电视机构工作。"

"他母亲出了什么意外您知道吗？"程巍然问。

老先生点点头，道："大抵知道一些，也是我问了好多次，他才愿意说的。说起来，他母亲去世得并不光彩。当年市郊有一块山区是部队的打靶基地，当地人都称之为靶场。每年秋天都会有一些部队陆陆续续地前来演练，演练过后会有大量弹壳和炮弹铁片遗留在山间，那对拾废品的来说意味着很大一笔财富。不过，靶场方面出于节约国家财产和对老百姓人身安全的考虑，明令禁止老百姓的捡拾行为，并派士兵24小时轮岗看守，等各个部队演练完毕之后便将铁片统一回收到部队。但在利益的驱动下，仗着对地形的熟悉，一些胆大的人便在夜色的掩护下绕过看守进入山区偷拾。于是，悲剧便发生了。在一次偷拾中，天意的母亲不小心引爆了一枚残留有火药的炮弹，结果被当场炸死。"

真是太可怜了。书房内一阵唏嘘。唏嘘过后，戚宁问："您还记得他家的地址吗？"

"记得是记得。天意父亲早年在机车厂工作，他家就住在原来的机车厂家属大院。不过现在那儿早拆了，恐怕连原先的老邻居都找不到了。哦，不过也不一定……那里现在盖了商品房，好像有一部分是厂子职工的回迁房，没准还能找到知道天意家里情况的人。"

"那太好了，麻烦您帮忙把地址写一下。"

"没问题，我这就写去。对了，还没问，你们为什么要了解天意和吴良志的情况？"

老先生突然的发问让戚宁和程巍然蓦地愣住了，他们实在不想对这样一个老人家说谎，也不想让老人家担心，便轻描淡写地说是因为隋天意牵涉在一件小案子里，案子现正在办理中，不太方便说。

不想老先生看穿两人的心思，兀自伤感地叹道："不用瞒我，你们这么大老远地赶来，案子肯定小不了，我知道这孩子准是出事了。其实当年我就隐隐地觉着，这孩子将来保不齐会走上歧路。"

"您为什么这样说？"程巍然和戚宁本来已经准备起身告辞了，听了老先生的话便又立刻坐回椅子上。

"因为我发现他做过一件十分可怕的事情。"老先生脸颊抽搐了一下，"当时我还住在学院教工宿舍里，每天都有到操场跑步的习惯。有一天我起早了，大概在清晨5点，刚踏进北边操场，就发现放在操场对面的一个垃圾桶有火光闪现，旁边站着一个人低着头正专心致志地盯着冉冉蹿起的火苗。我悄悄绕过去，躲在一棵大树后仔细一看，那人竟然是天意！他当时脸上的表情吓得我一哆嗦，我也说不出那是笑还是哭，实在是不太好形容，总之就是特别诡异、特别瘆人，看得我毛骨悚然。从那以后，学院里经常有垃圾桶被点着，虽然没造成大的火情，但燃烧垃圾的气味也着实难闻。院里查了好久都没找到纵火的人，不过我知道那准是天意干的。"老先生说着话，眼睛竟又有了泪光，摇摇头带着自责的语气道，"请原谅我当时没尽到责任，我只是一个普通的老师，我真的不知道……不知道该怎样帮他。我不敢对学校讲，怕他被学校开除，只能尽可能地盯着他点。"

"不，不，不，您已经做得很好了，如果没有您的及时疏导，恐怕……"戚宁本想安慰一下老先生，但是话到一半，发现自己差点说漏了嘴。

他其实是想说——如果没有您的及时疏导，恐怕隋天意早已变成一个变态连环杀手了！

辞别夏老师，戚宁和程巍然照着纸上的地址，一路打听着，开了将近两个小时，终于找到机车厂家属大院的原址。那里现在已经是个非常大的商品房小区，打听小区里的住户，得知原来机车厂的工人大都住在1号楼至10号楼之中。

两人在几栋楼之间瞎转悠着。大中午的，各家各户要么在家里吃饭，要么是准备午睡了，小区里鲜见人影。好容易遇到几个年轻人，都表示不认识有隋天意这个人。看来至少要和隋天意年龄相仿或者更长一些的人，才有可能知道他家的情况。

这么漫无目标地打听也不是个办法，两人看见有住户在一楼开了一个小卖部，便进去买了些面包和火腿肠，一边打发着肚子，一边询问店主认不认识原来机车厂的老工人。店主是个男的，很爽快地承认父母便是厂子里的职工，不过如今住在外市的姐姐家养老。

"那你知不知道当年机车厂家属院里有一个叫隋天意的小孩家里的情况？"戚宁瞅着店主面相似乎人到中年的样子，便试探着问道。同时，亮出警官证，表明了身份。

店主看了眼警官证上的照片，语气谨慎地说："为什么问这个？"

太好了！店主的话分明是说他知道这一家子！两人便紧接着解释，是因为有件案子可能牵涉到隋天意，但现在案子正在处理，不方便详细说。见店主还是对两人一脸疑惑，两人干脆将身份证也掏出来给店主看。店主这才打消疑虑，和两人聊起来。

店主不但认识隋天意一家，并且当年就住在筒子楼的对门。说起老隋家，和夏老师一样，店主也是一脸惋惜："好好的一个家，全被天意他爸给毁了！大半夜的，七八个警察突然闯进楼里就把他爸抓走了。当时我们都小，也就八九岁，天意被吓得哭了一晚上，哭得撕心裂肺，整个楼都能听见。可能被吓坏了，天意直到读初中还经常尿床……那年月，天意他爸犯的那档子事可是重案，抓进去没几天便被毙了……家里的大房子也被厂子收走了。我爸妈还有一些邻居们看孤儿寡母无处可去挺可怜的，便向厂子求情把大院里的一个仓库给他们娘俩住了，这一住就是好多年。"

"看你的模样，感觉与隋天意年龄相仿，你们彼此家住得还近，小时候应该是玩伴吧？"

"对，我长他一岁，那时大院里孩子不少，我们差不多天天都在一起玩。"

"隋天意信佛吗？你们会不会经常去寺庙之类的处所玩耍？"戚宁的侧写报告中提到过，杀人仪式的形成并非突发奇想，它很有可能是一种对人生阅历或者信仰的提炼，戚宁想试着找出杀人仪式真正的由来。

"那倒没有，不过天意倒是非常喜欢读那些鬼啊、神啊的故事。"店主干脆地摇了摇头，抬眼打量程巍然一下，说："咱们应该差不多都是同龄人，你应该有印象，咱们小的时候特别流行看那种连环画小人书。当时，天意家条件好，他爸特舍得花钱给他买小人书，最高峰时他家存了得有个五六百本。尤其那种神话的、鬼怪的书，天意最爱看。看完了还给我们讲，还带着我们玩角色游戏。他自己当什么阎罗天子，让我们演黑白无常、小鬼啥的……"

{ 2 畸形心理 }

在店主断断续续地讲述下，隋天意，也就是后来的隋勤思的成长经历终于完整地呈现出来。

戚宁和程巍然不敢耽搁，立即动身往回返，虽说理论上说隋勤思不太可能在近期作案，但也不能掉以轻心。程巍然更是谨慎，坐上车便给老徐打电话，想让他先派个人盯着点隋勤思。可是老徐的手机关机了，打给方宇，方宇也关机，无奈打局里的座机，好一会儿才有人接，告知整个市局的警员都已经进入专门负责会议接待的酒店去执行保卫任务了。程巍然这才反应过来，明天就是30号了，市里筹备许久的"国际商业博览大会"将正式拉开帷幕。

这次会议是春海建市百年来所承接的最高规格的一次盛会，与会嘉宾包括众多国内外名流和商业人士，安保规格自然也史无前例。市里专门腾出一家五星级酒店用于接待贵宾，国安局、公安局等部门联手负责安保工作。所有参与任务的特工和警员一律将手机上交，彼此联系通过特定频率的对讲机。自三天前陆续开始有贵宾入住，酒店无关人员便只准出不许进。酒店员工上下班也得出示证件和接受开包检查。

回程的路上，本来程巍然还要抢着开车，是戚宁硬把他推到了副驾驶座位上。铁打的人也得歇会儿不是，这么连轴转地开车也不安全。

戚宁想让程巍然睡一会儿，可程巍然现在神经正兴奋哪能睡得着？而且他心中还有一个疑惑想跟戚宁讨论一下。

程巍然这阵子也试着看了些犯罪心理学方面的书籍，他知道隋勤思在他父亲被枪毙后直到初中还会尿床，是大多数连环杀手早期都会有的"麦克唐纳症状（超过正常年龄的尿床、纵火、虐待小动物）"之一。即是说，父亲的去世是隋勤思最初的刺激源，接着是他母亲的去世，然后是他同学迫害，直到受到妻子石倩自杀的刺激，他便谋划了十起恐怖杀人事件。但这其中少了一个环节，是什么刺激了他，结果让他把怨气发泄在柳纯身上了呢？这是程巍然最最想解开的谜题！

程巍然把问题抛出，正中戚宁下怀，她也在思考同样的问题。

已知的四个刺激因素中，有三个人已经去世，另一个身在国外无法沟通。如果可以搞清楚柳纯遇害当晚隋勤思的刺激性诱因，那么是不是可以在这方面做些文章，制定出一个前摄策略呢？那到底什么刺激了隋勤思？是他的事业吗？是《春海人生》这档节目吗？

仔细分析这档节目，它一共播了五年的时间，却在去年戛然而止，而且停播时间与柳纯被杀只间隔一个月左右。难道真的是节目的停播刺激了他？可节目又为什么停播？按理说一档节目播了五年，应该算是收视率不错的节目，不管出于何种原因停播，肯定会有一些新闻报道出来，可是在电视台官网乃至本市各个大网站都找不到此类新闻。这是无意还是故意？是被封杀了吗？节目究竟出了什么问题？

当戚宁将问题说出来之时，程巍然才发现两个人想的竟然都差不多，不禁大笑起来。笑罢告诉戚宁，电视台他有朋友，还是个副台长，说不定能清楚隋天意节目停播的缘由。戚宁一听，赶忙催促他给那个朋友打电话约一下，回去马上找个地方聊聊。

越接近凶手，戚宁越没法淡定。可没想到这次程巍然比她更着急，说话的当口，程巍然已经把电话贴到了耳边，冲着她说："还等回去干吗，现在就给他打个电话。我把免提打开，你想问什么就问吧。"

电话打通了，好一会儿没人接，连打了几遍，都是如此。程巍然只得放下电话，有些失落地说："总没人接，大概是在开会，电话开的静音，等会儿再打一个试试。"

"没事儿，反正长路漫漫，还有的是时间，咱就等着吧，说不定他一会儿看到未接电话会打回来的。你还是先眯一觉吧。"戚宁劝慰道。

"嗯。"程巍然应了一声，把手机握在手里，抱着膀子、头靠在座位靠背上，真准备歇一会儿。可心里想着残害妻子的凶手近在身边却无法抓捕，他又怎么能睡得着？在车座上来回折腾了一阵子，仍一点睡意都没有，干脆还是起来说会儿话吧。

话题自然离不了隋天意，程巍然坐正了身子，说："夏老师真是个负责任的好老师，如果没有他，只怕隋勤思在大学时期便会蜕变成杀人犯了。"

"是啊！"戚宁点头应道，"他纵火的行为，说明他当时已经具有强烈的控制欲望了。好在有夏老师的及时疏导，他才没有寻求更高级别的快感，夏老师其实在无意中扮演了心理医生的角色。"

"我觉得现在大学里真应该设置一个心理医生的岗位，而且要加强道德和法制教育，也许可以避免许多大学生犯罪。你看近几年大学生杀人事件层出不穷，我觉得作为校方应该好好地反思一下才对。"程巍然一阵感触地说。

　　"对！及时对学生进行心理疏导很有必要，而且现在大多院校已经有了这样的岗位。"戚宁肯定地点了点头，话锋一转，说，"但如果说一出现这样的事件，便把责任强加到大学教育制度上也是很不公平的。暂且不评说教育制度的好坏，单就大学生在校杀人，尤其是畸变心理杀人，它其实是由于多种非常复杂的因素促成的。

　　"拿'云大连续杀手事件'举例，虽然血案看起来是由打扑克发生口角引发的，但其实暴力的因子早就隐藏于凶手的心底。我们先不分析他早期形成心理畸变的原因，肯定跟他的成长经历有关。只就他为什么会在那个时候爆发来说，可能有以下几个因素：首先是经济条件窘迫，让他产生的自卑和距离感；另一个，渴望认同，却因为自己不善于表现而适得其反引发苦闷；再一个，他已经到了男欢女爱的年龄却交不到女朋友，由此造成性压抑；还有大四即将毕业面临就业的问题，他可能对自己踏入社会感到茫然和有一点点胆怯。总之，是各种原因交汇促成了他最后的爆发。"

　　"那怎么才能有效地避免同类事件的爆发？"程巍然问。

　　戚宁咬了咬嘴唇，好像有些难以启齿，顿了好一会儿，才答道："这个问题对于犯罪心理研究的从业人员来说，可能是每天都在思考的问题。但就我个人来看，纯粹是个人观点啊，"戚宁特意强调个人因素，是因为她要陈述的观点可能违背大多数人的意愿，"就我个人来看，还是蛮悲观的，可能他们最后会成为什么样的人，是由'命运'决断的。是，及时的心理干预会减少他们一段时期的焦虑。但是未来呢？当他们踏入复杂的社会，参加工作，结婚生子，他们可能会遇到更大的打击和更严重的挫折，那时候怎么办？心理医生总不可能随时跟着他们吧？而且畸变心理一旦成熟，由于尊严问题，他们是不会主动寻求帮助的，隋天意不就是个很好的例子吗？当然，如若随后的人生是一帆风顺的话，他们成为守法公民的概率就大得多了。"

"这么说这种犯罪是难以扭转的？"

"大多数情况是这样吧，至少从目前的案例统计来看，变态犯罪和性犯罪基本上是不可逆的。如想彻底地遏制畸变心理的发展，最好的办法就是不给它存活的土壤。对于每个为人父母的来说，虽然生活往往不尽如人意，但是我觉得他们还是要尽可能地为孩子营造一个健康舒适的成长环境。"

提到孩子，程巍然哑然了。程巍然不是心理学专家，无法判断戚宁悲观的论点是否正确，只是稍微感觉有些主观了，那可能跟戚宁的生活经历有关。但是，关于孩子成长环境的论点绝对是真理。

戚宁的一席话让程巍然愧疚难当，甚至有那么一点点后怕。他自己就是个不负责任的父亲，把孩子扔到爷爷奶奶那儿，工作忙的时候一个月也见不到一面。如果孩子将来真的因为缺少父母的关爱，而走上歧途，自己恐怕是最大的罪人。他觉得自己真的应该好好反思一下，一个对家庭不负责任的人，他对社会的付出是真实的吗？对父母失孝，对妻儿失爱，这种人在社会上的成就再大，那是不是也只是一种虚荣？

一路上探讨案子、探讨人生，两个人聊得热火朝天，时间便过得飞快，路程也好像没那么长了。看看表是晚上八点半，估摸着差不多还有半个小时就能进入春海市区。

此时，程巍然的手机终于响起，他看了眼来电显示，骂了一句"臭家伙终于回电话了"，接着便按下免提键。还没等他说话，对方的声音先传了进来。

"抱歉兄弟，实在是对不住，中午喝多了，回家一气儿睡到现在，刚看到你电话。怎么了，打那么多电话有事啊？"

对方一上来先一番道歉，程巍然反倒不好意思埋怨了，便客套地说道："你不能少喝点，胃不好还喝那么多酒干吗？"

"陪广告客户吃饭，不喝能行吗？

"好了，不说这个了，刘哥，我真有点事想求你。"程巍然知道这"刘台"一说起喝酒的话题便没完没了，赶忙掐住话头说正事，"你现在说话方便吗，身边有没有人？"

"没人啊，你嫂子出差了，孩子去姥姥家了，要不然我哪敢这么嚣张，有什么话你敞开说吧。"

"你们台隋天意，噢，是隋勤思这人你熟吗？"

"太熟了，我们关系不错，他咋了？"

"你先别管别的，给我们介绍一些他的情况。对了，旁边还有我的一位同事。"

"您好刘台长，我们想了解一下关于隋勤思在您那儿的工作表现？"戚宁终于能插上一句话了。

一听还有别人在场，刘台长的语气便郑重了许多："工作表现没问题，一直都不错，新节目也做得很好。这小子这两年也太背了，年初老婆自杀了，去年做了好多年的《春海人生》也被停了。"

"对，对，我们就想了解他那个节目停播的事。"程巍然赶忙接过话头，"他那个节目为什么停播，怎么查不出相关的消息？"

"影响太坏，低调处理了，你们还记得去年杜氏集团的地沟油事件吧？"

"记得，停播和那个事件有关？"

"当然了，就因为在那个敏感时期，节目对杜善仁做了一期专访，而且对杜氏集团做了很多积极的评价和宣传，结果就被停播了。"

"节目被停播，隋勤思的反应怎么样？"戚宁插话问，这才是她真正关心的问题。

"那节目就是他的命，他能好受的了吗？那节目初始之时，由于各省级卫视相同题材的节目太多了，台里并不看好它，所以也就缺乏投入。小隋是策划、采访、编导一肩挑，在经费、人手不足的情况下，愣是把节目做起来了。节目每期的选题都非常棒，紧扣本市民生话题、热点事件、热点人物。播出的5年时间里，口碑和经济效应都在台里排前几位。都怪他那个丧门同学吴良志，要不是他胡搅蛮缠，小隋根本不会做杜氏集团的节目。"

"吴良志？这里面牵涉到吴良志了？"

"小隋这人，若是论职业道德来说，那绝对值得人敬佩。这么多年，有多少企业，有多少老板拿钱砸他，就想上一次节目，宣传一下自己，宣传一下企业，都被他拒绝了。而在他的守则里，虚构夸大的，不符合节目立意的，就是给再多钱也不做。就拿杜氏集团来说，其实他们一开始直接找到小隋，许诺要重金购买节目时段，暗中再给他一笔酬谢。但在当时事实不清之时，被小隋断然拒绝了。后来也不知怎么的，吴良志就在中间牵起线来。小隋一开始也没同意，可架不住吴良志的情感攻势，又是当年怎么救了小隋一命，又是怎么照顾他来电视台了，还拍胸脯保证杜氏集团的清白，到后来差点都闹翻脸了。没办法，小隋只好硬着头皮做了那期节目。结果怎么样，就过了两个星期，杜氏集团就出大事了。

"当时，老百姓声讨节目和台里的电话把值班室和总编室的电话都打爆了。节目做得再好，引起社会的负面效应那也不行。可想而知，结果就是节目立即停播整改。到后来那地沟油事件越演越烈，市里点名批评了台长，节目就干脆停掉了。若不是念及小隋为人老实，在台里一向表现不错，干脆就把他劝退了。停播决定还是我亲口传达的，当时节目已经整改了一段时间，那小隋整个人就瘦得不像样子了，可见对他打击多么大。他那个状态我实在放心不下，就想当晚陪他去喝点酒好好开导一下他，便在旺客美食城订了一个包间，不过我临时有事没去成。据他后来告诉我，他一个人喝了个烂醉。"

在刘台长的讲述中，戚宁和程巍然不时对视、点头，可以说整个案件脉络现在已经全部理顺了，柳纯被害的确是因为隋勤思节目被停播引发的。

"喂，喂……你们还在听吗，小隋究竟惹上啥官司了？"程巍然和戚宁一直没说话，刘台长以为电话断了。

"在呢，在呢……这隋勤思最近状态是不是特别的好？"程巍然所答非所问道。

"是啊，你们咋知道的？不但新节目做得有声有色，今天还跑到我这儿，非要加入国际商业博览会的采访组，我看这小子状态不错就同意了。"

"等等，他是突然决定要参加报道组的吗？"戚宁好像直觉到一丝异样，打断刘台长的话。

"是啊，本来前阵子我征求过他的意见，他做人物专访很有深度，我想让他兼一下新闻频道这边的采访，可他说他那边节目忙脱不开身，我便只好作罢。可今天上午也不知为什么，他非要进报道组。你们也知道，这次大会安保要求很严格，工作人员名单要提前上报，我是现跟组委会商量，求爷爷告奶奶好容易才把他的名单报上去。今天晚上就有个重要的报道任务，这会儿都9点多了，估计已经到酒店和报道组会合了。"

"那好，就先这样，挂了吧刘台。"程巍然还没反应过来，戚宁已经把电话挂掉了，犹疑地说，"不对劲，肯定有问题。"

戚宁可从来没有这样不礼貌的举动，准是感觉到什么了。程巍然也顾不得刘台那边的反应，问道："怎么，你觉得隋天意，今晚会再次作案？"

"也许有什么刺激了他。"

"那我给老徐打个电话，让他先盯着点。"程巍然拿起电话，想起来老徐正在执行任务手机关机，便指了指路边，让戚宁停车，"算了不打了，你下来，我来开，应该有十几分钟咱们就能赶到酒店。"

{ ## 3
恶魔落网 }

专业的活就得留给专业的干，果然，20多分钟的行程，结果程巍然不到10分钟便搞定了。

两人从车上下来，急匆匆地闯进酒店，负责大堂巡视的便衣警员赶忙迎了上来。程巍然没工夫废话，直接吩咐道："快，呼叫老徐，让他到大堂。"

见程巍然一脸严峻，便衣警员不敢怠慢，立马呼叫老徐："老徐，老徐，程队让您马上到大堂会合。"

不大会儿工夫，老徐和方宇便从一座电梯里冲了出来。老徐知道程队突然来到酒店肯定是哪儿出了问题，还没近到身前便紧张兮兮地问："怎么了，小程，出啥事了？"

"看见电视台的人了吗？"戚宁抢着问。

"刚刚主办方在宴会厅举行欢迎晚宴，电视台在那儿录像和采访，这会儿晚宴结束了，他们好像也收工了。"

"快，到前台查一下隋勤思住在哪个房间，派人到楼层监视。"程巍然对着方宇吩咐道，然后又冲老徐说，"走，到监控室，情况边走边说。"

本次会议安保规格为最高级别，酒店在市里的指示下对监控设备进行了完善。全电脑化操作，增加了显示屏，酒店内几乎每个楼层和公共区域都有独立的显示屏幕，而此时监控室也早已被警局全权接管。

一干人等呼呼啦啦进到监控室，负责监控的众警员还在愣神之际，程巍然便开始发令："把宴会厅刚刚的监控录像回放一下。"

有警员敲击几下键盘，宴会厅的视频便在墙上的一个大屏幕上出现。在程巍然的再次吩咐下，视频进入快速检索状态。

"停！"程巍然大喊一声，指着静止的画面，对众警员说，"画面上这个男人就是我们的目标人物，现在立即在各个区域寻找他的身影。如果找不到，往前回放搜索，一定要找到他最后出现的区域。"

程巍然下命令的当口，戚宁指着屏幕问老徐："站在隋勤思旁边和他说话的那个女的是谁？是咱们市电视台的吗？"

"不清楚，她不是挂着胸牌吗？"老徐让警员将画面上的胸牌放大，但放大之后也不太清楚，只能看到好像是一些英文的字母。老徐瞪着眼睛，努力辨认着说："估计是国外媒体的工作人员吧，这胸牌上好像写的是NB啥的。"

"NBB！"程巍然和戚宁几乎同时喊出这三个英文字母。

"对，好像后面也是个B。"

"快查一下，NBB来的工作人员中有没有叫黄静静的！"程巍然嚷道。

"有个叫Chris黄的女记者，住在1708房间。"几秒钟之后，便有警员回应。

"方宇，方宇，1708房间，查看有没有人，要快！"这是老徐的声音。

"回放17层的监控视频！"这是程巍然的声音。

"老徐，老徐，屋内无人，等待指示！"方宇的声音从报话机中传出。

"8分钟之前，女目标人物进入2号电梯。"有警员喊道。

"发现男目标，大约20分钟之前穿过大堂进入安全通道。"又有警员喊道。

"继续搜索男女目标的视频。"程巍然命令道。

"顶层……女目标大约7分钟之前下了电梯转入安全通道……"

"男目标不见了……"

"天台，他们肯定是要上天台！"戚宁喊道。

"方宇！方宇！天台！天台！"

程巍然、戚宁、老徐火速冲出监控室，冲进电梯里。见老徐亮出手枪，程巍然叮嘱道："上去由小戚负责谈判，咱们见机行事，酒店里有很多外国媒体，别搞出国际负面影响，不到万不得已千万别开枪。"

"我尽力而为，你们也要瞅准时机。"戚宁跟着叮嘱说，"隋勤思顺利地完成杀人计划，现在他对自己幻想的身份和能量已经深信不疑，又面对直接的刺激源，她不会因为我的几句话改变根深蒂固的妄想，我顶多能够分散他的一些注意力。"

"天台发现目标，请求支援……"报话机传出方宇的声音。

"到了，马上就到！"老徐回应。

三人冲上天台，方宇正举着枪与隋勤思对峙。老徐也跑到他身边将枪口对准隋勤思，大声喊着让他放下刀，释放人质。

黄静静双手被反绑，衣衫破碎不堪，无法遮体，整个人血肉模糊，已经处在昏厥状态。隋勤思立于天台围墙边，一手勒着她的脖颈，一手握着一把钢刀抵在她的咽喉处，看来他本意是要慢慢折磨死黄静静。

"滚开！你们这些恶魔的帮凶，不要再让这个世界堕落下去了！"隋勤思瞪着一双血红的眼睛嚷叫着。

"我们是恶魔的帮凶，那你是什么？你有什么资格按照你的意愿伤害别人？"戚宁分开方宇和老徐，走到隋勤思一米开外的地方说道。

"休得妄言，你看不到阎罗天子在你面前吗？"

"不，你不是阎罗天子。"

隋勤思歪着脑袋，恶狠狠地盯着戚宁，吼道："哼，你们这些俗人，我不是阎罗天子，那我又是谁？"

"我来告诉你，你是谁！"戚宁表情异常冷静，声音平稳地娓娓说道，"你叫隋勤思，不，应该叫隋天意才对。你出生在一个美满的家庭，母亲温柔贤惠，父亲事业有成，是一家国营大厂的厂长。那时你住在大院里面积最大的一栋房子里，周围的叔叔阿姨对你甚是欢喜，大大小小的孩童以你为尊。但是这一切随着你父亲因为通奸和贪污被枪毙之后，便烟消云散了。犹如做了一场黄粱美梦，醒来之后周围的一切都是那么的残酷。你和母亲只能栖身在一间比你原来房子卫生间还要小的仓房里，家徒四壁，一贫如洗。你开始生活在那些充满鄙夷、不屑、嘲讽、怜悯的目光下，忍受着周围孩童们的欺凌。一开始你也反抗过，可是你发现，越是反抗，所受的欺辱便越重。你恨这种改变，你恨给你带来这种改变的人，你恨那个做了苟且之事将你置入这种困苦境地的父亲。你也恨这个世界，为什么要将这种厄运降临到你的头上。于是你反复地告诫自己不要做父亲那样的人，你紧绷着神经，规规矩矩、小心翼翼地生存着。你害怕一个不谨慎，厄运会再次降临到你的头上，让你的境地更加不堪。

"可厄运真的再次降临了，这一次同样不是你的原因，是因为你母亲偷捡炮弹碎片被炸身亡了。在你母亲去世那一晚，你对着她的照片，没有丝毫的悲伤。你根本不去考虑你母亲为什么要冒着生命危险，冒着失去尊严的代价，去捡那些垃圾、碎片。你满脑子都是怨恨，你怨恨母亲为什么要和你父亲做同样苟且的事，让你成为一个孤儿，失去生活支柱。你同样再一次怨恨这个世界，你觉得是时候要做些改变了，于是你开始积蓄能量。

"但是你的生命中并不总是充满着阴霾，你遇到了生命中的贵人夏老师。在他的疏导和帮助下，你心中的怨气渐渐地散去，你的生活重归正轨。如果从此你的世界再无纷扰，也许此刻站在我面前的是一个归国博士。可厄运并不愿意就此放过你，你出国深造的机会被你的同学，也就是你手上的这个女人黄静静无情地霸占了。这一次同样不是你的错，是世人的卑鄙，是世界的不公，再一次将你置于绝境。你突然意识到，不能再把希望寄托于他人和这个世界，你要自己掌控你的命运。

"可是你并不知道你该做什么，于是在一次非常偶然的机会下，你点燃了学校的垃圾桶。看着熊熊燃烧的火苗，你仿佛感知到一种力量，你扑灭它，点着它，再扑灭，再点着……你第一次享受到控制的快感。尤其当你身边的每个人都在揣测纵火者的身份时，你的满足感更加强烈了。于是你开始沉溺于这种获取快乐的方式，学业和前途似乎都不重要了。所以在大学毕业之后，你只能背井离乡来到春海。

"对许多让人来说，背井离乡是一种蹉跎，但于你来说却获得了一种安宁和安全感。过往的种种纷扰都在你踏出故土的那一刻灰飞烟灭了，你从此再也没有回去过，没有去看望过你的恩师、帮助过你的邻居，甚至从来没有去坟前祭奠过你的父母。你满怀着希望踏进新的生活，你改了名字，彻底与过去决裂，你还创办了一档叫作《春海人生》的节目。你把全部的精力和心血都投入到节目中，而这档节目也让你享受到荣耀、地位和名利，还让你结识了后来成为你妻子的美丽的女孩石倩。

"有那么一刻，你觉得自己已经牢牢掌握住人生，但是很遗憾，你错了。你视如生命般珍贵的节目，在你最信任的朋友吴良志的陷害下被停播了。在你被告知节目将永远消失的那个晚上，你一个人借酒消愁。当你从饭店出来坐进车里，你觉得一股怨气正从身体的四面八方向你的胸口聚集，你的胸口越来越胀，好像快要爆裂了。你觉得必须要给那些怨气找个出口，必须要做点什么来拯救自己。

"就在那一刻，你看到你曾经采访过的规划局干部柳纯，她正从一个女人手中接过一张卡。你确信她在做和你父亲、母亲、同学、朋友一样苟且的事，于是你开车跟踪了她。其实当时你自己也不知道为什么要跟在柳纯车后，可当你看到柳纯从车上下来呕吐的时候，竟鬼使神差般用领带勒住了她的脖子。柳纯从挣扎到动作缓慢到完全瘫软到你怀里，让你体会到了前所未有的快感，那种感觉超过你先前所有经历过的一切快感，包括纵火、节目成功、谈恋爱，甚至做爱，都没有这样的酣畅淋漓，以至于你意犹未尽地随手捡起砖头又砸向柳纯的头部。

"那一晚的快乐、安全、满足的感觉在你的心中久久回荡，但是你并不确信你还要不要继续追寻那种感觉，因为你知道那是一种犯罪。可当你的妻子石倩因为盗卖客户信息畏罪自杀之后，你认识到那其实是一种责任。而你对于地狱文化片面、狭隘的解读，又将这种责任升华到具有这种责任的身份。你觉得是那种身份促使你去行使责任，你必须要惩罚那些罪人，尤其是出现在你节目中的那些道貌岸然的伪君子。你觉得你有责任为这个世界扫除阴霾，求得光明。

"'黑夜给了我黑色的眼睛，我却用它来寻找光明。'你在微博上借用了诗人顾城的经典诗句，来抒发情怀。可是你有没有想过，你的内心世界本来就是黑暗的，你又怎么能够找寻得到光明？

"还有你所谓的'阎罗天子'附体，只是你报复社会和连续杀人的借口而已。你沉溺于阎罗惩罚恶人的快意恩仇，却忽略了那些地狱传说的本意——震慑心灵，警示众生，是希望地狱从此再无来者。而你却一次次以拯救的名义，将那些人送进地狱。"

说到最后，戚宁的嗓子微微嘶哑，她轻咳一声，道："现在你知道自己是谁了吧？你是以杀人求得安宁的杀人犯，你是以杀人平衡怨气的杀人犯，你是杀人凶手隋天意！

"不！你胡说！你是骗子！你是在亵渎阎罗天子！"隋勤思额上青筋暴起，脸色涨红，浑身颤抖着，以怒不可遏的姿态，声嘶力竭地吼道，"我要让你亲眼看着本王行罚。"

隋勤思恶吼着扬起手中的钢刀，用尽全力冲黄静静脖颈砍去……这意味着钢刀和黄静静的脖颈出现了瞬间的分离，在场的所有人一直等的就是这个机会！戚宁之所以对隋勤思成为杀手的心路历程有刚刚那段冗长的讲述，就是为了吸引他的注意力，让他感觉疲乏，进而失去耐心，然后通过全盘否定他杀人的意义来激怒他，果然机会就来了。

说时迟那时快，就在隋勤思挥刀之时，戚宁和程巍然同时冲钢刀扑身过去。隋勤思被扑倒在地，但是没料到他力量如此之大，两个人竟没有压住他，被他生生地挣脱了，反而将程巍然带了个趔趄。隋勤思飞快拾起掉在地上的钢刀握于手中，返身骑在戚宁身上，冲着她的脸狠狠地扎下去。毫无搏斗经验的戚宁大脑一片空白，本能地闭上双眼，木然等待着钢刀落下。

但是钢刀并未落下。戚宁感到脸上一阵湿润，睁开眼睛只见程巍然徒手死死地握住了钢刀，鲜血正顺着刀刃流到戚宁的脸上。于那一瞬间，戚宁的斗志被激发出来，集全身的力量于右拳，冲着隋勤思脑袋狠狠抡了过去。

隋勤思被这一记强力的右勾拳打得身子几乎跃了起来，此时冲将过来的方宇和老徐顺势向他的身体扑过去，落地之后将他死死压在身下。隋勤思一脸鲜血，做着徒劳的挣脱，凄厉地哀号着："帮凶！你们全都是帮凶！你们都是恶魔的帮凶！你们为什么要让这个世界再堕落下去……"

◆ 尾声··········

　　隋勤思被抓捕后，警方连夜进行审讯，可谁知连着审了一个星期，隋勤思只字未吐。其实这件案子即使零口供也并不妨碍定案，除去他是在作案期间被现场抓获的，通过一番仔细的搜查，在隋勤思家卧室床下一块松动的地板下面还找到了若干犯罪现场的照片，以及好几本作案笔记，这些证据足够将隋勤思与先前的案子联系起来。另外，隋勤思实质上在铭湖小区也有一个房子，甚至与吴良志就住在一个单元楼。只不过为了避税，房产证登记的是石倩母亲的名字。这也就解释了，他为什么能够遮人耳目将装有被害人器官的玻璃罐完美转移到吴良志的家中。但是这样一个备受业界关注的案子最终以零口供的方式结案，实在是有些遗憾，而且很是让办案人员的成就感大大降低。

　　当然，隋勤思疯狂报复社会和连续杀人的举动，已经大大超出正常人的认知范围，似乎是一种病态。出于谨慎、负责任的态度，春海市公安局决定将隋勤思押至省厅进行精神疾病鉴定。

　　临行的前一天，程巍然兑现了对戚宁的承诺，通过尹局的帮忙，他带着戚宁到看守所与隋勤思见了一面。

　　隋勤思被单独关押，房间里设有监控，看守所派专人对其24小时监视。据看守所警员介绍，隋勤思拒绝吃任何食物，只喝少量的水，与其在受审问时沉默不语的表现一样，自进来之后他从未说出半个字，每天除了被提审，便是在地铺上盘腿打坐。

就如看守所警员介绍的那样，当两人来到关押室门口，果然看到隋勤思正盘腿打坐。眼睛微闭，身子一动不动，一副老僧入定的模样。

戚宁正待开口，不想隋勤思却先开口了。他仿佛早已预料到戚宁的到来，眼睛仍闭着，沉声道："你来了！"

戚宁轻轻"嗯"了一声。

"你想说点儿什么？"隋勤思依然保持着打坐的姿势闭着眼睛说。

"不知道。"戚宁轻声说，顿了顿，好像突然想起了什么，"哦，对了，你跟踪骚扰过我们的法医林欢吗？"

"她算什么东西？值得我在她身上浪费时间？"隋勤思用傲慢的语气说，"就这些？难道你不想知道我为什么要杀那些人？怎么杀的？又怎么会不留一丝痕迹吗？"

"我本来以为你会乐于向世人展示你的荣耀，但我现在明白了，你绝不会说。因为那样你就永远掌握着主动，你想要把它们带到坟墓里，让世人永远探究，这种掌控局面的快感让你很享受，对吗？"

"你好像很了解我？"

"应该说我对你们这一类人都很了解。"

"那你了解那些人的真面目吗？"隋勤思突然睁开了眼睛。

戚宁没吭声，默然地点了点头。

"你也同意我的观点对吗？"隋勤思没头没脑地问道。

"什么观点？"

"卑鄙是卑鄙者的通行证，高尚是高尚者的墓志铭，这就是这个堕落的世界的缩影。所有人都不做正确的事，只做对自己有利的事。利益面前，没有是非对错，只有得失输赢。每一个人都争着做强者，把弱势人群死死踩在脚下，玩弄于股掌之中……"

戚宁看着越说越激动的隋勤思，陷入短暂的沉思当中。须臾，她以非常郑重的口吻说道："有公平、有徇私，有公正、有偏颇，有光明、有阴暗，有正义、有邪恶，有好人、有坏人，这就是真实的世界。别人伤害它，我们伤害别人，强者凌辱弱者，弱者持刀向更弱者，这个世界就会好吗？你有没有想过，一个良性发展的社会，其实不需要我们额外付出什么，只要做好我们该做的工作，尽到我们该尽的义务，每一个人都安心扮演好在这个世界上属于自己的角色，其实就足够了。"

"呵呵，说得好听，你能做到吗？"

"说实话，我不知道自己和这个世界未来会发展成什么模样，但我会尽力去做。而且我希望把这份观念传递给我的孩子，传给我孩子的孩子……"

隋勤思又是大笑两声，在笑声中颤颤巍巍地站起身来，慢悠悠地朝两人走来。走到门口，他猛地将一张脸贴到房门的铁栏杆上，瘦得皮包骨头的面孔在铁栏杆的挤压下有些变形，看起来异常的惊悚。他用阴沉的眼神盯着戚宁，语气阴森地一字一顿道："我会在地狱门前等着你的！记住！祸福无门，唯人自召；善恶之报，如影随形！"

至此，柳纯深夜遇袭被杀一案，以及涉及10余名被害人的连环杀人案件，都有了一个较圆满的答案。在戚宁心中还有一个谜底没有解开，如果不是隋勤思给林欢打的骚扰电话，不是他跟踪程巍然和柳纯，并把偷拍的照片快递给吴良志，那又会是谁呢？

是程巍然吗？抑或林欢自己？还是柳纯的闺密李小宛？还是说，真的就是柳纯的冤魂？

连环杀人案完结了，似乎一切都归于平静，林欢很长时间没有再接到骚扰电话，纠集在心底的恐惧感也逐渐消散。

两个月后的一个夜晚，又是在午夜时分，林欢家中的电话骤然响起——一个陌生的号码跃入林欢的眼帘。

林欢内心挣扎了一会儿，终于还是鼓起勇气，拿起电话："喂，你，你到底是谁？为，为什么总是针对我？"

电话那端像先前一样保持着沉默，可正当林欢想要挂掉电话之时，却蓦然听到似乎是从遥远、空旷的山谷中传来的，一个低沉而又苍凉的声音："你猜！"

第一部完

2017年3月

图书在版编目（ＣＩＰ）数据

罪念 / 刚雪印著. — 北京：中国友谊出版公司，
2018.12
ISBN 978-7-5057-4571-1

Ⅰ.①罪… Ⅱ.①刚… Ⅲ.①推理小说—中国—当代
Ⅳ.①I247.5

中国版本图书馆CIP数据核字（2018）第266692号

书名	罪念
作者	刚雪印·
出版	中国友谊出版公司
发行	中国友谊出版公司
经销	新华书店
印刷	三河市冀华印务有限公司
规格	700×980毫米　16开
	18印张　270千字
版次	2018年12月第1版
印次	2018年12月第1次印刷
书号	ISBN 978-7-5057-4571-1
定价	45.00元
地址	北京市朝阳区西坝河南里17号楼
邮编	100028
电话	（010）64678009

如发现图书质量问题，可联系调换。质量投诉电话：010-82069336